COLLECTION FOLIO

DU MÊME AUTEUR

Aux Éditions Balland

LE DIEU DES MOUCHES
NAISSANCE D'UN SPECTRE
LE TRAIN IMMOBILE
GÉANTS ET GUEUX DE FLANDRE
L'HOMME SANS NOM
BALTHASAR KOBER
LES TENTATIONS
LA CENDRE ET LA FOUDRE
LES ÉGARÉS
LE THÉÂTRE DE MADAME BERTHE
LE FILS DE BABEL

Chez d'autres éditeurs

LE SINGE ÉGAL DU CIEL, *Bourgois.*
LA GESTE SERPENTINE, *Éd. de la Différence.*
LE MONDE À L'ENVERS, *Hachette-Massin.*
L'ŒIL D'HERMÈS, *Arthaud.*
VENISE, *Éd. Champ Vallon.*
MÉDUSE, *Éd. Lettres Vives.*

Frédérick Tristan

Les tribulations héroïques de Balthasar Kober

Postface
de Michel Waldberg

Balland

Frédérick Tristan, né à Sedan en 1931, dut à la mort prématurée de son père reprendre l'entreprise d'ingénierie familiale. Néanmoins, il commence à publier en 1959 *Le dieu des mouches,* puis sept autres romans entre 1969 (*Naissance d'un spectre*) et 1980 (*Histoire sérieuse et drôlatique de l'homme sans nom*). Il rompt ensuite avec le genre du conte métaphysique, dont *Le singe égal du ciel* et *La cendre et la foudre* sont les meilleures illustrations, pour traiter de la crise de l'Occident avec *Les égarés* (1983), roman qui lui valut le prix Goncourt.

Grand voyageur, spécialiste de l'implantation d'usines textiles en Asie, il publie en 1987 *Houng, les sociétés secrètes chinoises,* où il pénètre l'âme chinoise à travers confucianisme, bouddhisme, taoïsme, grâce à des témoignages directs.

Frédérick Tristan est aussi l'auteur d'essais sur l'art (*L'œil d'Hermès,* 1982) et d'un recueil de nouvelles, *Le théâtre de Mme Berthe* (1985).

Les tribulations héroïques de Balthasar Kober fait actuellement l'objet d'un film du cinéaste polonais Wodjiech Has (*l'auteur du Manuscrit trouvé à Saragosse*), une coproduction Jack Films (Paris) - Film Polski (Varsovie).

Pour Marie-France

« Couche-toi sur le côté gauche et prends sur toi la faute de la maison d'Israël. Autant de jours que tu seras ainsi couché, tu porteras sa faute. Et quand tu auras terminé ces jours, tu te coucheras sur le côté droit, et tu porteras la faute de la maison de Juda. Voici que j'ai mis sur toi des liens qui te ceindront jusqu'à ce que soient accomplis les jours de ta réclusion. »

Ezéchiel, IV, 4-8.

1

En ces années 1580, il existait à Bautzen un homme qui avait eu beaucoup plus à faire avec la mort qu'avec la vie. Il se nommait Johann Siegismund Kober et était médecin de son état. Douze épidémies et trois guerres avaient traversé la ville au galop tandis qu'il tentait d'exercer son art. Il ne lui était quasiment resté que des agonisants entre les bras. Il leur avait fermé les yeux en suppliant le Dieu trinitaire de les accueillir en un lieu moins turbulent, car Johann Siegismund Kober, malgré les désastres accumulés autour de lui, était demeuré sincèrement croyant.

De sa tendre Valentina il avait eu six enfants. Trois avaient été emportés par la peste rouge, qui était peut-être bien le typhus; deux avaient été tués au combat; la dernière avait été emmenée par les Polonais. Valentina ayant succombé aux fièvres de Mai, Gertrud lui succéda. C'était un cheval. Les enfants lui venaient par deux. Johann Siegismund Kober pensa que cette souche étant plus robuste que la première, sa maisonnée prospérerait. Des huit rejetons qu'ils eurent, quatre moururent en bas âge, trois n'atteignirent pas neuf ans. De cette hécatombe resta Balthasar.

C'était un garçon malingre et bègue qui n'avait sans

doute résisté aux horreurs que par l'insignifiance de sa personne. Le mal ne l'avait pas aperçu. Mais enfin Balthasar n'en était pas moins le fils Kober et, malgré sa rudesse, Gertrud se prit à l'aimer bien. Quant au père, le malheureux, il s'attendait à tout instant aux foudres du Seigneur qui n'allaient certainement pas manquer de s'abattre sur le rescapé. Alors il se comparait à Abraham offrant son fils à l'Eternel, ou à Job sur son fumier car, tout médecin qu'il était, il vivait dans la misère, les habitants de Bautzen étant eux-mêmes trop démunis pour le payer.

La maison dans laquelle l'enfant grandit se trouvait à la sortie du bourg, sur la route de Dresde. Le rez-de-chaussée était réservé aux consultations des malades et à l'écurie où le cheval et l'âne se disputaient le picotin d'avoine que des paysans de bonne volonté leur apportaient. Au premier étage était la salle commune, qui servait aussi de cuisine et de chambrée pour les enfants, et la pièce réservée aux parents, avec le lit au centre, où s'était dépensée tant de virilité pour un résultat si obscur. Mais à Dieu ne plaise! Tout morts qu'ils étaient les enfants étaient toujours là. Ils mangeaient à table, priaient autour du lutrin et faisaient claquer leurs sabots sur le chemin du presbytère.

« Ce sont nos anges particuliers, disait Johann Siegismund. Ecoutons bien et nous les entendrons respirer. » Gertrud haussait les épaules mais n'osait pas le contredire puisqu'il était médecin et, fatalement, s'y connaissait en ces choses alors qu'elle n'était qu'une paysanne, analphabète de surcroît. Et Balthasar qui avait vu ses frères et ses sœurs s'en aller à la débandade, et à qui l'on avait appris que d'autres frères et sœurs avaient précédé ceux qu'il avait connus, avait beau tendre l'oreille; il n'entendait pas très bien et il s'en voulait.

En fait, Johann Siegismund Kober était de ces luthériens de Silésie que le docteur Théophrastus Bombastus von Hohenheim, dit Paracelse, avait marqués de son empreinte. Les temps troublés font s'agiter les questions les plus essentielles. Copernic avait imposé une vision nouvelle de la science qu'un Paracelse avait tenté d'appliquer dans le domaine de la médecine et de la pharmacopée. Johann Siegismund, durant ses études à Leipzig, avait accueilli avec enthousiasme ces idées nouvelles qui battaient en brèche la vieille demeure scolastique. Mais, tout comme son maître, il n'en était pas moins resté confiant en l'invisible, « Il y a des roues dans le ciel supérieur qui font tourner les astres dans le ciel que nous voyons », expliquait-il à son fils. Balthasar écoutait avec recueillement.

Plus tard il écrivit : « C'est à mon père que je dois d'avoir développé en moi ce sixième sens qui me guida durant toute ma vie et me permit de communiquer avec la seule réalité véritable. Cet homme avait le pouvoir de ramener l'illusion quotidienne à sa juste dimension et de faire surgir du chaos ordinaire l'ordre premier. Ma mère, corsetée dans une armure de fer comme elle l'était, ne parvenait pas à concevoir ce que le cher homme m'enseignait, mais elle eut l'intelligence de ne point s'interposer. Quand il lui semblait que son mari exagérait un peu, elle remuait un peu plus violemment ses chaudrons; toutefois elle s'arrangeait pour que leur tintamarre ne couvrît pas ce qu'il m'apprenait. »

A cette époque, il n'existait pas d'école à Bautzen. Le pasteur, un certain Jakob Fürstenau, originaire de Görlitz, rassemblait dans le temple une vingtaine d'enfants de différents âges et leur inculquait, outre la religion, ce qui leur permettrait plus tard de lire les enseignes, de calculer le prix d'un veau et de savoir que Nuremberg est quelque part au sud de la Baltique... Or il apparut très vite que, malgré ses difficultés d'élocution et sa timidité, Balthasar comprenait tout à demi-mot et faisait des progrès qui abandonnaient au loin ses condisciples. En particulier sa mémoire avait de quoi surprendre. Par exemple, il lui arrivait de citer des passages entiers de la Genèse que, semble-t-il, il n'avait guère lue que deux fois. Fürstenau insista auprès de Johann Siegismund pour que l'enfant fût confié à des mains plus expertes que les siennes.

Cependant Johann Siegismund hésitait à se séparer de son fils, et d'abord parce que c'était le seul qui lui restait. Il ne passait guère de nuit où il ne rêvait que le cheval verdâtre emportait Balthasar. Et puis il craignait que l'infirmité de l'enfant lui fût une occasion de pâtir du monde. Ainsi, durant quelques années, et jusqu'en 1595, Balthasar demeura à Bautzen, lisant tout ce qu'il y trouvait, c'est-à-dire la Bible, les ouvrages de médecine, de chimie et d'astronomie de la petite bibliothèque paternelle, de même que les écrits essentiels de Luther et de Melanchthon qui erraient sur les rayonnages du presbytère.

Que pouvait bien entendre de ces textes un garçon de quinze ans? « Toutes ces écritures m'étaient une musique par laquelle tournoyaient les prophètes et les anges parmi les astres et les abracadabras chimiques. Bientôt j'en arrivais à lire les saints livres non plus pour les anecdotes qu'ils contenaient mais pour leur substance spirituelle. Or j'ignorais alors ce qu'était l'Esprit. Je m'y nourris avec le naturel de qui va chercher du bois. D'ailleurs qui sait de quoi l'air se compose, alors que nous respirons sans même y songer! Je ressentais les choses spirituelles avec une intensité plus grande que les choses matérielles, et encore ne voyais-je pas toujours de différence entre les unes et les autres. Ainsi j'ai dès mon jeune âge su naturellement ce qu'est la corporéité de l'esprit. Pour moi, l'invisible fut toujours quelque chose d'aussi tangible que le visible, et souvent même bien davantage. »

Or ce fut un matin de 1593 que, revenant d'une promenade à l'étang de Landeskrone, en compagnie de quelques camarades, et s'étant éloigné d'eux, il pénétra dans une grotte dont l'ouverture ne lui était jamais apparue auparavant, y vit un coffre devant lequel il s'arrêta, ne sachant s'il devait lever le couvercle et regarder ce qui se cachait dedans, ou s'il lui fallait s'enfuir. Il lui sembla qu'il demeurait là, figé dans cette grotte, dans l'incapacité de décider quoi que ce fût, et cela durant des heures. Enfin, suant d'angoisse, il s'arracha à cette vision et s'en fut en courant, retrouvant ainsi ses amis qu'il n'avait, en vérité, quittés que quelques instants.

Longtemps il se demanda s'il avait bien agi en ne levant pas le couvercle du coffre. Son père, à qui il avait fini par s'ouvrir de cette aventure, le félicita de n'avoir pas succombé à la curiosité et lui dit que le secret du coffre était, en vérité, caché dans son cœur. Balthasar fut aussitôt rasséréné. Le pasteur ne lui avait-il pas appris que le panier dans lequel Moïse enfant avait été confié au Nil ne pouvait s'ouvrir que de l'intérieur?

Gertrud connaissait quelques légendes assez rugueuses qui venaient de Dieu sait où et qu'elle récitait d'une voix monocorde lorsqu'aux jours de fête son tour venait d'exhiber son petit talent. C'était lors des noces ou à Carnaval, tandis que les villageois se prenaient à danser au son des fifrelins et des violons, et que sur d'interminables tréteaux on installait des montagnes de cochon. Nul ne s'étonnait de l'insanité de ces ripailles, et même il semblait qu'on en rajoutait pour faire bon poids comme si la surenchère de ces trivialités pouvait compenser les semaines et les mois de pâle gravité pendant lesquels l'ordre régnait, solennel et las.

Personne n'écoutait les légendes que Gertrud récitait de sa voix rauque, sauf Balthasar qui guettait ce moment, semblable en son esprit à celui où la Pythie rendait l'oracle sur son trépied. Il se glissait sous la table et, tenant le bas de la robe de sa mère entre deux doigts, il entendait l'histoire du chevalier luttant contre le dragon, de la belle éveillée dans la forêt par un prince, du chat qui parlait toutes les langues et de la fée Versunft qui se trompait dans tous ses tours. Le visage anguleux de Gertrud, couronné par l'or de sa chevelure, était alors celui de Très Puissante et Très Magnanime Dame Brambilla, gardienne du Trésor.

Ainsi lorsqu'en février 1595 une méchante grippe s'abattit sur la région et que Gertrud fut emmenée dans le même charreton qu'une trentaine de concitoyens, ce fut la reine des légendes que perdit Balthasar et non point cette mère dure à la tâche, cette épouse de fer que le malheureux Johann Siegismund fit ensevelir à côté de Valentina et de ses douze enfants dans le cimetière de Bautzen, champ des morts plus peuplé de jeunes défunts que n'en avait gardé la ville. « Dieu sait ce qu'Il fait en nous gardant tous les deux... » répétait le pauvre homme qui, faute de pouvoir croire encore en sa science, s'en remettait de plus en plus entre les mains du Souverain Juge.

Or, un dimanche de mars, à la sortie de l'office, le pasteur Jakob Fürstenau vint trouver Johann Siegismund et lui dit : « Mon cher frère Kober, le moment est venu de prendre une décision au sujet de Balthasar. Vous ne pouvez le garder ici où son intelligence s'étiole et où sa soif de connaissance se tarit. – Que ferais-je? demanda Kober. Je n'ai point d'argent et l'Université est chère... – J'ai parlé de votre fils à

Dietrich Frankenberg, le recteur de Dresde. Il me veut du bien et recherche volontiers les jeunes âmes désireuses de s'épanouir dans la lumière divine. Bref, il lui serait agréable de recevoir Balthasar, ainsi que vous-même, mon cher frère Kober, afin d'étudier l'avenir de cet enfant. Naturellement je vous accompagnerais auprès du recteur... Sera-ce vendredi prochain? »

Dietrich Frankenberg! Pour Johann Siegismund, cette proposition tenait du miracle. Il tomba à genoux, là, devant les marches du temple et remercia le Ciel de sa bonté infinie. Jakob l'aida à se relever. Mais déjà Johann Siegismund s'inquiétait : « Mais que va penser Son Excellence lorsqu'il entendra Balthasar? – Je l'ai prévenu de sa petite infirmité, fit le pasteur. Mieux vaut une tête muette et bien faite qu'un de ces dadais beaux parleurs dont les raisonnements ne font sonner que le vide! » On tomba donc d'accord pour partir le jeudi suivant avec deux chevaux, le garçon se trouvant alternativement en croupe devant Jakob et devant son père.

2

Lorsqu'ils arrivèrent à Dresde, la nuit tombait. C'était la première fois que Balthasar voyageait aussi loin de Bautzen et, durant le parcours, tout épuisant qu'il fût, il n'avait cessé d'interroger le pasteur et son père sur ce qu'il voyait. Le spectacle était d'ailleurs assez triste. L'épidémie continuait d'exercer ses maléfices sur les bonnes gens et jusque sur les bestiaux. Ce n'était qu'enterrements, charognes au bord du chemin et bûchers à l'odeur âcre. Mais le jeune garçon avait si abondamment côtoyé la mort depuis sa naissance que toute cette misère lui était, en quelque sorte, naturelle.

En revanche, il se montra fort intrigué par l'auberge où Jakob Fürstenau décida que l'on passerait la nuit. Jamais il n'avait vu si grande salle et âtre si vaste qu'on y pouvait rôtir un bœuf. Les servantes portaient des chopes de bière à enivrer une armée, et les ivrognes allaient bon train, jouant aux cartes et aux dés, s'insultant pour rire d'une table à l'autre, reprenant en chœur des refrains militaires et grivois. Le pasteur, lorsqu'il se rendait auprès du recteur, descendait toujours en ces lieux. En effet, Dietrich Frankenberg n'accordait audience qu'aux aurores et si l'on voulait être reçu rapidement il n'était d'autre moyen que d'arriver au palais avant l'ouverture des grilles qui avait lieu à sept heures.

Balthasar et son père couchèrent entre deux planches bordées de foin tandis que Jakob, en tant que membre du clergé, avait eu droit à une paillasse. Mais peu importait! Pour le fils de Johann Siegismund Kober, tout en cette auberge n'était que merveille. Il ne parvint à s'endormir que fort tard, tant ce qu'il avait vu excitait son imagination, et tant le rendez-vous du lendemain lui semblait à la fois prodigieux et terrible. N'avait-on pas murmuré que le recteur Frankenberg était président du Saint Tribunal de la Ligue?

A six heures nos amis arrivèrent devant les grilles. Une trentaine de personnes attendaient déjà. Parmi elles, il en était une que Balthasar remarqua aussitôt. C'était un grand échalas vêtu de vert, coiffé d'un chapeau à plumes et qui faisait les cent pas avec beaucoup d'importance. Personne ne semblait le connaître mais chacun le considérait avec respect. Aussi, lorsque les grilles s'ouvrirent, ce personnage entra tout le premier dans la cour qu'il traversa en faisant sonner ses bottes sur le sol.

Le palais avait appartenu à l'évêque du temps des Indulgences. C'était un bâtiment plus massif que somptueux, taillé dans la pierre grise de Silésie et dont le principal ornement était l'escalier à double révolution qui menait aux salles d'audience. Le froid était assez vif et lorsque notre trio monta les marches de cet escalier, ce fut en claquant des dents. Une sorte de greffier tout de noir vêtu les accompagna, le nez baissé, à travers les couloirs obscurs que quelques torches éclairaient ici et là, abandonnant à l'ombre d'innombrables recoins où l'imagination de l'enfant plaçait des bêtes. C'est que les loups avaient, dit-on, envahi le palais, quelques années plus tôt, et il se pouvait qu'on en eût laissé en liberté quelques-uns.

A sept heures et demie, la haute porte de chêne s'ouvrit et l'on introduisit les trois visiteurs dans le cabinet particulier du recteur. C'était là une faveur. Balthasar s'attendait à pénétrer dans une manière de salle du trône au fond de laquelle siégerait le maître de céans entouré d'une cour chamarrée. L'endroit où ils se retrouvèrent tenait plutôt du réduit. Une seule lampe éclairait faiblement la table derrière laquelle se devinait une ombre confuse : Dietrich Frankenberg qui, à cette heure, achevait de vérifier les comptes de la veille.

Les yeux s'habituant à la pénombre, on aperçut enfin trois tabourets sur lesquels on s'assit tandis que le recteur, derrière ses lunettes, observait les nouveaux arrivants comme si ses yeux où dansait la lampe avaient le pouvoir de percer la nuit. Son maigre visage était jaune, parcheminé, pareil à celui d'un cadavre, mais le regard noir, luisant, coupant, avait de quoi rassurer sur la parfaite santé de ce Jérôme.

Il posa sa plume et dit à Jakob : « Est-ce là votre protégé? – Oui, Votre Grâce. – Est-ce là le père de votre protégé, le docteur Johann Siegismund Kober de Bautzen? – Lui-même, Votre Grâce. » Le recteur leva les yeux vers le ciel : « *Je veux tirer mon savoir de très loin, pour justifier mon Créateur.* Job, VI, 3. Et toi, enfant, si tu sens en toi l'appel de ce savoir, sache d'abord quelle en est la douleur... » Balthasar ne comprenait pas exactement ce que l'ombre lui disait, mais il sentait que c'était le préambule nécessaire, quasiment rituel, aux grandes décisions qui allaient suivre.

Le recteur reprit : « Cher Jakob Fürstenau, il convient que les enfants doués d'intelligence soient fortifiés dans notre sainte religion. Trop nombreux ont été les clercs qui ignoraient tout de la théologie et qui allaient divaguant à travers un monde trop sensible à la sottise. C'est pourquoi j'ai décidé de rassembler nos futurs maîtres dans un séminaire particulier où, dès leur plus jeune âge, ils seraient instruits de nos sciences. J'ignore si votre protégé sera capable de se hausser à la mesure de cette élite mais, pour vous être agréable, cher Jakob Fürstenau, je veux bien l'inscrire aux frais de l'Université en cette classe particulière, et cela durant une année; après quoi nous aviserons. »

Johann Siegismud se jeta sur le plancher en bégayant : « Excellence... Excellence... », ce qui parut irriter le recteur. Jakob prit alors la parole pour remercier Sa Grâce de la faveur qu'il accordait ainsi à Balthasar, lequel ignorait absolument ce que recouvrait de si remarquables propos, si bien qu'il se retrouva engagé dans la voie théologique et donc religieuse sans avoir eu le temps d'y songer. On lui laissait huit jours pour se préparer.

De retour à Bautzen, le jeune garçon comprit que son existence allait remarquablement changer. Il se montra inquiet de quitter la demeure paternelle mais Johann Siegismund le raisonna autant qu'il le put, tâchant de se convaincre lui-même que cette séparation était nécessaire. Mais plus encore lui manquait déjà la forêt et l'étang de Landeskrone où il avait si longtemps erré en compagnie du chevalier au dragon et du chat qui parlait toutes les langues. Il lui semblait que sa véritable mère était cette nature broussailleuse où trottaient des cerfs et peut-être des licornes. La veille de son départ, il demeura longtemps face à l'étang où des canards sauvages et des poules d'eau s'ébattaient. C'était son enfance qu'il quittait.

Le séminaire que Dietrich Frankenberg avait fait organiser par le docteur en théologie Tobias Peuckert avait été installé sur la rive droite de l'Elbe dans une vaste bâtisse assez lugubre qui, naguère, avait servi de logement à la troupe de Dorstadt. Balthasar entra dans la classe des mineurs où, très rapidement, il étonna par sa culture biblique et par sa vivacité d'esprit, si bien que six mois plus tard on le fit passer dans la classe moyenne où il fut mieux à sa place.

« A quinze ans j'étais demeuré aussi balourd qu'un enfant de dix ans. Les petites réalités du monde m'échappaient absolument, si bien que mes compagnons avaient eu tendance à se moquer de ma maladresse. Toutefois, comme malgré ma maigreur, j'étais fort irritable, ils comprirent vite que mieux valait composer avec moi, ce qu'ils firent avec d'autant plus d'empressement que, sur le plan intellectuel, je leur étais aisément supérieur. La raison en était que pour eux les raisonnements théologiques demeuraient abstraits alors que pour moi il s'agissait d'une réalité aussi évidente qu'une table ou une chaise. Tandis que le docteur Peuckert s'évertuait à dénombrer les anges selon les hiérarchies de Denys, je voyais des dizaines de petits visages d'angelots appuyer leur nez sur les vitres de la fenêtre et un bel archange traverser le fleuve parmi les bateaux aux voiles brunes. »

L'Elbe fascinait Balthasar et, en quelque sorte, l'appelait. Sans doute retrouvait-il en ces eaux lentes et superbes le même jeu irisé de la lumière qui le séduisait tellement au crépuscule sur l'étang près de Bautzen. C'était un théâtre transparent où se miraient les nuances du couchant. Et là, en ce déploiement de couleurs, Balthasar distinguait des ailes, des milliers d'ailes qui s'ébattaient joyeusement, pareilles à un gigantesque envol de colombes. Une musique, en ces moments, l'entreprenait; musique toute faite de silence, comme si au plus profond du silence régnait cette musique que seule l'oreille du cœur pouvait entendre.

Les autres étudiants n'entendaient rien et Balthasar le comprenait fort bien, lui qui jadis n'avait pas entendu la voix de ses frères et de ses sœurs disparus. Cet autre sens lui était venu lentement et plus particulièrement depuis qu'il avait découvert le coffre dans la grotte. Cet événement avait marqué le début de ce qu'il appelait ses « rencontres », lesquelles s'étaient rapidement multipliées. Toutefois il n'en avait parlé à personne, non qu'il craignît que son père ou le pasteur Jakob ne le prissent pas au sérieux, mais parce qu'il lui sembla que c'était là un bien trop précieux pour qu'il se permît de le galvauder. Un secret existait entre le jeune garçon et l'inconnu, quelque lien aussi ténu et aussi fort que l'amour. Il le gardait fidèlement en sa mémoire, attentif à toute autre circonstance semblable qui, au détour du chemin, se présenterait à lui avec le plus parfait naturel.

Ses compagnons se doutaient-ils de l'originalité de ce petit garçon bègue qui, fort tranquillement, communiquait avec l'invisible? C'était des enfants issus de familles aisées, commerçants surtout, qui espéraient placer l'un de leurs fils dans le clergé tandis qu'un autre serait dans le gouvernement et un troisième dans la banque. Parmi eux Balthasar ressemblait au canard de la légende. On le laissait à ses méditations – ce dont il s'accommodait d'autant mieux qu'il n'avait guère de sujets de conversation à échanger avec quiconque. Naturellement on mettait ce retrait sur le compte de sa difficulté d'élocution, mais il n'en avait cure.

Ainsi durant quatre mois, c'est-à-dire jusqu'en juillet, le docteur Tobias Peuckert put-il se montrer satisfait du fils Kober et eut-il tout le loisir de penser que c'était là une excellente recrue. Or, en juillet, une nouvelle alarmante arriva au séminaire qui, aussitôt, obligea Balthasar à quitter Dresde pour Bautzen.

Johann Siegismund ayant fait une mauvaise chute de cheval s'y mourait.

« Eh bien, monsieur le docteur..., commença le père d'une voix si faible que le fils dut se pencher sur le lit pour l'entendre. Vous voici donc un homme instruit des choses du monde et de Dieu? » Balthasar se prit à pleurer : « Père, je ne sais rien du monde ni de Dieu! – Allons, fils Kober, toi qui resteras le dernier, redresse la tête! Ne te laisse pas distraire par ceux qui parlent aisément. Dieu a voulu mettre une barrière à ta langue pour que la moindre de tes paroles sonne juste et soit en harmonie avec la Sagesse. Fils Kober, promets à ton père d'être le gardien de notre mémoire. Valentina, Gertrud, tous nos chers enfants, et maintenant moi, Johann Siegismund, te remettons le flambeau de vie car, selon l'Ecriture, celui qui se saisit de la loi reçoit la lumière. Je te transmets la loi. »

Il désigna d'un doigt tremblant la Bible qui était ouverte sur un tabouret à côté de lui. Balthasar, précautionneusement, s'en saisit. Tout autour de lui, en cette chambre où ils avaient été conçus, où ils étaient nés et où la plupart d'entre eux étaient morts, les enfants Kober, ceux de Valentina et ceux de Gertrud, s'étaient rassemblés. A présent il les entendait distinctement. Leurs voix cristallines tintaient à ses oreilles. Elles disaient : « Nous resterons toujours avec toi, ô Balthasar Kober! Toujours avec toi... » Il en fut tout effrayé. Serrant la Bible entre ses bras, un grand froid dans le cœur, il vit Johann Siegismund le quitter en un souffle qui semblait prendre ses racines au bout du monde; puis dans le silence revenu, ce furent les enfants qui s'en allèrent : ceux de Valentina, d'abord, et enfin ceux de Gertrud. Bientôt Balthasar se retrouva seul.

Il erra un peu dans la maison. Chaque objet lui était familier mais, à présent, semblait être mort en même temps que le père. Tout lui parut inutile, désœuvré. Il ouvrit la porte de l'écurie. Le cheval s'enfuit. L'âne resta. Ensemble ils sortirent dans Bautzen. Ce n'était plus qu'un assemblage hétéroclite de maisons biscornues. Les villageois, derrière leurs rideaux, le regardèrent passer comme s'il portait avec lui le mauvais œil.

« Fils Kober, dit le pasteur Jakob Fürstenau, tu as désormais une autre famille, grâce au Ciel et au recteur Frankenberg. Ta famille terrestre s'en est allée, tels les grains de sable entre les doigts du Créateur. Demeure ta famille spirituelle. Fils Kober, monte sur ton âne et regagne le séminaire où ton destin est inscrit. » Puis il bénit le jeune garçon qui, peu réconforté par cette harangue, se jucha sur l'âne et prit le chemin de Dresde.

3

Balthasar avait à peine parcouru deux lieues qu'il vit venir vers lui un cheval immense sur lequel se tenait très droit un personnage vêtu de vert, coiffé d'un grandiose chapeau à plumes. Plus il approchait, plus Balthasar était persuadé de l'avoir déjà rencontré et, en effet, c'était ce même homme qui l'avait intrigué lorsqu'en mars il s'était présenté avec son père et le pasteur devant les grilles du palais rectoral.

Lorsqu'il fut advenu à la hauteur du jeune garçon, l'inconnu ôta cérémonieusement son couvre-chef et s'exprima en ces termes : « Sérénissime Excellence! quel honneur pour moi de vous rencontrer, cheminant ainsi sur votre somptueux destrier! – Hé là! fit Balthasar. Je ne suis pas excellent et ceci... ceci n'est qu'un âne! – Admirable! reprit l'homme en vert. Mais, dis-moi, petit, que fais-tu donc à courir les routes? Serais-tu un de ces bandits qui détroussent sans vergogne les pauvres voyageurs? – Vous vous moquez, monsieur! J'ai perdu mon père qui était tout ce qui me restait au monde, et maintenant je regagne le séminaire de Dresde où j'apprends la théologie. »

Irrité comme il l'était par l'attitude de son interlocuteur, Balthasar avait répondu d'un trait, presque sans bégayer. L'autre poussa une exclamation de surprise et s'écria : « Théologien! Monsieur est théologien! Ah! jour trois fois béni! Et moi qui, justement, me demandais comment il se fait que le soleil tourne autour de la terre, ou l'inverse, alors que si je jette une pierre dans les airs elle ne se prend pas à tourner autour de ma tête! Mais permettez-moi de me présenter : Algesipus Camenius Astrabale, dit Pappagallo, ce qui signifie perroquet! »

Balthasar ne savait quel parti prendre. Il lui fallait poursuivre sa route si, au pas de son âne, il voulait atteindre Dresde avant le soir du lendemain. Mais le grand gaillard juché sur sa monture aux jambes interminables poursuivait : « Mon cher, c'est la grâce de Dieu qui vient de s'abattre sur vous! Car, entre nous, la théologie, est-ce une affaire de chrétien? Ne va-t-on pas ruiner votre cervelle, opacifier votre entendement sous des charretées de raisonnements plus abscons les uns que les autres, alors que, si vous m'en croyez, il est d'autres chemins, beaucoup plus sûrs, pour aimer ses frères et rendre hommage à Dieu. Et d'abord, connaissez-vous le hi-han? »

Balthasar dut avouer qu'il ne savait pas ce que c'était. « Eh bien, reprit le sieur Pappagallo, c'est le langage des ânes. Or, vous qui êtes monté sur un âne, vous ignorez comment il parle et comment il faut lui parler? Allons, regardez un peu. » Il descendit prestement de cheval et s'approchant de l'âne il lui murmura quelques paroles à l'oreille. Aussitôt l'animal se prit à braire joyeusement et à se secouer tant et si bien que Balthasar eut tout juste le temps de sauter à terre avant d'être renversé.

« Que lui avez-vous dit? demanda le jeune garçon. – Que vous étiez théologien. – Et c'est cela qui l'a fait rire de la sorte? – Mieux encore! Il m'a répondu que vous feriez cent fois mieux d'abandonner le chemin sec de l'élucubration didactique pour vous élancer sur la voie joyeuse de la vie. Vos livres sont des tombeaux, mon bon ami! » Balthasar était éberlué qu'un âne fût capable de s'exprimer aussi bien, mais déjà une petite voix lui suggérait de se méfier. Hé quoi, qu'existait-il de plus sérieux et de plus noble que l'étude de Dieu? Quel était le lieu le plus savant de tout le pays – et sans doute de la terre – en cette matière que la Réformation avait rénovée, sinon le séminaire de Dresde, dirigé par le docteur Tobias Peuckert sous l'égide magistrale du recteur Dietrich Frankenberg? Un âne et un perroquet avaient-ils seulement le droit de songer à de si remarquables questions?

L'homme en vert, voyant dans quelle hésitation Balthasar se tenait, reprit autrement son discours : « Cher émule des grands docteurs, je n'aurai pas la présomption d'engager avec vous une conversation sur les Principes ou les Causes. Je me retrouverais entortillé dans les rets de votre science. En revanche, il est un point sur lequel je suis capable de vous apporter une excellente lumière. Votre âne me l'a dit : vous avez faim. Eh bien, venez avec moi. A deux pas d'ici je vous montrerai une table fort garnie. Vous mangerez en superbe compagnie, et ensuite, à vos études, jeune homme! Il n'est pas d'intelligence sans ventre rempli. »

Balthasar bredouilla quelques phrases dont le sens échappa à tout un chacun, y compris à lui-même, car il est vrai que la faim lui serrait l'estomac depuis son départ de Bautzen. Le pasteur, tout à ses recommandations, avait oublié de le munir de provisions et d'argent pour le voyage. Qui que fût l'inconnu, il avait du moins la bonté d'inviter l'enfant à se rassasier. Les sciences de Peuckert, de Frankenberg et même de Luther réunies n'auraient pu rivaliser avec une proposition si bien venue. Balthasar en fut tout ému et, remontant sur son âne, il suivit Pappagallo en direction de la forêt.

En fait, ce grand diable au chapeau exubérant et à l'habit ridicule était le directeur d'une troupe théâtrale ambulante qui traversait l'Allemagne pour se rendre en Italie. Ces saltimbanques avaient dressé leur camp dans une clairière et lorsque le sieur Algesipus Camenius Astrabale parut en compagnie de Balthasar, une véritable ovation les accueillit. « Mes bons frères, permettez-moi de vous présenter un théologien en route pour Dresde. Il connaît tout du ciel et de la terre, des anges et des démons, de la vie de Melchisédech et de l'œuvre d'Ezéchiel, mais il est affamé comme un loup des anciens jours. Acceptez-vous de l'accueillir à votre table?

– Doucement, fit un drôle qui portait un bonnet avec des sonnailles et un pourpoint jaune à droite et noir à gauche, qui nous prouve que cet éminent théologien ne cache pas un redoutable magicien? Ne serait-il point capable de me changer en œuf et de me déguster à la croque-au-sel? J'en connus un qui transformait les filles en dindons, les chevaux en rats et les champignons en hérissons... » Balthasar se mit à rire : « Et moi, j'en connais un qui mentait si mal que nul ne le croyait! – Bravissimo! s'écria une jeune fille à la robe bariolée telle qu'en portaient les paysannes de Hongrie. Te voilà mouché, Cassotti, vieux renard aux pattes usées à force de courir... Et toi, garçon, tout théologien que tu es, ta raison est bonne! Pappagallo, qu'attends-tu pour faire servir notre invité avec tous les honneurs dus à un seigneur de son rang? »

Les comédiens, tout comédiens qu'ils étaient, avaient bien compris que Balthasar était non seulement malheureux mais misérable, et durant le repas qui suivit ils s'ingénièrent à le distraire. Ils étaient sept et se relayèrent pour donner au fils Kober un spectacle comme il n'en avait jamais vu. Ainsi, tandis qu'on lui servait un repas plantureux, on lui montra un ours que l'on fit danser, un singe et sa guenon, vêtus comme des humains et qui jouèrent une petite pièce accompagnée d'un air de mirliton. Un trio se donna des gifles et la jeune fille chanta en s'accompagnant au luth. L'olibrius aux sonnailles fit quelques tours de prestidigitation, escamotant un verre, puis une bouteille, et enfin le rôti – que Balthasar retrouva ensuite dans son assiette.

Tout cela était si gai, si aimable que notre héros se mit à battre des mains et à rire sans pour autant perdre une bouchée ou une lampée des mets et du vin qu'on lui apportait. Et Pappagallo, assis à ses côtés, commentait le spectacle comme si l'on eût été à la foire. L'ours Pepinster était le plus intelligent de la planète, le singe Wagner et sa Pepita avaient été décorés par l'Empereur, la belle Rosa qui chantait si bien en s'accompagnant du luth avait charmé toutes les cours d'Europe, à tel point que trois princes l'avaient demandée en mariage; le drôle aux sonnailles avait été secrétaire particulier du vice-évêque de Liège. Bref, il paraissait que tout le monde était célèbre, ce qui remplit Balthasar de respect et d'admiration.

Aussi, à l'issue de ce repas aux divertissements variés, commença-t-il de sommeiller et, confiant en tous ces gens qui l'avaient si bien nourri et amusé, il oublia la route de Dresde, le séminaire et le docteur Peuckert. Bercé par une nouvelle chanson de Rosa, il se laissa glisser sous la table et paisiblement s'endormit.

Lorsqu'il s'éveilla, une nuit et un jour s'étaient écoulés. Les comédiens avaient levé le camp, avaient étendu le jeune garçon dans une de leurs charrettes à bagages et s'étaient rendus à Radebeul, à quelques lieues de Dresde, où ils devaient donner une représentation à l'italienne. Le soir tombait et, sur le moment, Balthasar se demanda où il se trouvait. Etait-il en proie à un rêve ou à quelque vision? Devant lui, sur des tréteaux, des personnages s'agitaient furieusement, allaient et venaient en hurlant des phrases pompeuses, tandis qu'une trentaine de badauds regardaient.

Ce fut seulement lorsque Rosa s'approcha de lui que la mémoire lui revint. « Oh! bégaya-t-il, je me suis trop attardé... Il me faut aller à Dresde où l'on m'attend. Et où est mon âne, s'il vous plaît? » Elle le rassura. Dresde était à deux heures de route, l'âne paissait tranquillement avec les chevaux. Le lendemain matin il pourrait repartir, reposé et muni de quelque argent. Les sommes gagnées durant cette soirée lui seraient données.

« Mais, protesta-t-il, je ne veux pas de cet argent! Vous êtes trop bons envers moi qui ne pourrai jamais vous rembourser. – Tu vexerais beaucoup Pappagallo si tu refusais, dit Rosa. Il se nomme aussi Noble-Cœur. Toutefois, ne t'inquiète pas, le jour viendra où nous nous retrouverons et, qui sait? Ce sera alors toi qui nous aideras. – Je le promets! » fit solennellement Balthasar. Puis il regarda avec intérêt le théâtre que l'on donnait sous ses yeux.

A neuf heures, les lampions s'éteignirent. « Alors, remarqua l'homme en vert en rejoignant notre ami, que t'en semble? La comédie ne vaut-elle pas la théologie? – Hélas, bredouilla Balthasar, je ne saurais m'exprimer aussi bien que vous. J'ai comme un veau sur la langue... – Démosthène, grand orateur de l'antiquité, récita Pappagallo avec emphase, était originellement affligé d'un bégaiement congénital. Il se remplit la bouche de petits cailloux et se prit à déclamer devant la mer. – Pourquoi devant la mer? demanda Balthasar. – Afin de couvrir le bruit des vagues et de faire porter sa voix jusqu'au bout de l'horizon », répondit l'artiste. L'enfant en fut stupéfié.

« Vois-tu, reprit Pappagallo, il n'est de vraie victoire que sur des champs de bataille où nul ne saurait vaincre. Abandonne aux autres ce que n'importe qui peut apprendre. Choisis l'impossible, l'irréalisable, l'inaccessible et fais-le. Dieu a des grâces particulières pour ceux qui escaladent les montagnes vierges. Et donc tu seras orateur si tu persistes sur la voie de la théologie, ou tu seras comédien si tu demeures avec nous. Mais n'aie crainte, je ne t'obligerai pas à choisir. Retourne au séminaire et réfléchis. Le jour venu tu décideras. Toutefois, afin que tu puisses toujours nous retrouver, nous te confierons cette nuit quelques secrets. Le veux-tu bien? – Il le veut! Il le veut! » s'écria Rosa. Et ainsi le fils de Johann Siegismund Kober, parce qu'il avait su émouvoir une troupe de baladins, entra dans la confrérie des Galopins.

A l'aube, le lendemain, Balthasar monta sur son âne après avoir embrassé ses nouveaux amis. Lorsqu'il arriva à Dresde, il y trouva une effervescence sans pareille. Les gens allaient et venaient en tous sens comme fourmis sur une fourmilière bouleversée. Etait-ce une nouvelle épidémie, une autre guerre? Il se hâta vers le séminaire au bord de l'Elbe. Lorsque malgré la foule, il y parvint, le portier le fit entrer précipitamment dans la cour et referma les grilles derrière lui. « Le diable est caché dans la ville », lui chuchota-t-on à l'oreille.

Le diable? Balthasar ne l'avait jamais rencontré. Et pourtant Dieu sait s'il avait rencontré des inconnus de toutes sortes en ces moments où derrière les apparences du monde se manifestait à lui une autre réalité, ce qu'il appelait la « vraie réalité »; mais point de sabots fourchus! Jakob Fürstenau lui avait bien raconté l'histoire d'un homme qui, pour ne jamais mourir, avait signé un pacte avec un démon du nom de Belzébuth. Toutefois il n'avait pas saisi l'intérêt de l'entreprise, puisque pour gagner le paradis il était préalablement nécessaire de mourir. « Va-t-il donc attendre sempiternellement devant la porte? » avait-il demandé au pasteur qui en était demeuré coi...

Or, cette fois, le diable errait dans la ville de Dresde. Il avait un nom et une fonction particulière. Il se nommait Valentin Bonhœffer et était imprimeur. Le tribunal présidé par le recteur Dietrich Frankenberg avait été saisi d'une grave accusation le concernant : celle de magie. Sur ses presses seraient sortis des ouvrages contenant des pentagrammes d'origine juive destinés à évoquer les morts et peut-être même à les ressusciter. Or, dès qu'il avait eu vent du danger qu'il encourait, Bonhœffer s'était caché en quelque endroit de la cité. On l'avait aperçu. Le monstre ne pouvait s'échapper. Mais qui sait quel tour maudit un tel damné ne perpétrerait-il pas avant que la soldatesque s'emparât de sa personne?

Le soir venu, le docteur Tobias Peuckert fit rassembler les étudiants dans le temple et leur enjoignit de prier pour que « le fils de Satan, frère de Judas l'Iscariote » soit rapidement découvert et remis au bras séculier pour être brûlé. Un frisson passa sur la jeune assistance à l'annonce d'un tel programme. Quant à Balthasar il descendit visiter son âne à l'écurie et, puisqu'à présent il parlait couramment le « hi-han », il lui demanda ce qu'il fallait penser de cette affaire, après quoi il remonta au dortoir ne sachant plus que croire de la justice des hommes.

4

Durant les semaines qui suivirent, on ne retrouva pas l'imprimeur Bonhœffer et l'opinion se calma. Le docteur Peuckert avait repris ses cours et Balthasar sa contemplation de l'Elbe à travers les vitres de la salle d'études. La mort de son père avait laissé en son cœur un vide immense, comme si d'un seul coup on avait déménagé tous les meubles de sa mémoire. En revanche, il se sentait responsable de ces défunts que Johann Siegismund lui avait confiés avant de mourir et il ne savait trop qu'en faire.

Or, un soir d'août de cette année 1595, alors qu'il venait de se coucher, un visage se pencha doucement vers le sien tandis qu'une voix très douce et très fragile, la voix d'un enfant, lui dit : « Balthasar Kober, écoute un peu. Nous avons besoin de toi. Lève-toi, descends dans la cour et obéis à celui que tu rencontreras. » Le jeune garçon ouvrit les yeux et reconnut celui qui lui parlait. C'était son frère jumeau Caspar. « Que fais-tu dans ce dortoir? lui demanda-t-il. Ne serais-tu pas mieux à ta place avec notre père, nos mères, nos frères et sœurs dans le cimetière de Bautzen? D'ailleurs, qui t'a chargé de m'éveiller et de me faire descendre dans la cour? » Caspar s'assit sur le bord du lit : « Balthasar Kober, ne cesseras-tu donc jamais de raisonner ?

– C'est bon », décida Balthasar, et il se leva, s'habilla en un tournemain, après quoi, suivi de son frère, il traversa le dortoir à tâtons, descendit par l'escalier jusqu'à la cour où, sur le moment, il ne vit personne. « Psitt! Psitt! » fit une ombre dans un bosquet. Il s'approcha et aperçut un homme qui se cachait. « Etes-vous Balthasar, l'ami des Galopins? – Je suis Galopin moi-même, répondit fièrement Balthasar. – Ne le proclamez pas si haut! » fit l'autre dans le feuillage. Puis il reprit : « A la vie, à la mort, furet joli court encore. – Que voulez-vous de moi? » demanda le jeune garçon, ravi de rencontrer de façon si insolite un membre de sa confrérie.

« On me recherche. Aussi me suis-je caché dans les écuries de cette bâtisse. Et maintenant il me faut partir. La grille est fermée. Où est la clé? – Chez le portier », dit Balthasar. Et aussitôt, sans en demander davantage, il traversa la cour en silence, se glissa à l'intérieur de la loge du portier, s'empara de la clé qui était suspendue à un clou, entrouvrit délicatement la grille. Le Galopin lui serra la main et disparut.

Plus tard, lorsqu'il eut replacé la clé dans la loge, qu'il fut remonté au dortoir et qu'il se fut recouché, Balthasar demanda à Caspar qui était cet inconnu. Caspar, assis sur le bord du lit, lui répondit : « Valentin Bonhœffer, naturellement... – Comment? fit Balthasar. Le magicien? Et toi, mon propre frère, tu es venu du cimetière de Bautzen pour me suggérer de devenir son complice? Dis-moi, Caspar Kober, jure-moi de me répondre en toute vérité : n'est-ce pas ce magicien qui t'éveilla parmi les morts et t'obligea à le servir? – A Dieu ne plaise! s'écria Caspar. Nous ne mangeons pas de ce pain-là! Valentin Bonhœffer est innocent des crimes dont on l'accuse. Il est un bon serviteur de

Notre-Seigneur le crucifié. Hélas, il n'est pas dans le droit fil des idées de plomb du recteur. Malheur à qui ose penser là où cet orgueilleux dogmatise! »

Balthasar était terrifié. Lui, le pupille de Dietrich Frankenberg, l'élève de Tobias Peuckert, il avait aidé l'imprimeur hérétique à s'enfuir! Il sentit le venin de la trahison l'envahir. Cette confrérie des Galopins n'était-elle pas une assemblée de l'Enfer? Pappagallo n'était-il pas un diable fait homme? Toutefois le beau et aimable visage de Rosa lui vint à l'esprit. Il entendit le chant qu'elle interprétait de sa voix douce en s'accompagnant au luth. Non; les comédiens étaient des amis. Ils s'étaient montrés généreux envers lui comme seuls des honnêtes gens peuvent l'être. Et donc, puisqu'il appartenait à la famille des Galopins lui aussi, Bonhœffer était innocent.

Mais alors – Balthasar tremblait à cette pensée –, si Bonhœffer était injustement accusé par le recteur et par le docteur, c'était eux les coupables car il est indigne de jeter le discrédit sur un homme droit. Et lui, le fils de Johann Siegismund Kober, il ne pourrait demeurer plus longtemps sous le même toit que des imposteurs aveuglés par leur orgueil car c'était leur enseignement lui-même qui, dès cet instant, devenait suspect.

Ainsi durant cette terrible nuit le jeune garçon fut torturé à l'idée que, de toute manière, il allait devoir choisir entre deux destins qui lui parurent aussi aléatoires l'un que l'autre. S'il restait à Dresde, il y gagnait en sécurité mais fondait son avenir sur l'hypocrisie. S'il allait rejoindre les comédiens, il s'engageait en aveugle sur un chemin au bord de l'abîme mais il y rencontrait la liberté. Au matin, il lui apparut clairement que la théologie du docteur Peuckert ressemblait à la tour de Babel et, vers neuf heures, sans saluer personne, monté sur son âne il s'en fut.

Peuckert pensa que l'enfant était reparti pour Bautzen. Il écrivit au pasteur Jakob Fürstenau afin de le prier de ramener le fils Kober au séminaire dont il était le meilleur étudiant. Le docteur était prêt à pardonner la manière peu civile du jeune garçon, mais lorsqu'il apprit par le pasteur que Balthasar n'avait pas reparu dans son bourg natal, il commença de s'inquiéter et avertit le recteur. Celui-ci lui reprocha le manque de surveillance de son établissement et donna ordre que l'on se livrât à quelques recherches – encore que, depuis la disparition de l'imprimeur, il ne se fît guère d'illusion sur l'efficacité de ses gens d'armes!

En fait, Balthasar s'était rendu à la patte d'oie au sortir de Dresde en direction de Meissen et de Freiberg. Ainsi que Pappagallo lui avait appris à le faire, il avait déchiffré les signes écrits au dos de la croix qui s'élevait à cet endroit, comme à tous les carrefours en patte d'oie, et il avait poursuivi sa route vers Freiberg. De même, arrivé à ce bourg, la croix du carrefour lui avait appris à chevaucher vers Linbach où, à sa stupéfaction mêlée de joie, il avait reconnu l'enseigne d'une auberge, semblable à celle que Pappagallo lui avait décrite, représentant une oie blanche et un gril. Il avait attaché l'âne devant la porte et était entré.

C'était un lieu fort modeste où quelques buveurs attablés se disputaient en riant tandis qu'au fond, assise à côté de l'âtre où ronronnait la marmite, une femme sans âge semblait attendre à jamais. « Que cherches-tu petit? demanda un homme qui servait à boire dans de grandes chopes d'étain. – Un gîte, fit Balthasar. – Et avec quoi le paieras-tu, mon gaillard? reprit l'homme assez surpris. – Avec mon gain », dit encore Balthasar.

L'homme posa ses chopes sur une table, vint vivement vers le jeune garçon et, en un souffle : « Qui connais-tu? – Pappagallo. – Suis-moi dans la chambre », dit l'aubergiste. Et lorsqu'ils furent dans la chambre : « Par le Christ, tu es bien jeune pour faire un Galopin ! » s'écria cet homme mais il n'en serra pas moins Balthasar entre ses bras. « Je suis orphelin », commença notre ami et il expliqua comment les comédiens l'avaient si fraternellement adopté. « Pardonne-moi, fit l'aubergiste, mais il convient d'être prudent. Les têtes de plomb sont partout et ton jeune âge avait de quoi m'intriguer. – Savez-vous où sont Pappagallo, Rosa et les autres? » demanda Balthasar.

Il l'ignorait mais il savait qu'ils avaient donné des représentations à Glauchau et qu'ensuite ils devaient poursuivre leur voyage vers le sud. Aussi lui conseilla-t-il de bien dîner, de dormir tout son saoul. Le lendemain ils aviseraient. Et, en effet, Balthasar mangea comme quatre et tomba dans un sommeil si profond qu'il ne s'éveilla que douze heures plus tard, au moment où l'aubergiste lui proposa de l'emmener en charrette à Plauen où se tenait un grand marché. L'âne galoperait derrière. Ce qui fut fait.

En chemin, ils croisèrent des enterrements et des bûchers. Dans cette région aussi l'épidémie frappait indistinctement gens et bestiaux. Pourtant la vie continuait comme si la mort n'était pas son adversaire mais sa compagne. Elles allaient toutes deux, bras dessus bras dessous, l'une semant, l'autre fauchant. Les pasteurs s'écriaient : « Préparez vos âmes! L'existence n'est qu'un passage dans une vallée de larmes ! » Et tel, en effet, était le tableau que peignait la troupe de Pappagallo lors de ses représentations. Deux comédiens vêtus en femme interprétaient les jumelles Mors et Vita, ce qui avait fait beaucoup rire l'aubergiste. Il en riait encore lorsqu'il abandonna Balthasar et son âne près du marché.

Derrière la croix dressée à la patte d'oie de Plauen,

on indiquait aux Galopins de se rendre à Cobourg. Notre ami hésita un bref instant. Ne disait-on pas que Cobourg était demeurée papiste? Il entendit alors la petite voix de Caspar qui lui disait : « Un franc Galopin ne doit pas s'arrêter à ces affaires de confession qui cachent, en vérité, d'autres intérêts. En route pour la paroisse Saint-Maurice! – Hélas! fit Balthasar. Que sais-tu de ces Galopins, toi qui es mort avant même d'apprendre à lire? » Caspar se mit à rire : « Mon cher, depuis cette époque j'ai eu tout le temps de me mettre à l'étude. Crois-tu donc que nous demeurions ignares, nous qui sommes éclairés par Dieu? Va à Cobourg. – Eh bien, allons à Cobourg », conclut Balthasar et il enfourcha sa monture.

En fait, cette randonnée à travers la région l'amusait assez. Elle lui rappelait cette errance de l'âme dont parlait saint Anselme, « pareille à la démarche de quelqu'un qui recherche un ami. L'âme qui se replie sur elle-même n'est pas en sécurité, comme elle le croit peut-être. Elle dépérit. En revanche, l'âme qui va et qui vient se garde éveillée pour l'heure de l'autre éveil, celle de la rencontre avec la grâce. Mieux vaut marcher et s'égarer durant un temps plutôt que de rester immobile. L'oiseau qui vole sera porté par le vent de l'Esprit. L'oiseau posé va mourir. Avancez sur le chemin car il n'est de chemin que si vous avancez. »

Et donc Balthasar avança si bien qu'il entra à Cobourg avant la nuit. Toutefois il eut beau lever les yeux, il ne vit nulle part d'enseigne à l'Oie et au Gril. Aussi se demandait-il comment il allait passer la nuit, lorsqu'il se souvint que Caspar lui avait parlé de la paroisse Saint-Maurice. Le haut clocher dominait les toits. Il fut bientôt devant le porche où un mercelot entouré de quelques badauds interpellait les passants, leur proposant des dentelles de Bruges. « Et toi, petit homme avec ton âne, qu'achèteras-tu au vieux Flamand? » Balthasar ne s'arrêta pas, fit le tour de l'église et, comme la nuit était totalement tombée, revint devant le porche et s'assit sur une marche, aux pieds de la statue de saint Jacques.

« Qu'attends-tu donc? demanda le mercelot en s'approchant de lui avec une lanterne. Tu es bien jeune pour errer ainsi dans l'obscurité. Tes parents ne sont-ils pas d'ici? » Balthasar expliqua qu'il était orphelin et qu'il recherchait ses amis les comédiens qui ne devaient pas être fort loin. « Ecoute, dit cet homme, tu les retrouveras sans doute demain mais auparavant viens avec moi. Je connais un endroit où on acceptera de te loger pour la nuit. Ce ne serait pas d'un chrétien de te laisser à la rue, d'autant que, par les temps qui courent, une mauvaise fièvre est vite attrapée. » Par les venelles, ils allèrent et, finalement, entrèrent sous une arcade, frappèrent à une porte, se retrouvèrent dans une salle éclairée aux chandelles où une grande table était dressée.

« Qui est celui-là? demanda un fort gaillard vêtu de cuir. – Un gamin perdu devant Saint-Maurice, fit le mercelot. Dis à la mère que je paierai son écot. » Le géant grogna dans sa barbe et, s'asseyant devant une assiette : « Avec tous ces espions qui rôdent par ici, on n'est jamais trop prudent. – Il recherche Pappagallo..., dit le Flamand négligemment. – Pappagallo? » Le géant s'était relevé d'un bond : « Qui recherche Pappagallo, hein le mercelot? – Moi, fit Balthasar en s'interposant entre les deux hommes.

– Et que sais-tu de Pappagallo? reprit le géant d'une voix moins forte. – Par Gilles et par Goupil, je le connais bien! » récita le jeune garçon et, aussitôt, à sa stupéfaction, l'ours se mit à rire aux éclats en se frappant les cuisses. « On les choisit au berceau, à présent! » Et il prit Balthasar sous les bras, le leva à hauteur de son visage et l'embrassa à la façon des Galopins, après quoi il appela : « La mère! La mère! Viens voir qui est là! »

Une femme d'une cinquantaine d'années apparut, suivie de deux compagnons. « Tais-toi, le braillard, on n'entend que toi! – Salue la mère », dit le mercelot. Balthasar salua comme Pappagallo le lui avait appris, en faisant le galop. « D'où sors-tu? demanda la mère. – De Dresde où je suivais les cours de théologie du docteur Peuckert. – Et pourquoi es-tu parti? » Ses yeux semblaient guetter le moindre battement de cils du garçon. « A cause d'un imprimeur que le recteur Dietrich Frankenberg voulait condamner au feu... Je l'ai aidé à s'enfuir du séminaire où il se cachait. »

La stupéfaction s'était peinte sur tous les visages. « Quel âge as-tu? demanda encore la mère. – Bientôt quinze ans, répondit Balthasar. – Eh bien, jeune ami, fit cette femme en se penchant vers lui, tu es donc celui dont Valentin nous parla. C'est toi qui allas dérober la clé de la grille chez le portier. Tu vois, nous te connaissons déjà. Sois le bienvenu en cette maison! Toi, le braillard, rassemble les compagnons. Nous allons fêter ce bon frère comme il convient! » Et, à son tour, elle embrassa Balthasar par trois fois, puis commanda que son âne fût mené à l'écurie, bouchonné et servi en chardons afin qu'il participe, comme il l'avait bien mérité, à la liesse générale.

5

Balthasar Kober se trouvait, en vérité, chez les charpentiers. Certains d'entre eux appartenaient à la société des Galopins. Ils étaient les descendants de ces cagots que la justice civile et militaire avait retranchés de la société sous les prétextes les plus insanes et qui, de ce fait, avaient dû se retirer dans les forêts où ils avaient appris l'art du bois. On les avait voulus pesteux, maures, juifs, infanticides et voleurs de volailles... Ils étaient devenus maîtres en charpente, ce dont les moines et les architectes s'étaient vite avisés. A présent on les respectait sans pour autant cesser de les craindre.

En fait, en pénétrant aussi jeune dans le monde clos mais immense des Galopins, Balthasar avait bénéficié d'une indulgence particulière. Un apprenti entrait chez un maître dès l'âge de neuf ans, et parfois même avant. Toutefois, il n'était admis dans la confrérie qu'après avoir été éprouvé patiemment et, la plupart du temps, il ignorait durant toute sa vie que la confrérie existait. Or Balthasar avait plu à Pappagallo, lequel était le chef incontesté de ces « clercs errants », comme ils se nommaient eux-mêmes. Il avait reçu l'initiation des mains et de la bouche même du Papegault – dont

Pappagallo n'était qu'un jeu de mots propre à égarer le profane.

Ce fut la mère qui, ce soir-là, expliqua à notre ami tous ces secrets qu'on n'avait guère eu le temps de lui dévoiler, et bien d'autres encore, comme l'usage de la lettre G dans les questions et les réponses destinées à se faire reconnaître, où encore comme le patronnage de saint Jacques, celui de Compostelle, dont les Galopins revendiquaient l'antériorité sur les pèlerins et les chevaliers. Bref, Balthasar, fasciné, médusé, ébloui par tout ce que la mère lui confiait, commençait de penser qu'il en apprenait plus en une soirée que durant les six mois passés à Dresde.

Aussi quelle ne fut pas sa joie lorsque, le lendemain, on lui proposa de demeurer à Cobourg en attendant un message des comédiens dont, pour l'heure, on ignorait s'ils s'étaient rendus vers Meiningen, c'est-à-dire vers l'ouest, ou vers le sud à Bamberg. Le géant que la mère avait appelé le « braillard » mena Balthasar sur un chantier où il put voir les compagnons à l'ouvrage. Ils achevaient la charpente d'une maison et il semblait au jeune garçon que, tout à leurs madriers, aucun d'entre eux n'allait s'occuper de lui lorsque, de derrière une pile de planches, il entendit une voix qui l'appelait.

Tout d'abord il crut que c'était la voix d'un enfant mais bientôt il reconnut que c'était celle d'une femme d'ailleurs très jolie qui, à présent, le regardait. « Tu es Balthasar, fils de Johann Siegismund Kober de Bautzen, n'est-il pas vrai? » Fort intimidé par la beauté de la dame, il balbutia et se tut. « Oh! je t'ai bien reconnu, reprit-elle gentiment. Sans doute n'étais-tu pas né lorsque je mourus mais j'eus l'occasion de te rencontrer quelquefois depuis cette époque difficile. Ne devines-tu pas qui je suis? Valentina! La première épouse de ce cher Johann Siegismund qui, à présent, nous a rejoints. – Certainement, fit Balthasar sans s'émouvoir autrement, je me souviens d'un portrait que mon père avait fait de vous. Je vous reconnais moi aussi. »

Ils s'assirent côte à côte sur un muret, elle en robe blanche parsemée de petits nœuds bleus, lui tout engoncé dans ses chausses. Puis elle posa une main délicate sur les siennes : « Fils de Johann Siegismund et de Gertrud, écoute-moi bien. Nous avons réuni une sorte de conseil de famille à l'issue duquel nous avons décidé de t'aider. Tu es le seul survivant de cette belle lignée des Kober de Bautzen. Nous ne pouvons moins faire que de te préserver des embûches. Et donc, premièrement, nous t'avons fait rencontrer Algesipus Camenius Astrabale dit Pappagallo, grand maître des Galopins. Ces gens-là, bien qu'ils soient parfois fantasques, te serviront. Deuxièmement, nous t'avons mis sur le chemin de l'imprimeur Valentin Bonhœffer car ce sera lui qui, bientôt, te présentera à l'homme qui deviendra ton maître. Est-ce bien entendu? »

Balthasar s'écria : « Ne reverrai-je plus Pappagallo ni Rosa qui furent si généreux envers moi? » Valentina le calma : « Mais si, fils de Johann Siegismund, tu les reverras! Toutefois ce ne sont pas eux qui t'apprendront les saints mystères. Il te faut rencontrer quelqu'un qui s'y connaisse en Dieu et en anges. – Plus encore que le docteur Tobias Peuckert? demanda Balthasar. – Plus encore. – Et plus encore que le recteur Dietrich Frankenberg? » Elle sourit de son innocence : « Mille fois plus, drôle que tu es! Ces gens n'ont point d'âme. Comment pourraient-ils approcher Dieu et la milice céleste? »

Balthasar réfléchit un moment, puis il reprit : « Pourtant, n'était-ce pas le pasteur Jakob Fürstenau qui m'avait recommandé au recteur? Mon père ne semblait-il pas baigné de joie à la pensée que je fusse, un jour, un docteur de cette théologie-là? – Jakob est un brave cœur, répondit Valentina, mais il ne sait jamais reconnaître un diable d'un chat! Quant à ton père, ce cher Johann Siegismund, lorsqu'il arriva au Ciel et qu'il put lire dans le cœur de Frankenberg, il crut mourir une deuxième fois tant il y vit de sécheresse et de haine... » Balthasar se signa et baisa son pouce ainsi que Gertrud lui avait appris à le faire afin de conjurer le mauvais œil. Puis il soupira : « Quel monde! Et dans quel état!

– Oh! fit Valentina, tu t'habitueras... – Jamais! s'écria-t-il en se levant du muret. Mais, dites-moi, pourquoi le recteur veut-il faire brûler Bonhœffer? – Parce que Bonhœffer a imprimé des ouvrages que le recteur avait interdits. – Et qu'y avait-il dans ces ouvrages? Des erreurs? Des injures contre Dieu? – Nenni, répondit Valentina. Il s'agissait de la Vierge considérée comme l'âme du monde, la Sophia. C'est elle qui anime les astres et le cœur des hommes justes. Bientôt tu apprendras tout cela. » Balthasar ne comprenait pas très bien ce que lui disait Valentina mais il ne comprenait surtout pas en quoi de telles idées pouvaient chagriner Frankenberg.

« Alors, fit le braillard, tu bayes aux corbeaux? » Ils regagnèrent la maison où la table bien garnie les attendait. Le mercelot était parti. A sa place était assis un colporteur en livres et images qui racontait comment la police de Dresde avait arrêté trente citadins suspectés d'avoir caché l'imprimeur. « Les papistes ne faisaient pas mieux..., remarqua un compagnon. Tous ces gens d'Eglise, qu'ils soient d'ici ou d'ailleurs, ne rêvent que de délations, de tortures et de morts afin d'imposer leur loi. Pauvre Christ, s'il revenait! Ceux qui se prétendent ses vicaires sont ceux qui le tuent. – Tais-toi, dit la mère. Qui sont les plus coupables des gens d'Eglise ou des gouvernants qui leur ont laissé les rênes? Que l'empereur gouverne et que l'Eglise prie! »

Pendant ce temps Balthasar regardait les images que le colporteur avait apportées avec lui. Elles représentaient le miracle de saint Nicolas, avec les enfants dans le saloir, l'histoire du loup qui avait mangé un bœuf, la Passion de Notre-Seigneur en trois couleurs réalisées au pochoir avec une légende en vers, la mirifique aventure du chevalier Roland et de son parrain Charles à la barbe fleurie, et d'autres encore qui amusèrent notre ami. Mais l'image qui l'intrigua davantage fut celle qui s'appelait « le monde à l'envers » où l'on voyait un homme tirer la charrue menée par un bœuf, un enfant donner la bouillie à sa mère, des poissons voler dans les airs et des oiseaux nager dans la mer, le porc égorger le charcutier, et autres calembredaines de la même eau.

« Qu'est-ce que cela? demanda Balthasar. – C'est l'image du temps qu'il fait, fit le colporteur. Jadis les saints étaient martyrs; maintenant ils égorgent. Jadis les rois administraient leur peuple avec bonté; maintenant les rois sont gouvernés par des loups qui, à travers eux, saignent le peuple comme un agneau. Ainsi le monde est pareil à cet homme que tu vois ici, tête en bas, jambes en l'air. Qui s'en soucie? – Mais, demanda encore Balthasar avec sa logique coutumière, que faudrait-il faire pour le remettre à l'endroit? – Brave cœur... » dit la mère en caressant ses cheveux, puis elle se prit à parler d'autre chose, ce qui étonna le jeune garçon.

A deux heures les ouvriers repartirent sur le chantier et le colporteur reprit sa route chargé d'un billet pour Pappagallo au cas où il le rencontrerait. « Quant à nous, fit la mère, nous allons rendre visite à quelqu'un qui aura grand plaisir à te revoir... » Elle mit un fichu sur sa tête et, suivie de Balthasar, elle sortit. Les ruelles de Cobourg formaient un entrelacs si touffu que notre ami suivait la mère sans comprendre où elle le menait. Elle prenait à droite, puis à gauche, montait un escalier, passait sous une arcade, reprenait à gauche; bref, au bout d'une demi-heure de marche, Balthasar n'eût su dire où il se trouvait.

Enfin la mère frappa de façon convenue à une porte basse qui aurait pu être la porte d'une cave. Des verrous furent tirés. Ils entrèrent dans un trou sombre, allèrent à tâtons jusqu'à une autre porte qui en s'ouvrant leur donna accès à un atelier souterrain où Balthasar reconnut deux presses à bras d'imprimeur. « Nous allons revoir Valentin! s'exclama le jeune garçon. – Moi-même... », fit un ouvrier en se retournant vers eux. Apparut alors aux yeux de Balthasar celui qu'il avait aidé à fuir du séminaire mais qu'il avait fort peu vu dans l'obscurité. C'était un homme d'une soixantaine d'années, blanc de cheveux, maigre, avec une petite barbe qui lui allongeait encore le menton. Il embrassa notre ami avec reconnaissance.

« Pour l'heure je vais aider Maître Vitkop qui eut la bonté de m'héberger. Mon atelier de Dresde a été pillé, mes livres brûlés, mes presses brisées. Je demeurerai caché ici autant qu'il sera possible. » Un autre vieil homme aux cheveux blancs, plus âgé encore que Bonhœffer, s'était approché du groupe. Il souriait avec la candeur d'un enfant. « Cher frère Bonhœffer, en vous chassant de Dresde, le recteur Frankenberg vous a poussé ici où il se trouve que j'avais besoin d'un associé aussi qualifié que vous. Nous reprendrons ensemble l'impression des ouvrages que l'on vous a brûlés. Ainsi d'un mal naîtra un plus grand bien. » Maître Vitkop, qui avait pourtant près de quatre-vingts ans, semblait avoir toute une nouvelle jeunesse devant lui. « D'ailleurs, ajouta-t-il en se penchant vers Balthasar, voilà un apprenti qui nous tombe du ciel et qui, s'il le veut bien, apportera des ailes à nos vieux âges.

– Il le veut bien », dit la mère avant que notre ami ait eu seulement le temps de réfléchir à ce qui lui arrivait. Toutefois il se reprit et, en bégayant, rappela à la mère ce que lui avait promis Pappagallo. « Ne t'inquiète pas de cela, répondit la mère. Nous ferons aussi de toi un orateur. Crois-tu que nous te garderons ici à rien faire ? Un vrai Galopin doit tout apprendre afin d'être capable d'enseigner un peu. En attendant que nous sachions où se trouvent Pappagallo et sa troupe, le matin tu apprendras à composer et à tirer, l'après-midi à lire à haute voix; et le soir tu entendras les compagnons parler de leur ouvrage. Ainsi, jeune théologien, ta tête descendra des sommets desséchés vers la plaine où Dieu est un cours d'eau. »

Ainsi fut fait. Vitkop et Bonhœffer étaient de merveilleux professeurs qui surent passionner Balthasar à leur art. Bientôt notre ami fut capable de composer lui-même un texte à partir de caractères qu'il choisissait dans les casses, puis de tirer la page sur la presse après avoir encré bien régulièrement la matrice – ce qui lui demanda beaucoup d'application et, dans un premier temps, lui procura quelque souci car l'encre avait tendance à trop s'étendre et à salir la feuille.

Or, un matin que Valentin montrait à Balthasar comment inciser une plaque de cuivre avec un stylet, entra un personnage qui allait compter dans l'existence du jeune garçon, celui que Valentina Kober lui avait annoncé : Friedrich Cammerschulze que l'on appelait plus généralement l'alchimiste. Sur le moment, Balthasar ne prêta guère attention à lui tant il était occupé par son ouvrage. Puis il lui sembla qu'une grande paix s'instaurait peu à peu dans l'atelier et que cette paix irradiait de cet homme que les deux imprimeurs recevaient avec respect. Et sans doute Cammerschulze s'aperçut-il que notre ami l'observait car il demanda : « Est-ce votre nouvel apprenti, celui dont Pappagallo m'a parlé? – C'est lui qui me permit de fuir Dresde, dit Bonhœffer.

– Que la joie de Dieu soit avec toi! fit cet homme en s'approchant de Balthasar. Ainsi un enfant est-il désigné dès son plus jeune âge pour accomplir la tâche immense que seul il pourra mener à son terme. Et sais-tu pourquoi tu fus choisi? Parce que tu ne demandais rien et que tu t'estimais indigne de quoi que ce fût. Dis-moi, mon gaillard, n'as-tu pas peur d'apprendre pour deux ou trois?

– Non, fit Balthasar, pourvu que je parvienne à bien parler. – Oh! cela n'est rien! Tu parleras comme Chrysostome, sois-en certain! Mais ne craindras-tu pas de manquer de liberté? – Non, reprit Balthasar, si j'ai assez de temps pour m'exercer à l'art oratoire. – Certes! Certes! Nous y veillerons. Mais es-tu certain de n'être point malade? Il faut être robuste pour aller aussi loin qu'il te faut aller. » Balthasar s'impatienta : « Je suis assez fort pour gagner le Ciel, pourvu que l'on me montre l'endroit, que l'on me donne une échelle assez longue et que, par-dessus tout, je sois capable de bien parler. »

Friedrich Cammerschulze parut ravi. « Oh! dit-il à Bonhœffer, c'est une bonne tête. Je n'aurais point souhaité de ces petits savants de basse-cour dont la prétention n'a d'égale que l'ignorance. » Puis, se tournant à nouveau vers Balthasar : « Cher frère, en attendant que nous puissions rejoindre ensemble la troupe de Pappagallo qui est en chemin pour l'Italie, nous demeurerons sagement ici. Tu continueras de t'exercer à l'imprimerie qui est un des plus beaux métiers de ce temps, après quoi, tandis que nous irons ensemble vers nos amis, je t'enseignerai quelques secrets propres à l'Art, lequel n'est ni de ce temps ni d'un autre mais appartient aux sages qui veulent retrouver Dieu. » Et il s'en fut.

« Eh bien, pensa Balthasar, en voilà des propositions! Moi qui croyais qu'en quittant le séminaire j'allais me retrouver dans le ruisseau... Pappagallo veut me faire comédien, la mère charpentier, Bonhœffer imprimeur et ce Cammerschulze... que veut-il de moi au juste? » Johann Siegismund s'assit sur le rebord de son lit : « Ecoute ce Friedrich Cammerschulze! C'est un homme qui connaît les Grands Mystères! » Balthasar se leva sur son oreiller et répondit : « Tu le prétendais déjà pour le recteur, et le voilà maintenant changé en valet de Satan! » Johann Siegismund parut fort peiné : « A cette époque j'ignorais tout du monde. Maintenant non seulement je sais mais je vois. Pardonne-moi de t'avoir trompé en te menant chez Dietrich Frankenberg. Je croyais que la Réforme était sainte, et je m'aperçois qu'elle ne vaut guère mieux que l'Eglise du Pape!

– Alors, qui dois-je croire? fit Balthasar. – Ce que tu verras, car tu verras tout vivant ce qu'il me fallut attendre d'être mort pour rencontrer. N'est-ce point étrange que nous puissions ainsi nous parler? Et pourtant rien n'est plus simple, plus évident. Tu possèdes le don de ne point connaître de frontière entre extérieur et intérieur. C'est ce don qui te fit reconnaître par Pappagallo, puis par Cammerschulze. – Ont-ils le même pouvoir? demanda le jeune garçon. – Celui-là et d'autres encore », répondit son père sur le ton de la plus grande admiration.

Pour la première fois, Balthasar fut profondément troublé par ce que son père venait de lui apprendre. Ainsi il existait une manière de réseau entre les morts et les vivants, certains de ces derniers étant capables, comme lui, de communiquer avec une réalité plus fondamentale que celle de tous les jours. D'ailleurs qui était mort? Son père, Valentina, Caspar et d'autres encore étaient venus discuter familièrement avec lui et rien en leur apparence ne permettait de penser qu'ils fussent défunts. A cette pensée le cœur du jeune garçon se soulevait de bonheur.

6

L'ouvrage qu'imprimaient en secret maître Vitkop et Bonhœffer se nommait *Le chemin pour aller à Dieu par la connaissance de l'origine et des trois essences.* L'auteur en était un certain Redivivus, mais Balthasar comprit rapidement que sous ce pseudonyme se cachait Friedrich Cammerschulze lui-même. Aussi tout en apprenant l'art de l'imprimerie, l'apprenti entrait-il peu à peu dans le monde encore mystérieux de celui qui allait devenir son maître.

Et certes, notre jeune théologien fut d'abord étonné de ce qu'il lisait. Sans doute avait-il naguère compulsé les ouvrages d'alchimie de la petite bibliothèque paternelle; toutefois ici le ton était différent. Il ne s'agissait plus de transmuer du plomb en or mais de transformer l'univers et l'humanité en Jérusalem Céleste, ce qui, sur l'instant, parut être beaucoup à l'esprit de Balthasar que le luthéranisme avait habitué à la mesure et peut-être même à l'étroitesse.

Il se disait : « Comment se peut-il que ce malheureux monde, déchu comme il l'est, puisse être rendu à sa gloire première avant la fin des temps? Le Christ est venu, et tout Fils de Dieu qu'il était, il eut beau s'offrir lui-même en victime expiatoire, cela n'a pas suffi. Il faut encore que le Paraclet travaille dans le monde. Mais travaille-t-il si bien, lorsque l'on voit les insanies des prêtres et des rois eux-mêmes? »

Ainsi lorsqu'à la fin du mois Cammerschulze reparut, Balthasar le prit à l'écart et lui dit : « *Si le sel s'affadit avec quoi le salera-t-on?* – Tout homme est le sel de la terre, répondit celui que l'on appelait l'alchimiste. En suivant le Christ, tu deviendras Christ toi-même, c'est-à-dire roi, prêtre et prophète, qui sont les trois qualités fondamentales d'Adam en union avec Dieu. Comprends-tu cela?

– C'est difficile, dit Balthasar qui n'avait jamais rien entendu de semblable. Et, par exemple, me faudra-t-il prédire l'avenir? » L'alchimiste se prit à rire : « Mais non, jeune oiseau! Le prophète est celui qui est animé par l'Esprit conjoint à l'Ame du monde. Il te faudra beaucoup réfléchir à cela car, vois-tu, en mettant la prophétie sous le boisseau, l'Eglise a laissé face à face le roi et le prêtre, l'empereur et le pape; et nous voyons ce qui en résulte : les conflits entre l'empire et le sacerdoce, la division du temporel et du spirituel où ils devraient s'accoupler, et leur union où ils devraient se disjoindre. As-tu pensé que l'Islam, fondé sur le prophétisme, ne serait point né sans cet étrange oubli du christianisme officiel? »

Balthasar fut bouleversé. Il lui semblait qu'un voile venait de se déchirer et qu'à présent il y voyait plus clair dans la condition humaine. Ce qu'on lui demandait était effarant mais l'aventure était à la taille du but à atteindre. La tête lui tournait un peu. Cammerschulze ajouta : « Or celui qui doit transmettre la voix de l'Esprit doit être un cœur simple, humble, en attente de l'Eternel. L'orgueilleux restera muet. Tel est le sens premier de cet appel mystérieux que tu as ressenti au plus secret de ton cœur. Que Dieu te garde en cet étonnement, cette candeur qui te préservent de la fausse intelligence! »

Le soir, tandis qu'il rentrait chez la mère par les ruelles obscures, Caspar le rattrapa et marcha de concert avec lui. « Que me veux-tu? demanda Balthasar. – Mon bon frère, je ne te veux que grand bien. Et d'abord écoute ceci : lorsque tu parles à Friedrich Cammerschulze, il te faut ôter ton chapeau. Ensuite ne va pas t'imaginer que tu seras de quelque poids dans les destinées de l'Empire et des Eglises! Les gens du monde ne connaissent que le monde et toi tu ne seras jamais du monde. Peu nombreux seront ceux qui t'entendront et pourtant ils seront en nombre suffisant. D'abord si tu es bègue, c'est pour que tes paroles viennent du cœur. Ainsi, comme Pappagallo te l'a promis, tu seras un orateur bien plus grand que les orateurs les plus célèbres car toi, tu parleras aux sourds avec un langage de muet.

– Eh bien, fit Balthasar, voilà que les choses ne s'arrangent pas! Que ce soit dans ce monde ou dans l'autre on semble s'intéresser assez fortement à ma personne; mais je t'en prie, éclaire un peu ma lanterne s'il est vrai que dans l'endroit où tu te tiens on connaît la vérité avant même que le destin ait décidé de sa voie. Que devrai-je faire? – Tu devras écrire, dit Caspar. – Et qu'écrirais-je, moi qui ne sais rien? – Ce que l'Esprit te dictera. Crois-tu donc que les prophètes des anciens jours étaient des érudits comme le sont le recteur Frankenberg et le docteur Peuckert? Ces deux-là veulent penser par eux-mêmes, si bien que leur cervelle est tout entière accaparée par la logique qu'ils se sont forgée et dans laquelle, à présent, ils se sont enfermés. Nulle ouverture! On croirait un château fort où les raisonnements sur Dieu repousseraient sans cesse les assauts d'amour du divin... »

« Comédien, charpentier, imprimeur et maintenant : écrivain! » songeait notre ami en s'asseyant à la table où les compagnons dînaient. Ils se moquèrent gentiment de son air distrait, firent mine de supposer qu'il avait rencontré quelque fille. « Allons, s'écria la mère, n'avez-vous pas honte? Notre frère Balthasar a une âme plus pure que la vôtre! La femme qu'il rencontrera sera la Sagesse! » Les compagnons se turent et plongèrent le nez dans leur assiette. Balthasar était mal à l'aise. Eh quoi, n'aurait-il pas le droit de rencontrer une fille, lui aussi, de se marier, d'avoir des enfants comme Johann Siegismund?

Ce fut alors qu'il commença de penser qu'on lui avait tendu un piège. Les Galopins et les morts avaient partie liée pour le guider vers un but qu'il ignorait mais qu'ils avaient soigneusement choisi. Il n'était qu'une marionnette entre leurs mains. Sur le moment cette idée le révolta. Pourquoi disposerait-on ainsi de sa personne? Et pourquoi serait-il humble, acceptant tout ce qu'on lui ordonnerait? Il avait fui Dresde, le séminaire, les cours du docteur Tobias Peuckert afin de gagner sa liberté; et maintenant on l'enchaînait d'une autre façon, plus subtile sans doute, mais combien sournoise...

Il se leva brusquement de table et monta se coucher. En haut de l'escalier l'attendait Valentina. Cette fois elle portait une robe rouge et verte comme celles des paysannes de Cottbus dont elle était originaire. Mais avant qu'elle ait eu le temps de dire un mot, Balthasar s'écria : « Ah! je vous en prie! Laissez-moi en paix! Ai-je demandé quoi que ce soit? » Elle sourit gentiment, et le jeune garçon retrouva le sourire merveilleux que son père lui avait si souvent décrit : « Cher fils de Johann Siegismund, qui a demandé à naître? Qui a demandé à vivre en tel endroit, à telle époque? Nous étions dans le silence éternel de la divinité, et nous voilà jetés sur terre... Qui a placé le monde sur notre chemin? » Balthasar s'arrêta et, considérant Valentina avec étonnement : « Qui vous a appris à vous poser de telles questions? demanda-t-il à son tour.

– Vois-tu, commença la première épouse Kober, lorsque j'ai vu mourir mes trois premiers enfants de la peste rouge et mes deux suivants de la guerre, alors qu'aucun d'entre eux n'avait seize ans, je me suis prise à penser que les desseins de Dieu étaient si curieux qu'il ne s'agissait peut-être pas de desseins du tout... Je suis allée voir le pasteur Fürstenau et je lui ai dit : « Jakob, il n'y a pas de Providence. Dieu nous a abandonnés. » Et Jakob a hoché la tête car il savait combien d'enfants j'avais perdus. Puis il a répondu : « Si tu répétais cela un peu trop fort on te brûlerait sur la place publique. » Alors j'ai été prise d'une sorte de colère. Je suis rentrée à la maison, je me suis agenouillée sur le prie-Dieu et j'ai dit : « Seigneur, il ne me reste plus qu'une fille. Si jamais elle m'est enlevée à son tour, je ne croirai jamais plus en ta bonté. »

– Et elle fut enlevée par les Polonais..., dit Balthasar.
– Huit jours plus tard! Mais ton père, lui, cet exemplaire fils de Dieu, trouva que c'était, en quelque sorte, naturel... Tu nous l'avais donnée, tu nous l'as reprise! Alors, écoute-moi bien, Balthasar : je ne suis pas morte des fièvres comme on l'a prétendu. Ton père a trouvé mon corps dans l'étang de Landeskrone. » Le jeune garçon se signa et baisa son pouce, puis il balbutia : « C'est donc de l'enfer que vous venez... » Elle sourit et aussitôt Balthasar sut qu'il se trompait. « Tous les enfants étaient là qui m'attendaient. Ils me soutinrent alors que je tombais. Ainsi ils me portèrent jusqu'au Ciel en disant aux anges qui se récriaient : « Avez-vous été mère? Avez-vous perdu un enfant? Alors, laissez-nous passer! » Et, de cette façon, je fus admise à la condition bienheureuse à un degré pas très élevé sans doute, mais il me suffit.

– Ainsi vos enfants étaient morts pour vous sauver... Est-ce cela? – Cela ou autre chose encore, fit Valentina. Tant de clarté m'aveugle! Mais toi, fils de Johann Siegismund et de Gertrud, ne cherche pas à comprendre... Car, tu le le sais bien, si mes enfants n'étaient pas morts, jamais je ne me serais jetée dans l'étang de Landeskrone, et donc il eût été inutile de me sauver! »

Une sourde angoisse entreprenait Balthasar. C'était comme s'il se trouvait soudain au bord d'un insondable abîme et que, lentement, inexorablement, son corps s'apprêtait à basculer dans les ténèbres. Jamais il ne s'était senti aussi démuni qu'en ce moment. Dieu lui semblait être si lointain, si incompréhensible que son esprit affolé, pris de vertige, béait de toutes parts. Il se voyait dans un navire sans gouvernail au milieu d'une tempête dont chaque vague eût suffi pour engloutir la terre tout entière. Le cri qu'il poussa se perdit dans le fracas.

Alors, du fond des eaux noires, les cheveux collés sur les tempes, parut la dernière fille de Johann Siegismund et de Valentina, celle que l'on nommait Elsbeth. Elle dit : « Lorsque les soldats sont venus, je me suis cachée dans le jardin. Ils m'ont longuement cherchée et dès qu'ils m'eurent trouvée, combien j'eusse préféré mourir; mais on ne meurt jamais de ces choses-là. Or, écoutez de toutes vos oreilles de croyants, ô mes princes : voilà dix-sept années que dans une geôle je sers de jouet à la horde! – Tais-toi! » cria Valentina en chancelant. Puis, se reprenant : « Es-tu vivante ou morte je te prie? » La voix d'ombre reprit en chuchotant : « Qu'est-ce que la vie? Qu'est-ce que la mort? » Valentina pleurait, à présent.

« Elsbeth, dit Balthasar, où es-tu? Dans quelle ville? Dans quelle prison? Nous viendrons te délivrer... » Un rire dément lui répondit : « Nulle part! On me mena en ce réduit alors que j'étais évanouie, il y a longtemps de cela... Faudrait-il assiéger toutes les prisons de Pologne? » Les eaux noires la reprirent doucement. Valentina tendit les mains vers elle qui s'éloignait, puis elle tomba à genoux sur le sol. Balthasar, le cœur battant, les lèvres sèches, sentait à nouveau le vertige l'entreprendre. Et soudain il lâcha prise. Son corps bascula dans la fosse.

« Petit frère... » C'était la voix de la mère qui l'appelait. Il ouvrit les yeux. Friedrich Cammerschulze était assis auprès du lit et lorsqu'il vit que Balthasar s'éveillait, il se leva et se pencha vers lui. « Ah! fit la mère avec empressement, tu nous as fait diablement peur... Quel délire! Avais-tu mangé des prunes ou bu trop de bière avec les compagnons? – Laissez-nous », dit Cammerschulze. Puis, dès qu'ils furent seuls : « Ce fut une vraie descente au fond du puits, n'est-ce pas? » Le jeune garçon hocha la tête. « Ne t'inquiète pas, reprit l'alchimiste. Il le fallait. – Mais, demanda Balthasar, où Dieu peut-il bien se cacher tandis que se perpètrent de telles horreurs? – Dans ces horreurs mêmes », fit Cammerschulze.

Notre ami revenait à la vie peu à peu. Il but de l'eau et commença : « Je vis Valentina, la première épouse de mon père. Elle m'avoua s'être jetée dans l'étang de Landeskrone. Et pendant ce temps, sa fille Elsbeth était livrée à des soldats... Ah! c'était un cauchemar, un odieux cauchemar! » L'alchimiste l'apaisa en prenant ses mains dans les siennes, puis il dit : « Tu ne rêvais pas. » Alors Balthasar bondit hors du lit : « Je n'accepte pas de telles ignominies! Si Dieu les accepte, grand bien lui fasse! Je ne les accepte pas! – Sainte fureur, fit Cammerschulze. Mais n'est-il pas bon que tu saches ce qu'est le monde? Apprends qu'il ne se passe aucune heure sans que le malheur ne s'abatte sur un innocent, qu'il ne s'écoule aucun instant sans que le crime, l'injustice et l'hypocrisie ne triomphent de la vertu, de l'équité et de la vérité. Pourtant c'est aussi dans ce bafouage que Dieu se révèle. »

Balthasar était trop épuisé pour se lancer dans de grandes considérations métaphysiques. Décidément cette « rencontre » de la veille avait été plus intense que toutes celles qu'il avait jamais eues. Il lui en restait un goût d'amertume et une manière d'accablement dont il sentait physiquement les effets. Ses membres étaient moulus. Sa tête le faisait souffrir. Il referma les yeux.

Cet état de prostration dura deux jours, après quoi le jeune garçon se remit à l'ouvrage. Maître Vitkop ni Bonhœffer ne l'interrogèrent sur ce qui s'était passé – et il eût été bien en peine de le dire! L'intérêt qu'il prenait aux travaux de l'imprimerie remit son esprit en selle, mais il n'en demeurait pas moins perplexe sur ce qui lui était réellement advenu ce soir-là. Jusqu'alors, en effet, ces rencontres se faisaient avec le plus parfait naturel. Cette fois, il semblait que quelque chose s'était déréglé et, comme il ne savait au juste de quoi il retournait, il décida de se montrer circonspect.

7

Ce fut seulement cinq mois après l'arrivée de Balthasar Kober à Cobourg que l'on apprit où se trouvaient Pappagallo et sa troupe. Après un long voyage en Thuringe, ils avaient repris la route du sud et se rendaient à Nuremberg par Bamberg. Aussitôt il fut décidé que Friedrich Cammerschulze et son jeune disciple iraient les rejoindre. Balthasar confierait son âne à la mère tandis qu'elle lui prêterait un cheval point trop haut ni trop nerveux car nous étions en janvier et les chemins risquaient d'être enneigés.

Les adieux furent touchants. La mère et les compagnons s'étaient pris d'affection pour Balthasar. De même les deux maîtres imprimeurs manifestèrent leur regret de voir s'éloigner un si consciencieux apprenti. Mais tous savaient que le destin du protégé de Pappagallo devait s'épanouir ailleurs qu'en ces lieux. Balthasar promit de revenir dès qu'il le pourrait. Le 20 janvier, jour de la Saint-Sébastien, patron des arbalétriers et des archers, les deux voyageurs se mirent en route, emmitouflés dans de grands manteaux doublés de fourrure, ce dont ils avaient bien besoin tant il faisait froid.

Depuis plusieurs semaines, Cammerschulze avait commencé d'enseigner à Balthasar ce qu'était la Vraie

Science, qu'il ne fallait surtout pas confondre avec la science vulgaire, celle des manipulateurs et des « souffleurs ». Il lui avait expliqué comment elle avait réapparu en Egypte, à Alexandrie, sous l'égide de Ptolémée, alors que ses origines étaient, en vérité, beaucoup plus anciennes et remontaient sans doute à Tubalcaïn, dont la Genèse dit qu'il fut l'ancêtre de tous les forgerons en cuivre et en fer. Il lui avait montré des manuscrits qu'il tenait cachés et qui avaient trait à l'art d'Hermès, lequel était trois fois grand car il reliait les trois mondes entre eux : les hommes, la nature et les dieux. Il lui avait expliqué comment les Arabes avaient recueilli l'héritage, puis l'avaient transmis aux chrétiens par l'Espagne. De même il lui avait appris que les juifs possédaient une tradition essentielle, qu'ils appelaient les mystères du char divin, qui était une méthode pour retrouver l'unité perdue entre l'homme et le Principe. Il cita Agrippa, Trithème et, naturellement, Paracelse.

Balthasar avait été fasciné et s'étonnait que la théologie s'enlisât dans d'interminables polémiques alors qu'il y avait tant à parcourir sur le chemin que son maître lui désignait. Il ne cessait de questionner Cammerschulze qui répondait toujours avec la meilleure grâce et même avec un sourire satisfait lorsqu'il s'apercevait que le jeune garçon mordait à belles dents dans la Gaie Sapience. Et donc, sur le chemin qui les menait à Bamberg, le jeune garçon était aussi fier que s'il se rendait aux noces du roi. Il regrettait seulement d'avoir laissé son âne à l'écurie de Cobourg. « Tu as raison d'être peiné, fit l'alchimiste. Un âne comme celui-là vaut de l'or. Mais le cheval que la mère t'a confié n'est pas mauvais non plus. »

Et Cammerschulze apprit à Balthasar ce que signifiait le mot « cheval » dans le langage des Galopins. « Eh quoi, fit l'étudiant, lorsque je chevauche, c'est donc comme si j'œuvrais! – Tu es pareil au chevalier, dit le maître. Mais où sont ton épée, ton armure, ton casque, tes éperons? » Balthasar sourit : « Vous me l'avez appris, le mois passé! C'est la guerre sainte, n'est-ce pas? – Et qui est l'infidèle? – Moi-même! » Ainsi entre Galopins existait un véritable code symbolique qui leur permettait de parler entre eux sans être compris du profane. Balthasar faisait rapidement de grands progrès en cet art.

Or, tandis qu'ils approchaient d'un village, il se mit à neiger si fort qu'ils n'eurent d'autre ressource que de frapper à la première porte qu'ils trouvèrent. Personne ne répondant, ils allèrent à la suivante, puis à une autre mais il semblait que le village avait été abandonné. « Holà! fit à voix forte Cammerschulze en mettant ses mains en porte-voix; n'y a-t-il personne? » Et il répéta sa question. Alors dans le silence et parmi les flocons qui ne cessaient de tomber, ils virent un curieux petit personnage sortir de derrière un puits. Il portait un bonnet de laine rouge et des bottes qui lui montaient jusqu'au haut des cuisses. Sa barbe était couverte de neige. Il approcha d'eux en clopinant.

« Messeigneurs, Messeigneurs! Parlez moins fort! Il nous est arrivé un grand malheur... » Il se dandinait d'un pied sur l'autre. C'était un vieillard en un corps d'enfant. « Et que vous est-il arrivé, mon bonhomme? demanda l'alchimiste. – Nous avons été visités par des fantômes! Il y en avait plus de deux cents. Ils ont tout emporté : les hommes, les femmes, les enfants et même les chats, les chiens, la volaille! Ils m'ont oublié. – Et comment étaient ces fantômes? – Comme vous et moi, mon bon prince, à croire qu'ils étaient des êtres vivants. Toutefois ils poussaient des hurlements si lugubres que nous crûmes tous mourir d'effroi. Croyez-moi, c'était des fantômes et de l'espèce la plus mauvaise!

– Bonhomme, fit Cammerschulze, nous ne pouvons avancer plus avant à cause de la neige. Peux-tu nous abriter dans ta maison ? – Ce serait bien volontiers si j'en avais une, répondit le nain. J'habitais chez mon maître, le vénéré Abel Töppfer, et il est parti en emportant la clé ! » L'alchimiste se prit à rire : « Eh bien, si nous ne voulons pas mourir de froid, il va nous falloir enfoncer la porte. Où est la demeure de ton maître ? » L'autre lui désigna une porte d'une main tremblante. C'était une porte bardée de fer, hérissée de pointes, comme on en plaçait à l'entrée des riches maisons bourgeoises. « Ton maître n'est-il pas orfèvre ? demanda Cammerschulze. – Il l'est », fit le nain interloqué.

Alors on vit Cammerschulze descendre de cheval, s'approcher de la porte, crocheter la serrure durant quelques instants et pénétrer dans la maison comme s'il rentrait chez lui. « Par la barbe de Dieu, fit le petit homme, vous aviez la clé ? Ne seriez-vous pas de ces fantômes, qui vinrent nous piller tout à l'heure ? – Rassure-toi, fit l'alchimiste. Abel Töppfer est un de mes amis, voilà tout... » Balthasar et le nain le suivirent. Ils entrèrent dans la grande salle qui avait été bouleversée par les pillards, allumèrent un grand feu dans l'âtre et se réchauffèrent, après quoi Cammerschulze descendit seul à la cave. Lorsqu'il revint, il ordonna au nain d'aller faire provision de bois et demanda à Balthasar de le suivre.

Dans le fond de la cave se dressait une statue de saint Jacques. Cammerschulze appuya sur la coquille que le personnage portait à son cou. Le mur pivota. Apparut une salle voûtée, de taille réduite qui, de toute évidence, était un laboratoire. « Tel est l'atelier du vénéré Abel Töppfer avec qui j'accomplis quelques travaux dans le temps jadis. Comme tu le vois, les fantômes n'ont pas trouvé sa cachette. » Balthasar regardait avec avidité, si grand était à ses yeux le prestige d'un tel endroit. Tous les ustensiles qu'il avait vus dessinés dans les livres étaient disposés là : cucurbites à bec, alambics, fourneaux, fours, soufflets, creusets, mortiers et pilons. « Et pourtant, fit Cammerschulze, cet excellent frère ne parvint jamais qu'à fabriquer des produits tout juste bons à fumer les champs! En revanche, tant d'années passées à s'acharner sur l'ouvrage, à espérer et à se morfondre, à croire et à gémir, le transformèrent en un sage. »

Ils rentrèrent dans la grande salle où, après avoir mis un peu d'ordre dans le chaos laissé par les brigands, ils dînèrent d'un fromage que le nain leur apporta, s'étendirent à côté de l'âtre et s'endormirent. Alors Balthasar se mit à rêver. Il se voyait dans un grand champ de neige. Bientôt, à la place des flocons tombèrent des pièces d'or. Le recteur Frankenberg courait à droite, à gauche, tentant d'attraper les pièces avant qu'elles ne touchent le sol où elles se changeaient en boue. Ses mains peu à peu se couvrirent de sang.

Le lendemain, la neige ayant cessé, Cammerschulze décida de partir à la recherche des brigands. « Mais, fit remarquer Balthasar, comment serait-il possible que nous les retrouvions? Et si nous les retrouvons, comment pourrons-nous l'emporter sur leur grand nombre? – Nous n'aurons pas à courir bien loin », répondit simplement l'alchimiste en achevant de préparer les chevaux. Puis ils quittèrent le petit homme et continuèrent leur chemin en direction de Bamberg.

Quelques lieues plus tard, comme ils traversaient une forêt, une dizaine d'hommes surgirent de derrière les taillis et arrêtèrent nos voyageurs en poussant de grands cris. « Descendez de cheval! fit l'un d'eux qui devait être le chef. – Certainement pas », dit tranquillement l'alchimiste. Et il rassura Balthasar qui tremblait de peur (mais il assura ensuite que c'était de froid). « Descendez! » reprit le chef en roulant des yeux terribles. Cammerschulze prit alors la parole : « Messieurs les brigands, est-ce vous qui avez dévalisé le village voisin, oubliant d'emporter le trésor du vénéré Abel Töppfer? » Les coquins se concertèrent, puis le chef répondit : « Nous ne comprenons pas de quel village vous parlez mais suivez-nous. Le seigneur Bravo sera satisfait de vous rencontrer. »

Guidés par les brigands, ils s'enfoncèrent à travers la forêt et, après une longue et difficile randonnée, ils se retrouvèrent dans une clairière au fond de laquelle s'ouvrait une grotte gigantesque. C'était le repaire du seigneur Bravo qui accueillit nos deux amis avec beaucoup de courtoisie. L'endroit où il les reçut avait été aménagé somptueusement avec des meubles, des objets et des tentures volés, si bien que l'on se fût cru dans un palais. Le seigneur Bravo lui-même portait des vêtements de prix dont une cape doublée d'hermine qui lui donnait l'aisance d'un prince.

« Entrez mes amis! s'écria-t-il jovialement lorsqu'il vit entrer Cammerschulze fort calme et Balthasar tout piteux. Ne voulez-vous pas vous faire détrousser comme d'honnêtes gens? – Nous n'avons rien qui puisse vous satisfaire, répondit l'alchimiste. Nous étudions la terre et le ciel, ce qui ne nous rapporte même pas l'estime de nos concitoyens! » Le seigneur Bravo se prit à rire : « Jadis j'ai tâté de la noble science à l'Université de Padoue et me voilà, par quelques détours, grand maître en l'art d'Hermès, puisqu'il était aussi le dieu des voleurs! Mais j'avoue que je trouve plus commodément de l'or avec ma voie très sèche qu'avec les abracadabras du sieur Geber!

– Puisque je vous vois si averti de notre art, reprit Cammerschulze, comment ne serais-je pas persuadé que vous avez fait piller le village voisin dans le seul but de connaître les secrets du vénéré Abel Töppfer? » Le seigneur Bravo éclata d'un rire plus fort encore, puis lorsqu'il eut repris son souffle : « Certes, je connais depuis longue date les recherches de tous les faiseurs d'or du pays! Mais comme je n'en vis jamais un seul réussir à extraire le moindre grain de sénevé de leurs alambics, mes propres travaux se portèrent ailleurs. Ceci dit, si je me suis intéressé à l'aimable population de ce village, ce n'est point pour les beaux yeux du vénéré Töppfer mais pour ceux de sa fille. Tous ces gens demeureront mes prisonniers tant que cette vieille carcasse déplumée ne m'aura pas révélé où il a caché cette enfant. Car ne croyez pas, excellents amis, que je veuille enlever de force Magdalena! Elle m'aime tout aussi fortement que je l'aime, et nous nous marierons devant le pasteur dès que je l'aurai retrouvée.

– Et pourquoi le vénéré Töppfer ne souhaite-t-il pas que vous vous mariiez avec sa fille? demanda Cammerschulze. – Parce que je suis un voleur! – Mais, dit Cammerschulze, vous n'êtes pas un voleur. Vous avez conservé ici les biens de différentes personnes qui, autrement, les auraient dilapidés. Vous êtes, en quelque sorte, un banquier. Et quelle profession est plus honorable que celle de banquier lorsqu'on est orfèvre? Je vais aller parler à Töppfer. » On mena l'alchimiste à l'endroit où le vénéré était retenu. Il gémissait comme un enfant. « Allons, dit Cammerschulze en entrant dans la geôle, qu'est-ce que j'apprends? » Abel Töppfer reconnut son ancien collègue et se jeta dans ses bras.

« Mon cher Töppfer, commença l'alchimiste, vous vous égarez complètement. – Comment cela? – Je suis entré dans votre laboratoire pour m'assurer que tout était en bon ordre. Et qu'ai-je vu dans la coupelle? Du nitrate, gros comme un œuf de pigeon... – Eh oui, fit

Töppfer tout désorienté. – Et qu'apprends-je à l'instant? Votre fille est amoureuse du seigneur Bravo? » Töppfer agita les bras : « Ne m'en parlez pas! Cette fille est une dévergondée qui ne rêve que de ce voleur! Mais dites-moi, ce nitrate, eût-il fallu en disposer davantage? » Cammerschulze reprit : « Et donc vous vous égarez : ce seigneur Bravo n'est pas celui que vous croyez. Aujourd'hui le métier de voleur est comparable à celui d'usurier... N'êtes-vous pas un peu usurier, mon bon Töppfer? – A Dieu ne plaise! Mais, je vous en prie, vous qui êtes un adepte, veuillez avoir la bonté de me dire... ce nitrate... »

L'alchimiste ne parut pas l'entendre. « Or votre fille, Magdalena, a la chance d'avoir été remarquée par un des plus remarquables voleurs de tout le continent; et vous, vénéré Abel Töppfer, vous refuseriez qu'une telle union s'accomplisse? Songez que le seigneur Bravo apporterait en présent de noces de quoi faire oublier cette verrue qu'il a sur le nez et qui vous chagrine si fort... – Quelle verrue? » fit le pauvre homme. Puis, revenant à son nitrate : « De la grosseur d'un œuf de pigeon... – Non pas! répliqua Cammerschulze. Une toute petite verrue de rien du tout... » Töppfer s'écria : « Je ne vous parle pas de cette verrue que je n'avais d'ailleurs pas remarquée! Je vous parle de mon nitrate! Cher et distingué Friedrich Cammerschulze, vous avez touché le point où mes travaux sont arrêtés depuis près de cinq ans! Par pitié, ayez la bonté de m'aider en ce passage si difficile... »

Cammerschulze lui dit : « Excellent frère, il vous faut un laboratoire différent de celui que j'ai visité. Cela le seigneur Bravo peut vous l'offrir. Je m'en porte garant. Il vous faut aussi être en paix avec votre âme, et comment le seriez-vous si par votre faute tous ces villageois en venaient à mourir par le fait de votre entêtement? Donnez Magdalena à cet excellent voleur, puisqu'ils s'aiment, et je vous libère de ce problème de nitrate. – Merci! Merci! fit le vénéré en s'agenouillant aux pieds de Cammerschulze. Dites à ce seigneur que je lui accorde ma bénédiction s'il nous libère tous à l'instant, s'il me promet ce laboratoire et si vous me confiez le secret. » L'alchimiste se pencha vers Töppfer et lui dit quelques mots à l'oreille.

Aussitôt cet homme se releva comme s'il venait d'apercevoir un ange. Ses yeux étaient dilatés de joie. Ses mains se tendirent vers le ciel. Il ne savait que répéter : « Oh! Oh! Oh! Oh! » Ce que Cammerschulze lui avait confié l'avait, à l'instant, transporté. Il courut vers le seigneur Bravo qui, à ce moment, arrivait et lui dit : « Vous avez ma fille! Mariez-vous! Ayez de beaux enfants! Et n'oubliez pas mon laboratoire... », ce qui laissa le chef des voleurs tout pantois.

« Que lui avez-vous dit? demanda Balthasar à son maître lorsqu'ils furent à nouveau en chemin vers Bamberg. – Ce qu'il souhaitait entendre au plus profond de lui. Car, vois-tu, il n'est de réponses que celles qui viennent de soi. L'homme sait tout, mais il ignore ce qu'il sait. Apprendre n'est pas ajouter mais dévoiler. » Et ainsi devisant ils allèrent jusqu'à l'auberge à l'Oie et au Gril de Kasserfel où ils furent reçus avec chaleur et passèrent une agréable nuit.

8

Bamberg, en l'année 1595, avait été ravagée par une épidémie de typhus qui avait abandonné la ville tout exsangue. Friedrich Cammerschulze y comptait de nombreux amis que la tourmente avait dispersés. Après quelques recherches il retrouva l'endroit où se tenait un certain Judas Cohen qui, comme son nom l'indiquait, était juif. Sur le moment Balthasar Kober se demanda comment il se pouvait que son maître fréquentât cette sorte de gens qu'on lui avait toujours mal dépeints. Mais lorsqu'il vit avec quel empressement, avec quelle joie profonde ce Cohen accueillit l'alchimiste, il ne douta pas que les deux hommes entretenaient des liens fort solides.

« Qui est ce bon jeune homme? – Un jeune étudiant qui m'accompagne à Nuremberg, répondit Cammerschulze. – Ah! dit le juif, vous avez la plus grande chance du monde d'avoir pour maître un homme de sciences comme celui-là! » Et il prépara aussitôt une décoction d'herbes aromatiques qu'il leur offrit à boire. Puis ils parlèrent des difficultés de l'heure. Les luthériens se battaient contre les calvinistes. Les catholiques, dirigés par les jésuites, se défendaient âprement contre les réformés. Et tous fustigeaient le juif considéré comme l'ennemi religieux par excellence, plus redoutable encore que le musulman!

Toutefois, sous l'égide de Johannes Reuchlin, influencé par Pic de la Mirandole et le *Shaare Ora* de Gikatilla, certains érudits s'étaient épris de la kabbale juive, y trouvant des fondements traditionnels applicables à la religion chrétienne. Reuchlin avait appris l'hébreu à Linz auprès du médecin de l'empereur lui-même, un juif du nom de Jacob ben Yehiel Loans, puis à Rome, auprès d'un autre juif, l'excellent Obadya Sforno. De cet enseignement il avait tiré deux livres : *De verbo mirifico* et *De arte cabbalistica* qui étaient devenus les écrits essentiels de la Société des Justes qu'avait créée un disciple d'Agrippa von Nettesheim et dont faisait partie Cammerschulze. Les membres de cette société étaient chrétiens mais connaissaient l'hébreu et gardaient les contacts les plus étroits avec des Kabbalistes juifs tels que Judas Cohen.

Naturellement cette Société des Justes était extrêmement secrète, fermée à tous ceux qui n'avaient pas été longuement mis à l'épreuve, tant il était nécessaire de montrer de la discrétion en cette matière qui abordait les structures intimes de la Déité Elle-même. Les réunions se tenaient en des lieux anodins et, par exemple, dans la maison d'un des frères, afin que nul curieux ne puisse en soupçonner jusqu'à l'existence. Durant les longues heures que duraient ces assemblées les membres pratiquaient une manière de rituel fondé sur la répétition de Noms divins permettant aux adeptes de préparer leur conscience à la descente du Char en eux-mêmes, ce Char étant à la fois celui qu'Ezéchiel avait vu au bord du fleuve Kebar et celui qui avait enlevé Elie au Ciel.

Ainsi Friedrich Cammerschulze décida que Balthasar recevrait ses premières leçons d'hébreu et serait ainsi préparé à entrer quelque jour dans la sainte société. Toutefois il ne lui cacha pas que ce serait peut-être dans un temps assez long et, en attendant, il lui fit jurer sur la Bible de ne rien révéler de ce qu'il apprendrait durant ces études particulières qu'il allait entreprendre sous sa direction. Le jeune garçon fut extrêmement flatté de la confiance qu'on lui faisait et commença de lire l'alphabet hébreu et de connaître la valeur numérique de chaque lettre, ce qui l'emplit à la fois d'enthousiame et de stupeur.

En fait, Cammerschulze avait demandé à Judas Cohen s'il estimait que le fils Kober était digne de recevoir ces leçons. C'est pourquoi il avait attendu leur venue à Bamberg avant d'entreprendre son éducation sur ce point. Or Judas Cohen avait beaucoup apprécié Balthasar, bien qu'il n'eût quasiment rien dit et sans doute à cause de cela même. Ces hommes ne jugeaient pas leur semblable selon les critères communs. Pappagallo, Cammerschulze et maintenant Cohen avaient, en quelque sorte, perçu ce qui reliait Balthasar à l'inconnu, cette faculté de communiquer avec ailleurs comme s'il s'agissait d'ici. Ils avaient compris que le jeune garçon possédait naturellement le don de ce sixième sens qui lui permettait de fréquenter l'invisible, sens qu'il lui faudrait aiguiser afin de rencontrer des entités plus sérieuses que les membres défunts de sa famille...

Balthasar et son maître demeurèrent une semaine à Bamberg. Puis ils reprirent leur route en direction de Nuremberg. Au trot des chevaux le fils Kober apprenait le nom des séphiroths, les secrets de Bereschit, ce qui le passionnait bien davantage que les raisonnements théologiques dont le docteur Tobias Peuckert lui avait naguère rebattu les oreilles. Aussi, lorsque, trois jours plus tard, ils arrivèrent en vue de la ville des margraves, notre étudiant posa pied à terre et considéra les clochers et les toits comme s'ils eussent été ceux de Jérusalem. Ses yeux émerveillés saluaient la cité où il comptait bien retrouver Pappagallo, Rosa et les autres comédiens et où il lui semblait que tous les trésors du monde avaient été accumulés.

Et, en effet, la Nuremberg de ces années-là était l'un des hauts lieux de l'Occident. Les artisans y étaient rois. Ils y imprimaient des livres si beaux et si rares qu'on hésitait à tourner leurs pages; ils y gravaient sur bois et sur métal (Dürer reposait dans le cimetière de Saint-Jean); ils y repoussaient le cuir et y ciselaient les épées aussi bien qu'à Cordoue. Aussi les Galopins avaient-ils en ces murs de nombreux compagnons, et le centre même de leurs activités y avait été implanté après 1553 dès que les querelles entre citoyens s'étaient apaisées. L'état-major, que l'on nommait le Chapitre, se composait de neuf membres élus qui avaient pour charge de gérer les intérêts de la société à travers tous les pays germaniques. Jadis, le Chapitre se tenait à Ratisbonne.

Naturellement, ce fut à ce Chapitre que nos deux voyageurs rendirent visite dès leur arrivée. Le bâtiment où les réunions avaient lieu n'était autre que la maison de la Guilde des drapiers, façade derrière laquelle les Galopins s'abritaient. Friedrich Cammerschulze y fut reçu avec honneur. On l'introduisit à l'instant auprès du secrétaire général, le Passeligourd, qui était un gros homme au visage affable, à la barbe coupée en serviette, mais qui pour l'heure montrait un front des plus soucieux. « Mes pauvres amis, dit-il en soupirant, vous arrivez à Nuremberg en un fort mauvais moment! – Que se passe-t-il? demanda l'alchimiste. – Le recteur Dietrich Frankenberg est arrivé la semaine dernière pour conférer avec Schedel, le recteur général de Franconie. Dès le lendemain, le héraut annonçait que des sorciers, alchimistes, kabbalistes et autres contempteurs de la vraie religion chrétienne se cachaient dans la cité et qu'une récompense serait offerte à qui les dénoncerait. »

Cammerschulze se tourna vers Balthasar : « Tu vois quel maître tu as abandonné en quittant Dresde!
– Hélas, fit le jeune garçon, comme à présent je reconnais la laideur de cet homme et de sa rigueur détournée! » Le Passeligourd reprenait : « Toutefois, à l'heure qu'il est, les spadassins du rectorat n'ont arrêté que des malheureux dénoncés par leurs voisins pour de basses raisons personnelles. Les nôtres se montrent prudents en attendant que l'orage passe. – Et Pappagallo? » demanda Balthasar. Le Passeligourd mit un doigt sur les lèvres : « Existe-t-il quelqu'un qui se nomme ainsi? N'est-ce pas un songe lunaire, une fantaisie de l'air? Il n'y a personne de ce nom-là dans toute la région et peut-être dans le monde entier. D'ailleurs, qu'avons-nous à faire d'un perroquet? » Balthasar comprit la leçon et se tint coi.

Nuremberg était un dédale inextricable de ruelles que Cammerschulze semblait avoir toujours fréquenté. Il s'y faufilait sans hésitation, connaissant le moindre recoin de la ville. Son disciple le suivait en claudiquant car il commençait d'être fatigué. Enfin ils arrivèrent devant une maison d'apparence modeste à la porte de laquelle il agita une clochette. Parut une manière de rouquin tout dépenaillé qui, le visage ahuri, demanda ce qu'on voulait. « Rencontrer ton maître, le distingué docteur Zimmermann. – Comment avez-vous dit? fit encore le drôle en mettant la main en cornet devant son oreille. Vous êtes ici chez le sieur Holtstein, d'ailleurs en voyage. » Cammerschulze ne parut pas autrement surpris et reprit : « Nous souhaiterions rencontrer ton maître, l'excellent docteur Zimmermann. – Distingué, excellent..., répéta le domestique de son air le plus sot, et quoi encore, mon révérend? – Et sublime, mon bon ami! »

Alors le visage du faquin se changea d'un coup. Une lueur d'intelligence et quasiment d'ironie se propagea sur ses traits, illuminant son visage. « Entrez! Entrez vite! » fit-il en regardant avec méfiance à droite et à gauche de la rue. Nos amis entrèrent. La porte se referma derrière eux. Le curieux personnage les précéda en trottinant jusque dans la grande salle où, se redressant de toute sa taille, il ôta sa moustache, la perruque rousse qu'il portait. « Zimmermann, vieux drôle! s'écria Cammerschulze en riant. Tu vois, je n'ai pas oublié les mots de passe! Distingué, excellent et sublime... Qui s'aviserait jamais de t'appeler ainsi? » Ils tombèrent dans les bras l'un de l'autre.

Jakob Zimmermann était recherché par les hommes du rectorat depuis près de trois ans. Il se cachait à Nuremberg sous les traits de ce domestique assez absurde dont officiellement le maître était en voyage, ce qui lui permettait de poursuivre ses travaux dans des conditions de sécurité assez bonnes. Peu de frères connaissaient son repaire et, jusqu'à cet instant, Cammerschulze lui-même ignorait sous quels traits il se masquait. « La situation ne s'améliore pas, dit-il en priant ses hôtes de s'asseoir. Pappagallo, quelques jours avant son départ précipité, me fit savoir par Rosa que le docteur Frankenberg avait réussi à faire pénétrer un des siens dans notre confrérie. Ainsi il espère connaître nos chefs, nos règles, nos secrets et, naturellement, démanteler ensuite notre organisation. »

Le cœur de Balthasar bondit à l'évocation du nom de Rosa, mais la nouvelle que ses amis avaient quitté la ville l'attrista si fort que, sur l'instant, il en oublia de s'inquiéter de l'annonce, pourtant sinistre, de la traîtrise d'un des compagnons. Zimmermann poursuivit : « Tu comprends, mon bon Friedrich, que je me défie de tous et que j'en arrive à suspecter mes amis les plus sincères... Ce Frankenberg est le diable. Il a réussi à semer la méfiance dans notre fraternité. – Peux-tu nous loger quelques jours ? demanda l'alchimiste. – Le domestique du seigneur Holstein ne peut faire moins que d'accueillir les amis de son maître..., fit Zimmermann. Cher Friedrich, ton disciple et toi pouvez vous installer ici le temps qu'il vous plaira. »

Une fois encore le fil ténu qui reliait Balthasar à la troupe des comédiens était coupé. La seule consolation du jeune garçon était de se trouver aux côtés de Cammerschulze qu'il admirait chaque jour davantage. Ils logèrent donc dans la demeure de Zimmermann qui, membre de la confrérie des Galopins et de la Société des Justes, tout comme l'alchimiste, aida notre ami dans son étude de l'hébreu en lui confiant une méthode qui, effectivement, se montra efficace. Cependant, Cammerschulze estima qu'une prudence redoublée s'imposait et que, par conséquent, il lui fallait cacher sa personnalité et celle du fils Kober sous des noms d'emprunt. Ainsi l'alchimiste devint Frank Müller, marchand drapier, et Balthasar son fils Martin. Ils venaient de Mannheim et s'apprêtaient à visiter la Franconie pour y installer des comptoirs.

Un mois passa, puis un second et un troisième sans que l'on eût la moindre nouvelle des comédiens. Les gens de Frankenberg surveillaient les entrées et les sorties de tous ceux qui franchissaient les portes de la ville, ce qui entravait singulièrement les allées et venues des Galopins. Heureusement les disciples de Calvin s'estimèrent visés par ces mesures et commencèrent à se révolter, ce dont les catholiques profitèrent pour organiser quelques processions. Bref, l'agitation couvait et les autorités séculières ne se cachaient pas pour critiquer les décisions du recteur que l'on qualifiait de « peu réalistes », de « mal pensées » et de « dangereusement organisées ». Toutefois la guerre des margraves n'était pas encore effacée des esprits, si bien que le maire ni les échevins n'osaient trop réagir en ces circonstances délicates.

Pâques approchait. Or, le jeudi saint, un événement considérable devait bouleverser l'existence de Balthasar Kober. Le temps était doux, l'air avait cette consistance particulière qui annonce le renouveau. Aussi notre jeune ami avait-il porté ses pas du côté de l'église Saint-Arsène qui s'élevait derrière le palais des Hohenzollern, vaste bâtisse qui couvrait de son ombre tout le quartier des marchands. Ce lui était un extrême plaisir de marcher à travers ces ruelles où les corps de métier les plus divers se côtoyaient. Sa curiosité et sa soif de savoir étaient comblées par ces échoppes, ces ateliers où tout un monde s'affairait.

Ce qu'il aimait par-dessus tout dans ces métiers d'artisan était la précision des gestes que des années d'apprentissage et de compagnonnage avaient modelés au point que l'ouvrier devenait partie intégrante de son œuvre. Les ciseleurs courbés devenaient, au fil des jours, leur plaque de cuivre ou leur pièce de cuir; les orfèvres, à force de fondre, de tailler et de poncer, se transformaient en même temps que leur métal; les menuisiers aux cheveux jaunes de sciure se confondaient peu à peu avec leurs planches; les forgerons se changeaient en leur forge. Balthasar admirait leurs outils dont les noms parfois étranges sonnaient agréablement à son oreille.

Or, comme il se trouvait devant la boutique d'un luthier, cherchant à comprendre le fonctionnement d'un instrument de musique qu'il n'avait jamais vu, une voix qui venait de l'intérieur de la boutique l'appela. Il se pencha légèrement sur le côté droit et vit une très jeune fille qui lui faisait signe d'approcher. Elle n'avait pas douze ans, portait de longs cheveux blonds; son visage mi-grave mi-espiègle semblait rayonner de bonheur. Balthasar, fort surpris et secrètement charmé, avança d'un pas puis d'un autre. Son cœur battait comme un tambour à l'heure de la charge. Ses membres furent pris d'un tremblement qu'il ne pouvait dominer. Encore un pas et sa poitrine allait éclater. Il se figea, paralysé, moite, muet, tandis que la très jeune fille avançait gracieusement vers lui et posait une main délicate sur son épaule.

Alors les instruments de musique qui reposaient dans la boutique s'éveillèrent d'un coup et se prirent à jouer ensemble une admirable mélodie comme il ne s'en entend que chez les anges. C'était à la fois doux, délicat, cristallin et d'une force qui eût transporté les montagnes. Les joues de Balthasar se couvrirent de larmes. Puis il lui sembla que tout son corps se vidait, devenait transparent et d'une telle légèreté que ses pieds ne reposaient plus sur le pavé. Allait-il s'envoler, pareil à une bulle, s'élever au-dessus des toits, disparaître derrière les nuages?

La musique cessa. Et, à ce moment qui n'appartenait peut-être plus au temps, Balthasar entendit distinctement la terre qui lui parlait. Elle lui parlait par ses arbres, ses oiseaux, ses champs et ses eaux. C'était une seule voix qui lui venait comme un vent calme et généreux des profondeurs de son être. Car, à présent, il n'y avait plus de borne entre ce qu'il avait cru jusqu'alors appartenir à son intérieur et ce qu'il avait perçu comme extérieur à lui-même. Etait-il une partie de l'univers ou était-ce l'univers qui le formait? La très jeune fille le regardait en souriant.

Plus tard Balthasar Kober écrivit : « Cette rencontre de Sophia sous les traits d'une enfant fut le commencement de ma vie véritable que d'autres appelleront « expérience mystique » ou plus probablement « folie »! Auparavant mes rencontres avaient été principalement celles de mon père Johann Siegismund, de sa première femme Valentina et de mon frère jumeau

Caspar. J'avais aussi aperçu comme dans un rêve affreux le visage d'Elsbeth, la dernière fille de Valentina. Mais à dater de ce jeudi saint 1596 – jour à jamais béni! – ce furent les sphères de l'Intelligence qui me furent généreusement ouvertes grâce au sourire de cette enfant et à la main qu'elle posa sur mon épaule. Car (est-il besoin de l'avouer?), ce fut un torrent impétueux d'amour qui pénétra en moi tandis que le regard de Sophia rencontrait le mien. »

En vérité, la très jeune fille se nommait Ursula et était la dernière fille de maître Wesenberg, le luthier. Elle ne parlait pas, ne semblait pas avoir le sens commun et ne cessait de sourire, ce qui la faisait prendre communément pour une arriérée. Néanmoins sa joliesse naturelle, sa grâce et cet éternel sourire la faisaient respecter, si bien que les citadins l'appelaient « l'ange de maître Wesenberg ». Ce fut cet ange que Balthasar prit l'habitude de rencontrer une fois par semaine, le jeudi. Chacune de ces rencontres était si forte qu'il pensait n'en pouvoir supporter davantage, et pourtant à peine avait-il quitté Ursula qu'il aspirait déjà à la revoir.

9

Cammerschulze et Zimmermann avaient rapidement décelé la transformation qui s'était opérée en Balthasar depuis sa rencontre avec Ursula. Sans doute son application à l'étude n'avait-elle guère changé et ses progrès en la langue et en la pensée hébraïques avaient-ils heureusement évolué, mais il y avait désormais chez le jeune garçon un mélange de gravité et de joie qui laissait entendre qu'un événement d'importance s'était passé et l'avait marqué. Ce fut d'ailleurs Balthasar qui s'ouvrit de son secret à l'alchimiste.

« Maître, lui dit-il, voilà que j'ai rencontré celle qui ouvre les yeux aux aveugles et rend la parole aux muets. Et, comme dans la Sainte Ecriture, je suis tombé passionnément amoureux d'elle... – Explique-toi mieux, fit Cammerschulze. – Que pourrais-je expliquer? Ce n'est point là une femme car elle n'est qu'une enfant, et je crains même qu'elle ne soit jamais une femme puisqu'elle se tait. Et donc, en vérité, c'est un ange que Dieu m'a envoyé pour me communiquer les joies célestes. – Sans doute, dit Cammerschulze avec prudence, mais se pourra-t-il que je la connaisse? – Oh certainement! s'écria Balthasar. Elle sera très heureuse de vous connaître, elle aussi. D'ailleurs son père est fort gentil. »

Le luthier Wesenberg avait aisément compris de quelle nature naïve étaient les rendez-vous de sa fille et du jeune garçon. Il avait installé deux petites chaises et une table sous une gloriette où les deux enfants se retrouvaient et passaient deux heures à se regarder en silence, après quoi Balthasar rentrait chez Zimmermann en courant. Cammerschulze fut extrêmement ému par cette aventure et félicita Wesenberg de sa tolérance. Il expliqua au luthier que son disciple avait une nature intérieure d'une grande richesse et qu'à travers l'innocence d'Ursula il communiait à la lumière divine. Wesenberg le crut d'autant plus volontiers qu'ayant observé le comportement de Balthasar tandis qu'il se tenait auprès de sa fille, il l'avait vu absent du monde et, en quelque sorte, de soi-même.

Ce fut lors de ces après-midi que notre ami déclara plus tard avoir reçu la révélation de ce qui devait devenir son œuvre. Ursula devenant la Sophia ou l'âme du monde était l'ouverture vers les espaces infinis du Verbe, « car si la Vierge est enceinte du Verbe, le Verbe Lui aussi porte la Vierge, en ce double emboîtement qui ouvre le cœur à la réalité suprême ». Et sans doute faut-il entendre que la préparation intellectuelle du jeune garçon l'avait amené à mieux percevoir ce que ses appels intérieurs signifiaient. C'est d'ailleurs pour cette raison que Cammerschulze avait invité son disciple à noter ce qu'il pourrait transcrire de ses visions. Ainsi les premiers écrits de Kober furent composés à cette époque-là, au premier étage de la demeure Zimmermann.

Il écrivait vite, d'une seule traite et comme si quelqu'un dictait à son oreille. Rien ni personne n'aurait pu l'arrêter tandis qu'il travaillait de la sorte. Cela durait parfois quatre ou cinq heures sans qu'il reprît souffle. Enfin, lorsqu'il se levait de sa table, les feuillets accumulés étaient noircis de sa petite écriture que le gothique influençait encore. Zimmermann recueillait ces pages et les lisait à Cammerschulze alors que Balthasar était sorti. Les deux hommes étaient émerveillés. « Ce n'est pas d'ici », disaient-ils. Mais, bien entendu, ne fût-ce que par pudeur, ils ne parlèrent jamais de ses écrits au jeune homme, se contentant d'en relever une discrète copie.

Or, un matin d'avril, et alors que Balthasar et son maître revenaient de la Guilde des drapiers, six hommes d'armes les arrêtèrent, les priant de les suivre auprès du chef de la police, Kark Otto Schwanger, dont chacun savait qu'il était à la solde du recteur Schedel, l'âme damnée de Dietrich Frankenberg. On les mena donc devant ce personnage qui commença par s'excuser du peu de courtoisie du procédé mais qui insista pour savoir qui ils étaient. Et donc cet officier apprit qu'il avait devant lui le marchand drapier Frank Müller et son fils Martin en voyage d'affaires à travers la Franconie.

« Je ne doute pas de votre parfaite qualité de gentilshommes, commença Karl Otto Schwanger en considérant nos amis d'un air soupçonneux, mais il se trouve que vous habitez chez un certain Holstein que personne n'a rencontré depuis plusieurs mois. Savez-vous qui il est et où il se trouve? – Excellence, répondit l'alchimiste, non seulement je connais fort bien mon vieil ami Holstein mais je puis aussi vous révéler où il est actuellement : à Venise où il gémit sur un lit de douleur car il est atteint d'une maladie que nul ne peut nommer sans frémir... – Je vous en prie, l'interrompit Schwanger, il n'est pas bon d'évoquer ces choses-là! Et donc, vous, seigneur Müller, vous accepteriez de vous porter garant de la qualité de votre vieil ami Holstein? – Assurément, reprit Cammerschulze, si tant est que cette abominable maladie... – Laissons cela, s'il vous plaît! Il est des esprits fétides qui circulent dans les airs et qui, à leur seule évocation, fondent sur vous! Mais, d'autre part, seigneur Müller, comment se fait-il que vous ayez pu ainsi loger chez votre vieil ami Holstein alors qu'il était absent! »

L'alchimiste sourit : « Le courrier existe, Excellence... Mon vieil ami Holstein avait prévenu sa domesticité de notre arrivée. – Parce que la domesticité de votre vieil ami Holstein sait lire, seigneur Müller? – Sans doute, Excellence, puisque nous fûmes agréablement accueillis. » Karl Otto Schwanger esquissa une grimace puis, à brûle-pourpoint, il reprit : « Seigneur Müller, avez-vous une bonne vue? – Pour mon âge, je ne me plains pas, Excellence, répondit Cammerschulze avec assurance. – Alors comment se fait-il que depuis votre venue en la demeure de votre vieil ami Holstein vous ne vous soyez pas aperçu que sa domesticité n'était pas une domesticité ordinaire? » Balthasar était de plus en plus mal à l'aise.

« Oh! fit Cammerschulze en souriant béatement, ce serviteur est une manière de prétentieux coquin, j'en conviens, et le mauvais goût de sa vêture dépasse l'entendement, mais sans doute n'ose-t-il être ainsi qu'en l'absence de son maître... » Karl Otto Schwanger considéra l'alchimiste avec attention et, d'un coup : « Cet homme se nomme Jakob Zimmermann. Le saviez-vous? » Balthasar crut mourir mais l'alchimiste, très sûr de lui : « Non; je ne demande jamais leur nom aux domestiques. Je les appelle immuablement Gustav. » L'officier parut interloqué puis, se ressaisissant : « Vous prétendez ignorer qui est ce Zimmermann? » Et comme Cammerschulze semblait ne rien comprendre à ce que Schwanger lui voulait, l'autre s'écria : « Eh bien, sachez-le, seigneur Müller : ce Zimmermann est un sorcier, un juif, peut-être même un Galopin! Vous m'entendez! Un Galopin! »

Cammerschulze parut étonné : « Un Galopin, dites-vous? Quel nom curieux pour un chrétien... Mais, s'il vous plaît, Excellence, veuillez bien m'expliquer ceci : comment un personnage aussi insignifiant que ce domestique peut-il intéresser vos gens? S'il est sorcier, c'est comme sont les bêtes... Et juif? Croyez-vous que le lobe de ses oreilles soit d'un juif? Et son nez, Excellence, est-il d'un juif? Je le croirais plutôt papiste! » Karl Otto Schwanger s'énerva : « Seigneur Müller, vous êtes certainement un excellent marchand drapier et un honnête homme mais permettez-moi de vous dire que sur le sujet des juifs, vous n'y connaissez rien. » Cammerschulze salua l'officier avec courtoisie : « Pardonnez-moi, Excellence. Et donc, si je comprends bien, ce sorcier juif a été arrêté! – En effet. Ce matin même. – Et vous avez fouillé la demeure de mon vieil ami Holstein qui, par parenthèse, sera fort navré de cette méchante affaire... Et lors de cette fouille, vous avez trouvé des documents compromettants, des preuves? »

Il y eut un silence gêné, puis Karl Otto Schwanger dit d'un ton sec : « Rien. – Nous sera-t-il possible de coucher encore ce soir chez mon vieil ami Holstein? – Je crains que non. Vous prendrez vos bagages et vous poursuivrez votre voyage, seigneur Müller. Et puis-je me permettre de vous donner un conseil? Ne fréquentez plus votre vieil ami Holstein... Ces maladies que vous avez évoquées sont horriblement contagieuses. Ne serait-ce que pour la bonne santé de votre fils, tenez-vous à l'écart de l'épidémie. » Il se leva, signifiant ainsi à nos amis qu'ils pouvaient disposer, ce qu'ils firent le plus naturellement du monde et alors que leur instinct les eût poussés à fuir en courant.

Lorsqu'ils rentrèrent chez Zimmermann, la demeure était dans un état pitoyable. Les meubles étaient renversés, les matelas étaient éventrés, les planchers avaient été soulevés, les tapisseries arrachées pendaient lamentablement contre les murs. Tout avait été minutieusement fouillé. Des gardes avaient été postés dans chaque chambre et considérèrent Cammerschulze et son disciple avec une certaine hargne lorsqu'ils rassemblèrent leur bagage. Les écrits de Balthasar étaient demeurés miraculeusement intacts dans la besace du jeune garçon. En revanche, la copie qu'en avait faite Zimmermann avait été emportée, de même que la Bible en hébreu, et sans doute d'autres documents précieux que nos amis ne connaissaient pas.

Tandis qu'ils rassemblaient rapidement leurs affaires sous le regard soupçonneux de la soldatesque, leur cœur était empli de tristesse et d'appréhension sur le sort de leur hôte et de l'ensemble des Galopins car il était clair que si Zimmermann avait été trahi, toute la confrérie se trouvait en danger. Toutefois le fait que sous le nom de Müller la police rectorale ignorait l'identité de Cammerschulze semblait prouver que l'indicateur était fort imparfaitement au courant des secrets de la société. Néanmoins il fallait prévenir au plus vite le Passeligourd. Aussi lorsque, escortés par quatre gardes en armes, ils furent emmenés hors de la ville, Cammerschulze demanda que l'on s'arrêtât à la Guilde des drapiers où – prétendit-il – il devait donner quelques consignes pour ses affaires.

Naturellement, dès que le Passeligourd vit de quelle façon l'alchimiste était accompagné, il comprit qu'un malheur était arrivé. « Que se passe-t-il, mon bon seigneur? » s'écria-t-il en venant vers lui les mains tendues. Cammerschulze lui serra les pouces avec force, ce qui était le signe d'alarme, puis en souriant il répondit : « Le drôle qui nous hébergeait en l'absence de mon vieil ami Holstein était un magicien ou un juif, ou je ne sais quoi encore... Bref, il vient d'être arrêté par les gens de son excellence Karl Otto Schwanger.
– C'est un homme fort habile, dit le Passeligourd, et il

est bon que nous ayons à Nuremberg de si remarquables défenseurs de la chrétienté. Et où allez-vous donc à présent, seigneur Müller? – Je vais reprendre la route de Mannheim avec mon cher fils. Mes comptoirs de Würtzbourg et de Heidelberg me réclament. A bientôt, peut-être... Et n'oubliez pas : le drap indigo vaudra le double l'an prochain! »

Les deux hommes se saluèrent fort civilement. Balthasar fit un petit geste de la main. Puis, accompagnés par les gardes et sous le regard des passants qui s'arrêtaient, ils gagnèrent les écuries où les attendaient leurs chevaux. Chaque pas qu'il faisait arrachait à Balthasar un profond soupir car chaque pas l'éloignait de sa chère Ursula, et pour combien de temps? De plus, il aurait tant voulu la prévenir de son départ, la rassurer sur son retour, car il reviendrait... Cammerschulze, qui comprenait sa détresse, lui suggéra d'écrire une lettre au luthier qui la lirait à sa fille, ce qu'il fit tandis qu'on préparait les chevaux. Un palefrenier à qui l'on donna un bon pourboire fut chargé de ce précieux message. Vers trois heures, nos amis franchirent les portes que l'on referma derrière eux.

« Où allons-nous? demanda Balthasar. – A Augsbourg, et le plus vite possible! s'écria l'alchimiste d'un ton changé. Nous devons quitter la Franconie avant que Schwanger ait fait son rapport au recteur. – Que va devenir Jakob? – Ils vont le torturer afin de savoir ce qu'il sait, mais il ne parlera pas. Un membre de la Société des Justes ne trahit jamais ses frères car ce serait trahir Dieu Lui-même. Allons! » Ils poussèrent leurs chevaux jusqu'au galop. Balthasar était horrifié par les événements. Comme il comprenait mieux pourquoi Zimmermann avait affublé la religion du nom d'Eglise de plomb, qu'il opposait à l'Eglise de l'Esprit!

Ainsi arrivèrent-ils dans la nuit à Weisseburg. Leurs

montures étaient fourbues et eux-mêmes eussent été fort incapables de poursuivre une lieue de plus. Le calvaire de pierre à la patte d'oie du bourg leur indiqua qu'une maison accueillante se trouvait sur la place de la fontaine. Ils s'y rendirent et frappèrent à la porte que dominait une coquille Saint-Jacques sculptée sur la pierre d'arc. Une vieille femme vint leur ouvrir. « Que cherchez-vous? demanda-t-elle de sa voix cassée. – Un gîte, fit Cammerschulze. – Et avec quoi le paierez-vous, mes gaillards? – Avec notre gain, répondit encore l'alchimiste. – Entrez, mes bons frères... » dit la vieille.

Un autre Galopin avait déjà demandé asile ce soir-là à la mère. C'était le mercelot qui avait recueilli Balthasar devant l'église Saint-Maurice de Cobourg, plusieurs mois auparavant. Cammerschulze se présenta sous le nom de Frank Müller. « Ainsi tu as retrouvé ton père? fit le Flamand. Et moi qui te croyais orphelin! – Je ne suis que son père adoptif, expliqua l'alchimiste. – Hélas, reprit le mercelot, si nous n'y prenons garde, nous serons bientôt tous orphelins! – Comment cela? fit Cammerschulze en s'asseyant à table. – Les catholiques ont décidé de reprendre le terrain perdu. On dit que la Savoie s'arme de pied en cap et que le Piémont suivrait! » Ils partagèrent le pain tandis que la mère servait le vin.

Balthasar entendit les deux hommes parler comme dans un brouillard. La fatigue du voyage, la tristesse d'avoir quitté Ursula, la crainte pour Zimmermann, la pitié pour le monde se mêlaient en son esprit. Une prière naissait sur ses lèvres : « Mon Dieu, du fond de ces ténèbres, qu'une lumière surgisse! Les gens sont si malades. Ils ne vous connaissent plus. La religion est devenue la géhenne... » Mais, à cet instant, dans un rayon de lumière qui éclaira la misérable salle où l'on dînait, apparut Ursula qui très simplement vint s'asseoir sur le banc en face de lui.

Balthasar regarda vivement ses compagnons mais ils poursuivaient leur conversation comme si rien ne s'était passé. Alors il s'abîma dans le regard et le sourire d'Ursula. « Tu vois, lui dit-elle sans parler, je suis venue te dire adieu. Ne sois pas attristé de m'avoir laissée à Nuremberg. Un jour viendra où nous nous retrouverons. – O vous, dame de toute bonté, s'écria Balthasar dans le chaud silence de son cœur, vous qui ouvrez les yeux sur les espaces infinis, veuillez considérer la misère de ce pauvre monde en proie aux ténèbres... Les meilleurs sont pourchassés, enfermés, torturés. Les plus mauvais ordonnent et tentent d'étouffer la lumière au nom de principes qui semblent appartenir au divin mais qui le parodient. »

Mais déjà, comme un nageur donne un coup de pied sur le fond de la rivière et remonte aussitôt à la surface, Balthasar s'élançait à travers les airs; sa tête franchissait le cercle des mondes et il se retrouvait dans un océan de lumière pure qui, à l'instant, le pénétrait par tous les pores de son corps transformé lui-même en cette lumière. Ursula allait de concert avec lui à travers l'étendue infinie. Le bonheur d'être tous deux changés en cet élan les magnifiait et, dans le même temps, les pénétrait. Il leur parut que, bercés par cette intime splendeur, ils s'endormaient.

Le lendemain, Cammerschulze éveilla son disciple en même temps que les coqs. Ils sellèrent leurs chevaux et reprirent la route au galop. Balthasar, bien que sa rencontre avec Ursula l'exaltait, avait peine à tenir sur sa monture tant il était fatigué. Aussi durent-ils diminuer leur allure. « Partez devant, suppliait le jeune garçon, je saurai vous rejoindre... – Nous resterons ensemble, promit l'alchimiste. D'ailleurs nous aurons bientôt quitté la Franconie. » Quelques lieues plus loin une troupe de soldats portant les couleurs noir et or du rectorat les arrêta. « Nous venons de Nuremberg, expliqua sèchement Cammerschulze. Mon fils et moi avons été reçus par son Excellence Karl Otto Schwanger qui nous fit accompagner jusqu'aux portes par une garde d'honneur. Et vous, ici, vous nous arrêtez comme si nous étions des voleurs! »

L'officier recula d'un pas, salua et, fort ennuyé, répondit : « Monseigneur, je vous prie de nous comprendre... L'ordre nous fut donné de fouiller toute personne voyageant sur cette route. » L'alchimiste demanda : « Et croyez-vous que les brigands vont aller tranquillement sur cette route, alors qu'il leur suffit de couper à travers bois? – Vous avez probablement raison, Monseigneur, mais je dois vous prier de descendre de cheval, vous et votre fils, car nous avons des ordres et nous les appliquerons. » Ils mirent donc pied à terre. Puis on leur suggéra de suivre deux soldats jusqu'à une tente qui avait été dressée non loin de là. Ils y furent accueillis par un personnage tout de noir vêtu qui portait sur la tête un chapeau à plumes multicolores.

Cammerschulze se présenta. « Seigneur Müller de Mannheim, commença l'emplumé, nous avons de bonnes raisons de croire qu'un jeune homme, presque encore un enfant, qui naguère était étudiant au séminaire de Dresde, s'est enfui avec la complicité d'un adulte qui se fait passer pour son père. Comme nous savons que les deux fuyards viennent de Nuremberg et se dirigent vers Augsbourg, avouez que notre suspicion à votre égard est fondée... – Grâce au Ciel, répondit Cammerschulze, il existe encore dans le monde beaucoup de pères et de fils... – Peut-être, fit l'emplumé en se rengorgeant, mais tous les fils ne sont pas atteints d'une certaine infirmité qui permet de distinguer l'étudiant que nous recherchons. – Comment savez-vous que mon cher Martin est muet? » demanda l'alchimiste.

L'officier bondit de rage : « Vous savez très bien que cet étudiant n'est pas muet mais qu'il est bègue! » Et s'approchant vivement de Balthasar, le secouant : « Parleras-tu, petit misérable? Parleras-tu? » Naturellement Balthasar demeura silencieux et fit un geste pour confirmer qu'il ne pouvait pas s'exprimer. « Gardes! Gardes! cria l'emplumé. Entravez-moi ces deux coquins et fouillez-les ainsi que leur bagage! Vite! » Aussitôt nos deux amis furent bousculés, jetés à terre, déshabillés en un tournemain et attachés au tronc d'un arbre.

Balthasar avait honte d'être ainsi exposé mais ce n'était rien à côté du sentiment d'horreur qui le submergeait. Maintenant il savait quel était le traître que le recteur Dietrich Frankenberg avait réussi à immiscer dans la confrérie des Galopins. Une seule personne savait qu'il s'était enfui du séminaire de Dresde et qu'il voyageait sur cette route en direction d'Augsbourg. Et ce traître ne pouvait être que le mercelot, le Flamand qu'ils avaient rencontré la veille! Ainsi la confrérie se trouvait tout entière en danger : la mère et les charpentiers de Cobourg, les imprimeurs Vitkop et Bonhœffer, en particulier! C'était bien une ruse digne du diable d'avoir choisi pour espion un colporteur... Balthasar, nu comme il se trouvait, tremblait de rage et de froid.

10

Friedrich Cammerschulze et Balthasar Kober furent ramenés à Nuremberg sous bonne escorte et emprisonnés dans les caves du palais des Hohenzollern. C'était dans cette enceinte glaciale et obscure que se trouvait déjà Jakob Zimmermann. On avait, en effet, découvert quelques pages d'un traité alchimique et surtout une Bible en hébreu dans les bagages de Cammerschulze. Ces éléments avaient suffi pour le faire suspecter de magie, crime qui était très officiellement passible des tribunaux ecclésiastiques et civils. Quant aux notes que Balthasar avait écrites à la suite de ses rencontres avec Ursula, elles avaient été confrontées avec le double qu'en avait pris Zimmermann. Il n'était plus possible de nier que les trois hommes avaient partie liée de quelque manière.

Les conditions de vie dans ces geôles étaient proprement abominables. Balthasar passait ces journées odieuses à évoquer son amie mais elle ne paraissait pas. Il savait pourtant que la boutique du luthier se tenait à quelques rues de là, derrière ces hauts murs, et il s'étonnait qu'Ursula ne répondît pas aux pressants appels qu'il lui lançait. Aussi tomba-t-il rapidement dans un tel état d'abattement que les gardes, puis les juges crurent qu'il avait perdu le sens. Ils le traitèrent donc comme un arriéré et quasiment comme un idiot, certains allant jusqu'à se moquer de lui, mais il ne s'apercevait même pas de leur manège.

L'accusation du tribunal portait principalement sur le fait que les trois hommes appartenaient à une organisation qui, selon lui, prétendait lutter contre le christianisme et contre l'ordre établi. Sans doute pouvait-on être alchimiste; sans doute pouvait-on être juif de naissance. Mais un baptisé ne pouvait être à la fois adepte de l'alchimie et du judaïsme sans nourrir des desseins hostiles à la Sainte Religion. N'étaient-ils pas des disciples de Münzer? D'ailleurs que signifiait cette collusion entre des groupes sociaux aussi divers que charpentiers, colporteurs, orfèvres, imprimeurs? N'était-ce pas la preuve que les agissement de ces gens se voulaient subversifs?

La défense de Cammerschulze reposait sur la bonne foi. Il était exact qu'il étudiait l'alchimie, mais l'alchimie était une science et aucune loi morale n'interdisait à un chrétien de pratiquer la science pour le bien de l'humanité et la plus grande gloire de Dieu. Il était exact qu'il lisait les Saintes Ecritures dans le texte hébreu, mais rien n'interdisait à un chrétien de s'instruire de la Parole divine le plus complètement et le plus exactement possible. De nombreux pères de l'Eglise et Luther lui-même n'avaient-ils pas agi de la sorte? Quant aux confréries, elles existaient depuis des siècles et personne n'avait jamais pensé à en interdire les usages.

Ils demeurèrent enfermés dans leur sépulcre durant huit mois. Cammerschulze et Zimmermann furent interrogés, soumis à la question, menacés de tortures plus graves encore, mais leurs tourmenteurs ne purent obtenir d'eux qu'une profession de foi chrétienne. Quant à Balthasar, étant donné son âge, on le laissa croupir dans un cachot. Or ce qui lui était le plus insupportable n'était nullement les conditions pénibles de cet internement, ni même le fait que la trahison du Flamand avait dû provoquer l'arrestation de ses amis de Cobourg. Séparé de son maître comme il l'était, il eût aimé épancher son cœur douloureux auprès d'Ursula, mais il semblait que tout le monde l'avait abandonné car son père, ni Valentina, ni son frère jumeau ne vinrent non plus lui rendre visite.

Ainsi, telles qu'elles nous furent décrites plus tard par Balthasar Kober lui-même dans le *Livre de l'exil*, ce fut en cette fosse qu'eurent lieu ce qu'il appela ses premières « rencontres majeures au pays de l'absence », témoignage de son obscure détressc et de ce que sa conscience malheureuse vécut durant cette « interminable nuit de l'âme ».

« Le quarantième jour, alors que je traversais le désert où le sable lui-même ne reste pas, je rencontrai un homme de grande taille qui m'interpella ainsi : « Fils égaré de la tribu aux deux cents mamelles, toi dont le père et la mère sont morts dans les douleurs, as-tu femme et descendance? » Je répondis : « Je n'en ai pas. » Il reprit : « Toi, sans femme et descendance, pauvre et déraciné, pareil à une feuille arrachée à l'arbre, que peux-tu donc espérer? Nulle terre ne te connaît. » Je répondis : « Seigneur, vous me parlez et ainsi ne suis-je pas seul en ce désert. »

Il me mena plus profondément encore dans le désert et me parla ainsi : « Fils de personne et père du vide, tu n'es déjà plus qu'un squelette. Bientôt tes os seront secs et tomberont en poussière. Quelle sera la différence entre toi et le désert? Regarde les étoiles dans le ciel. Elles brillent encore mais, à peine as-tu achevé de respirer, que les voilà éteintes et glacées. Le soleil et la lune eux-mêmes disparaîtront. Le ciel sera vide et cela dès demain car tout ce temps que tu crois immense n'est qu'un clin d'œil. »

Je me prosternai dans le désert et je demandai : « Si ma voix parle encore, Seigneur, et que tu l'entendes, c'est que toute cette mort et tout ce vide, qui béent à ma droite et à ma gauche comme des abîmes, n'ont pas encore pétrifié le dernier écho d'un homme qui se tient droit dans sa misère. »

Il me releva et dit : « Tu te tiens droit dans l'abandon. C'est pourquoi tu t'es prosterné. Mais si abandonné sois-tu, voilà que ta voix est venue jusqu'à moi à travers tant de morts, tant de vides, comme si un grand vent l'avait portée à mon oreille. Et je te le dis, fils de personne, père du vide, parce que tu te tiens droit dans l'abandon et dans la prosternation, il y aura un père qui t'accueillera à l'orée de ton âge, des enfants qui te fêteront lors du banquet, et les étoiles, la lune, le soleil s'allumeront à nouveau dans le ciel et scintilleront, resplendiront. »

Je dis à cet homme : « Cela fait sept mois et quarante jours que je suis dans ce désert. Me faudra-t-il errer autant de temps pour rencontrer l'eau et ceux qui la boivent? » Il me répondit : « Cela fait sept fois quarante jours et sept fois quarante nuits que tu erres dans ce désert où le sable lui-même ne reste pas. Mais toi, tu restes. Tu es plus tenace que la ronce et le chardon. Nul ne peut t'arracher à cette aridité qui te convient. »

Avec colère, je m'écriai : « Qui ose penser que je m'attache à ce désert comme un lichen à son rocher? Serait-ce par jeu que, durant sept fois quarante jours et sept fois quarante nuits, j'ai erré dans cette prison sans mur qui jamais ne cesse? Seigneur, tu le sais, je veux sortir de ce lieu car si je suis fidèle, c'est à mon désir de revenir à mon pays. Voilà d'innombrables jours que je n'ai parlé le langage de ceux qui m'ont engendré. »

A ce moment il me mena encore plus profondément

dans le désert et il me dit : « Vois combien tu es désormais séparé de toi-même. Tu n'as plus de nom et ceux qui te connaissent ne se retournent pas sur ton passage. Dans un miroir tu ne reconnais pas ton visage. Tu demandes : qui est celui-là? » Alors ce fut la nuit qui tomba, et il n'y avait ni lune, ni étoiles dans le ciel. Je compris que celui qui m'avait parlé s'en était allé. La lumière qui éclairait le désert émanait de lui. Lui parti, c'était la ténèbre. Un grand froid parcourut la terre et me traversa.

Ainsi, du fond de ma misère, s'éleva une plainte très ancienne qui disait : « Tu n'as plus de nom. Il te fut arraché comme une dent et te voilà pareil à l'insensé, titubant à droite, à gauche, ou pareil à l'ivrogne qui ne sait plus ce qu'il dit. Tu n'as plus de visage. Il te fut arraché dans un tel moment de souffrance que tu crus brûler à jamais dans le brasier ultime, et te voilà recouvert d'un masque de sang où les mouches butinent, pondent leurs œufs, où la vermine s'est installée. Tu n'as plus de regard. Tes yeux te furent arrachés en de grands cris dont la vallée ne cesse de renvoyer l'écho à la montagne, et te voilà aveugle, plongé dans l'obscurité la plus noire qui fut jamais car la couleur noire elle-même tu ne la vois pas. Qu'oses-tu prétendre? Les pierres ont des mains, une bouche, un nez, des oreilles et des yeux que tu n'as pas. Elles entendent au fond d'elles-mêmes un appel que tu ignores. Elles distinguent une lueur que tu ne soupçonnes même pas. Car toi, tu n'as plus de nom, tu n'as plus de visage, tu as perdu ton regard. Tu es séparé. Qui pourrait te lancer une corde pour te hisser? »

Alors, dans la nuit ô combien nocturne de ce désert où le sable lui-même ne reste pas, je demeurai froid et dénudé, comme un enfant né avant terme et qu'une mère mauvaise a rejeté. Ainsi devenu objet d'opprobre à moi-même, j'allai sans but jusqu'au moment où, trébuchant, je tombai sur le roc et demeurai là, étendu, pareil à un poisson sur la terre lorsque la mer s'est retirée. Je demandai : « Ô voix qui tout à l'heure parlais à l'intérieur de ma poitrine, combien étais-tu injuste envers moi! Mais tu me parlais et maintenant tu te tais. Reviens en ma poitrine, accuse-moi! Parle-moi de l'abandon. Mais que par toi, du moins, je ne sois pas abandonné.

– Abandonne-toi toi-même! » dit une voix terrible, et là, dans le creux le plus profond de la ténèbre, je répondis : « Comment pourrais-je sortir de cet homme? Et qui devrait sortir? En quoi suis-je différent de qui je suis? » Mais nul ne prit la parole pour me répondre, ni au-dehors, ni au-dedans. Je me recroquevillai sur moi-même, ainsi que l'enfant dans le ventre de sa mère, et je dis : « Fatigué, nul plus que moi ne peut l'être davantage. Les vanneurs sont venus et m'ont brisé les reins. Il n'est plus une parcelle de mon corps qui ne crie à la mort : « Emporte-moi! Viens me délivrer! » Et pourtant voilà que ma voix s'élève une fois encore. Chacune de mes paroles me blesse la gorge comme la lame d'une épée. Mais en ce lieu de dérision où je gis, plus obscur que le cadavre d'un chien très ancien, je parle et j'entends ma voix qui bégaie dans le silence. »

Je dis : « S'il n'est plus rien dans le monde, ni hors du monde, si la terre et le ciel sont dévastés, si l'océan fut cuit, recuit et que l'eau tout entière a regagné le soleil, et si le soleil s'est refroidi, a noirci, est tombé en poussière, entraînant avec lui toutes les planètes, toutes les étoiles dans une chute sans fond, et si, après tant de chaos, il ne reste que le vide, alors, Seigneur, je te parlerai dans ce vide et il faudra que tu répondes à ma voix. Car, au creux le plus obscur de la ténèbre, Seigneur, est nichée l'étincelle de ta lumière; au plus vide de tous les déserts est caché le reflet de ta présence. »

Alors, de l'ombre comme d'un brouillard, apparut une ville blême qui dressait les ruines de ses remparts au fond d'une noire vallée. Je me levai et m'approchai, craintif, de la porte qui avait été arrachée. Et il n'y avait personne dans cette ville, ni dans les maisons, ni dans les rues. J'appelai : « Toi qui fus le maître de cette cité, réponds-moi! Où es-tu? Apparais-moi afin que je te pose une question que je brûle de te poser! » Mais la ville était vide. Nul n'y habitait plus depuis très longtemps.

Toutefois, comme je m'apprêtais à partir, je vis un mort qui approchait. Il me regarda avec un grand étonnement et me demanda : « Que viens-tu chercher en cette cité, toi qui appartiens au pays des vivants? Il n'est rien ici qui puisse satisfaire ta soif. Nulle eau ne coule en cette région oubliée. Ecoute! Le vent lui-même ne souffle plus. – Homme, lui répondis-je, est-ce toi qui fus le maître de ces lieux? Car si tu fus celui-là, je te poserai une question que je brûle de lui poser. » Le mort secoua la tête et dit : « Nous sommes tous couchés dans le champ des morts. La terre emplit nos bouches. Il n'est plus ni maître ni esclave, ni haut ni bas, ni question ni réponse. » Et il s'en alla.

« Ne t'en va pas! criai-je à ce mort. Quel que soit ton état, tu as daigné me parler malgré mon infortune. Et s'il se faisait que je sois condamné à ne plus entendre que la voix des morts, j'accepterais cette loi avec reconnaissance, tant je ne puis plus supporter ce vide et ce silence dans lesquels on m'a jeté. » Mais le mort retourna à sa fosse, y descendit et se rendormit. La ville, à ce moment, disparut. Je me retrouvai prostré dans ma ténèbre.

Plus tard je parlais avec le vide de la nuit. Je lui dis : « Vide de la nuit, quel vide osait me parler et me dire :

parce que tu te tiens droit dans l'abandon et dans la prosternation, il y aura un père qui t'accueillera à l'orée de ton âge, des enfants qui te fêteront lors du banquet! Qui osait ouvrir la bouche pour exhaler de telles fadaises? Etait-ce pour me narguer et m'enfoncer plus avant dans ma misère? Car, vide de la nuit, sans étoiles, sans luminaire, je n'ai plus que toi pour lancer ma plainte, m'élever contre l'injustice. Je me roule dans ta froideur comme dans un manteau. Ton silence est mon oreiller. Les vers peuvent venir; il n'est pas de fosse plus profonde que la mienne. Mon âge est un néant. Je suis la viande de ce banquet. Et les voilà mes père et mère, et ma progéniture : des morts et des morts blanchis entassés dans le tombeau! »

Je dis encore : « Faut-il qu'il se repaisse de tant de sang séché et qu'il aspire également la moelle de nos os, celui qui dans la ténèbre ricane, balayant de son souffle les fétus qui le priaient? N'était-il pas plus noble de se dresser et de crier : quel tribunal condamnera la justice? Le juge tient une balance qui varie selon le vent. Qu'attendre de lois désuètes appliquées par des aveugles à des infirmes désespérés? Réveille-toi, vide de la nuit, et toi qui te caches dans les replis ultimes de ce vide obscur, ose me foudroyer une bonne fois afin que ta colère soit satisfaite et que, me retournant sur ce lit désert, je sombre dans la paix. »

Je dis encore : « Si j'étais un animal infortuné, galeux, perdu, à la toison envahie par les ronces, au museau rongé par la peste, il se trouverait encore quelqu'un pour accourir à mon appel et me frapper de son bâton. Si j'étais un étang plein de soufre et de sel, où nul poisson ne peut subsister, où nulle plante ne peut pousser, il se trouverait encore des hommes pour m'assécher, recueillir ma misère en de petits paniers. Si j'étais une fille corrompue par les vers, que les marins repoussent avec dégoût et qu'ils se montrent en vomissant d'obscènes propos, il se trouverait encore un chien pour me sauter à la gorge. Mais ici je meurs de ne point mourir. »

Alors parut à mes yeux une sombre forêt. Les arbres étaient noirs et désolés, sans feuilles, et jetaient dans le ciel vide leurs membres décharnés. Nul oiseau ne volait dans l'air empuanti, nul animal ne courait entre les buissons d'épines. Je me levai et entrai, craintif, en ce haut endroit funèbre. J'appelai : « Toi qui fus le maître de cette forêt, réponds-moi! Où es-tu? Apparais-moi afin que je te pose une question que je brûle de te poser! » Mais la forêt était déserte. Personne ne répondit.

Toutefois j'avançai plus profondément dans cette forêt et je vis, pareil à un dragon, un animal immense qui me regardait. Il avait tant et tant de têtes que je ne pus les compter, et aucune n'était semblable à une autre. Son aspect était si effrayant que je me pris à trembler. Puis je m'écriai : « Voilà donc, Seigneur du Vide, le bourreau que tu m'envoies! Fallait-il un tel monstre pour abattre le peu de vie qui reste en moi? Une fourmi aurait suffi si tel avait été ton désir. » Mais la bête demanda : « Que viens-tu chercher en cette forêt, toi qui appartiens au pays des vivants? Il n'est rien ici qui puisse satisfaire ta soif. Nulle eau ne coule en cette région oubliée. Ecoute! Le vent lui-même ne souffle plus. – Monstre, lui répondis-je, est-ce toi qui fus le maître de ces lieux? »

La bête secoua l'ensemble de ses innombrables têtes et dit : « La nature s'est engourdie. Un interminable hiver s'est saisi du monde. Nul éveil n'ouvrira l'aube, nul printemps ne recommencera la terre. Jamais plus le soleil ne se lèvera. Personne ne verra plus l'arc se déployer dans le ciel. Notre ténèbre est éternelle. » Et elle s'en alla.

« Ne t'en va pas! criai-je à ce monstre. Quelle que soit ta hideur, tu as souhaité ouvrir tes innombrables gosiers pour me parler. Et s'il se faisait que je sois condamné à ne plus entendre que la voix d'une nature dénaturée, je me réjouirais de ma destinée, tant le vide et le silence de la ténèbre me sont en horreur, pareils à un cloaque aux odeurs nauséabondes. » Mais la bête aux cent mille têtes s'éloigna et disparut au plus obscur de la forêt.

Alors je me dressai dans la géhenne et je dis : « Quelle est donc cette mort qui s'accroche à mon être avec un semblant de vie? Car il semble que le sang coule dans mes artères, que des pensées s'agitent derrière mon front, et ce ne sont que de pitoyables images, des illusions qui errent devant mes yeux mais lorsque j'approche, mes mains ne rencontrent que le vide. Ainsi la mère qui étreint son nouveau-né ne serre contre sa poitrine qu'une charogne, et les deux amants qui s'enlacent, voilà que le vent traverse leur squelette en se riant! Qui apaisera mon besoin d'éternité? Sera-ce toi, vide sans fond, qui ne connais d'autres dimensions que celles de l'absence? »

Je me tus, car du fond de la ténèbre la plus obscure j'entendis une rumeur extrêmement lointaine mais qui approchait comme une formidable vague, et maintenant déjà c'était le bruit immense d'un raz de marée qui se déversait dans la noirceur de la nuit avec ce même innombrable cri que pousse une armée se jetant à corps perdu dans la bataille, mais là, dans cette obscurité plus obscure que la plus nocturne des nuits, c'était comme si des milliards d'armées se jetaient les unes contre les autres en un déferlement de glaives, de javelots, de pierres, de plomb fondu, mais c'était les étoiles, les comètes, les terres et tous les soleils de tous les univers qui, noyés, emportés dans ce tumulte prodigieux comme des quilles dans un torrent, tournoyaient en hurlant, se précipitaient vers moi avec la puissance de l'océan lorsqu'il brise les digues et s'engouffre dans la vallée qu'il engloutit en un instant. Mais là, dans cette obscurité plus obscure que la plus nocturne des nuits, c'était en moi-même que se déversait ce torrent que nul espace n'aurait pu recevoir sans en être anéanti, c'était en moi-même que toutes ces armées et tous ces univers se déversaient, arrachant tout sur leur passage. »

11

Le 22 janvier 1597, le tribunal présidé par le recteur Schedel rendit son verdict à huis clos. Il n'était plus question de magie, ni d'alchimie, ni de judaïsme mais d'attentat prémédité contre l'ordre public. Ainsi Jakob Zimmermann et le nommé Frank Müller se retrouvèrent entre les mains de la justice séculière. En agissant ainsi, Dietrich Frankenberg et Schedel tentaient de mettre en accusation toute l'organisation des Galopins ou, du moins, ce qu'ils en devinaient.

Quant à Balthasar, il semblait qu'on l'avait oublié jusqu'au jour où le recteur Frankenberg lui-même, de passage à Nuremberg, le fit tirer de son cachot et mener jusqu'à lui. Or, bien que son cœur fût particulièrement endurci, il fut douloureusement frappé par l'aspect du jeune garçon. Sa maigreur était telle que les os des coudes paraissaient devoir percer la peau. Ses cheveux avaient poussé en broussaille si bien que l'on eût cru une bête. Il fallut quasiment le porter tant sa faiblesse était extrême. A l'instant le recteur décida que la punition devait cesser et commanda que l'on menât Balthasar à l'hospice des enfants malades où il ordonna qu'on le soignât avec la plus sérieuse diligence.

Au vrai, Frankenberg espérait bien ramener l'étudiant dans le droit chemin de la théologie et le retrouver, quelque jour prochain, au séminaire de Dresde. C'est pourquoi, dès que Balthasar commença de reprendre vie, il délégua Schedel auprès de lui afin de le chapitrer et de le remettre sur ce qu'il entendait être la voie. « Pauvre ami, commença le recteur, dans quelle folie vous êtes-vous fourvoyé, vous qui aviez été choisi par Dieu pour accéder à son saint ministère! En quelles mains redoutables étiez-vous tombé! Et comment ne vous êtes-vous pas aperçu aussitôt de votre erreur? Que sont ces chimères que colportent ces modernes hérésiarques où l'on évoque Dieu à travers des émanations, où l'on aspire à voir et à palper le divin comme s'il s'agissait de quelque être naturel, où l'on oublie que la seule voie du salut est celle de la Charité? Seigneur, faites que les yeux de cet enfant se dessillent! Faites que la brebis perdue regagne son troupeau... »

Balthasar regardait le recteur avec étonnement. Il voyait très nettement son squelette et les habits flotter autour de lui, comme si le recteur avait brusquement perdu sa chair. De son crâne dénudé sortait une voix rauque. Balthasar ne comprenait pas ce qu'elle disait : « Et ainsi d'ici une semaine, lorsque vous serez capable de vous tenir à cheval, vous regagnerez Dresde où le cher Tobias Peuckert vous attend. Quelle fête que le retour de l'enfant prodigue! » Mais notre ami pensait : « Dès que le recteur aura tourné le dos, je m'enfuirai par la fenêtre et j'irai retrouver Ursula. »

L'endroit où il se trouvait alité était situé au deuxième étage de l'hospice. Il attendit que la nuit fût tombée et que le garde placé à côté de sa paillasse se fût assoupi, puis il s'habilla avec les vêtements d'un autre garçon malade dont la couche était voisine de la sienne, enjamba la fenêtre, s'agrippa à un encorbellement, parvint à descendre de quelques mètres le long du mur avant de se laisser tomber sur le sol. De là, boitant un peu, il courut à travers la cour, se faufila derrière la loge du portier, attendit l'heure du tour de garde et, tandis que cet homme montait l'escalier qui menait à l'étage, escalada la grille d'entrée et se retrouva dans la rue.

Son cœur volait devant lui alors que dans l'obscurité de cette nuit sans lune il se rendait à l'échoppe du luthier Wesenberg. Sans doute lui faudrait-il attendre le jour pour se présenter à Ursula, mais il saurait se cacher dans le jardin où s'élevait la gloriette de leurs rencontres. Le froid était très vif. Toutefois, c'était les premiers pas que Balthasar faisait librement depuis plusieurs mois et il était enivré par cette liberté retrouvée. Quant à l'obscurité, elle lui était propice, tant ses yeux s'étaient accoutumés aux ténèbres durant sa captivité. Il reconnaissait la rue des orfèvres, celle des menuisiers. Le silence l'enveloppait d'un manteau. Enfin, à droite, après la fontaine, telle était en effet la boutique de maître Wesenberg! Il jeta un regard ému vers la petite porte qui ouvrait sur le jardin.

Quelle nuit sans fin! De deviner la présence de son amie derrière ces murs lui faisait battre la poitrine. A tâtons il trouva un vieux sac dans la cabane du fond, là où l'on rangeait les outils. Il se recroquevilla comme il le put et attendit sans chercher le sommeil. Comment eût-il pu dormir? La prière qui ne cessait de monter de ses lèvres était un acte de remerciement et de louange. Enfin, du fond de sa misère Balthasar allait voir se lever l'étoile du matin. Le sourire d'Ursula le laverait d'un seul coup de ces effrayants mois d'abandon.

Et puis le jour vint, interminablement. Le jeune homme n'osait pas aller si tôt frapper à la porte. Il vit une chandelle s'allumer à l'étage. Le luthier s'était éveillé. Alors, n'y tenant plus, il traversa le petit jardin, considérant avec joie la table et les deux chaises qui sous la gloriette attendaient son retour. Il hésita encore. Puis il souleva résolument le heurtoir et le fit retomber trois fois.

Maître Wesenberg parut, la chandelle à la main. Sur le moment il ne reconnut pas Balthasar, mais dès qu'il l'eut reconnu il s'écria : « Dieu du Ciel! Mon cher enfant! Et moi qui vous croyais toujours emprisonné au palais! » Balthasar tomba dans ses bras. De grosses larmes coulaient le long des joues du vieil homme. « Je me suis évadé. Et Ursula? Où est Ursula? » Le luthier posa la chandelle sur la table. « Asseyez-vous, mon cher enfant. Je vais préparer une soupe bien chaude. Vous êtes transi de froid. – J'ai passé la nuit dans le jardin. – Pourquoi n'avez-vous pas frappé plus tôt, petit malheureux? Vous risquiez la mort... – Je ne voulais pas éveiller Ursula en pleine nuit. Mais maintenant vous pouvez l'éveiller. Il me tarde tant de la revoir! »

Maître Wesenberg toussa et alla gratter dans le feu. « Je mets toujours de la soupe au chaud durant la nuit. Ainsi, au matin... Tenez, mon cher enfant, buvez, je vous en prie. » Balthasar but un grand bol de soupe, puis un deuxième, ce qui le ragaillardit. Maintenant il n'avait plus rien à craindre de Frankenberg ni de Schedel, ni de quiconque oserait se dresser sur son chemin! Il était libre de se mouvoir, libre d'aimer, libre de louer Dieu! Il dit : « Je ne voudrais pas éveiller Ursula trop brutalement. Pensez-vous que si je me plaçais au bas de l'escalier et que je me prenne à chanter un psaume, le 96, par exemple, *Chantez à Adonaï un chant nouveau* – bien que ma voix ne soit pas très juste... Ma voix l'éveillerait doucement. »

Le luthier approcha de Balthasar, lui prit les mains. Ses yeux brillaient à la lueur de la chandelle. Il dit :

« Chante le psaume 77, mon cher enfant : *Au jour d'angoisse j'ai cherché le Seigneur; la nuit, j'ai tendu la main sans relâche, mon âme a refusé d'être consolée.* » Balthasar secoua la tête : « L'épreuve est passée; l'exil est fini. De nouveau la Schekina est revenue dans la maison d'Israël. Maître Wesenberg, je suis libre! » Le luthier, à présent, ne retenait plus ses larmes : « Qui ose prétendre que l'épreuve est passée, que l'exil est fini? La présence divine a fui cette maison! Nous sommes captifs de la douleur et de nous-mêmes... – Non, dit Balthasar; tant qu'Ursula habitera cette maison, cette maison sera habitée par Dieu.

– Hélas, fit le luthier en gémissant, il n'y a plus d'âme dans le monde... Je crie au désert, et c'est ce cri qu'on appelle désormais mon âme... – Ursula! » cria Balthasar et il se précipita dans l'escalier. La chambre était vide, le lit n'était pas défait. « Où est Ursula? demanda-t-il en redescendant lentement. – Là où Dieu l'appelait, mon cher enfant... La nuit de votre départ... – Reçut-elle mon message? – Elle le portait sur elle lorsqu'elle est partie. » Balthasar se prosterna sur le sol.

« Plus tard, je me dressai dans ma souffrance, comme un nageur rejeté sur la rive par une vague énorme. Sans doute avais-je été précipité par le cataclysme hors de la ténèbre dans laquelle je me tenais auparavant. Mes membres étaient rompus. Ma tête sonnait. En me traversant, le monstrueux torrent avait tout dévasté. Qu'étais-je encore, pareil à ces animaux dont on retourne le corps, la fourrure en dedans? Quel était ce lieu glauque et sans forme qui n'avait d'autre différence avec l'obscurité que ce jour blafard n'éclairant nulle terre, nul ciel, mais le vide immense?

Je me dressai dans ma souffrance et je dis : « Tout en moi est piétiné. Mes yeux ont été broyés. Mes doigts jonchent le sol. Mon nez et ma bouche sont deux trous béants. Où donc est mon corps? La peau me fut ôtée, les muscles et les nerfs me furent arrachés. Mon sang est mêlé à la boue obscène. Mes entrailles ont été jetées dans le tumulte. Mes os ont été broyés, concassés, réduits à l'état de sable fin. Quels poumons respirent pour toi? Ton cœur, un pied distrait a marché dessus. Et ta langue? Avec quelle langue et quelle salive parles-tu? La foudre est tombée sur ta défroque et a tout calciné. »

Je me dressai dans ma souffrance et je dis : « Fallait-il que l'univers entier se ligue contre un moineau? Qu'étais-je donc pour que le ciel s'ouvrît en deux et déverse sur la terre tous ses déluges? Un tel ouragan était-il nécessaire pour souffler une maigre chandelle, un tel cyclone pour déraciner une herbe, une telle colère pour abattre un humain? Et me voici, piétiné, moulu, arraché, sans langue et je parle, sans jambe et je me dresse, sans bras et je saisis le vide à poignées, sans tête, sans cœur et je dis : fallait-il tant de puissances accumulées par bâillonner ma faiblesse? »

Je me dressai dans ma souffrance et je dis : « Moi, fils de personne et père du vide, moi dont l'insignifiance ne vaut pour aucun échange, moi que l'on peut jeter au fumier sans que rien n'en soit changé, moi dont le pied ne laisse aucune empreinte sur le sable ni dans la boue, moi qui ne grave ma présence dans aucune mémoire, qu'ai-je donc ébranlé dans le silence pour qu'en surgisse un tel tumulte? Quel gravier ai-je ôté qui fit s'écrouler la montagne? Etait-ce que mon vide fut si profond que le plein en fut attiré par quelque vertige? Car voilà que tous les univers se sont engouffrés dans le chas d'une aiguille. Et voilà que ce néant dont je suis le reflet fut engrossé. Et voilà que, réduit à l'ultime poussière, un germe fracassant s'est niché dans mon repli. »

Je me dressai dans ma souffrance et je dis : « Quelle lampe était cachée dans le désert? Quelle étincelle veillait dans la ténèbre? Pareille à une goutte d'eau dans le soleil, quelle joie se préparait dans la noirceur et la détresse? Quel bruissement au plus muet du silence s'éveilla soudain, se chargea de quelle parole, pour se gonfler telle une houle et se changer en un tonnerre qui brisa mes tympans, me rejetant dans la prison de ma surdité? Car si le cataclysme m'avait tué, combien cette mort m'eût été douce! Mais encore vivant, respirant et me dressant, moi, lambeau d'homme, quel appel ai-je entendu, qui me priva au moment même de sa promesse? »

Je me dressai dans ma souffrance et je dis : « Que penser d'une femme aimée et qui prétendrait aimer, dont le chant serait doux comme le dessous de patte d'un chaton qui chaque nuit s'approcherait de la porte de la chambre, la frôlerait de sa tunique, et se sauverait en riant dès que l'amant se lèverait de sa couche? Or, seul dans ce désert comme je l'étais, quelqu'un s'approcha de la porte de ce désert, quelqu'un la frôla de sa tunique. Et lorsque je cherchai la porte, je ne la trouvai pas. Mais, semblable à un palais qu'un tremblement de terre fait s'écrouler, le désert fut balayé par l'ouragan, et dans ce vacarme qu'advint-il du frôlement? »

Je me dressai dans ma souffrance et je dis : « Pareil à celui qui aime, je guettais le glissement des pas de ma bien-aimée. Durant d'interminables nuits, elle me boudait. Puis, au plus secret de l'heure la plus nocturne, j'entendais son pied minuscule qui doucement touchait ma porte. Je me levai sans bruit. J'avançai dans le silence et posai mon oreille contre le bois afin de surprendre le souffle de ma bien-aimée. Ainsi demeurai-je longtemps, n'osant ouvrir la porte, et lorsqu'enfin je me décidai, ce fut un torrent impétueux qui se déversa dans la chambre, saccageant tout sur son passage. »

Alors, du fond de ce lieu glauque et sans forme qui n'avait d'autre différence avec l'obscurité que ce jour blafard n'éclairant nulle terre, nul ciel, mais le vide immense, une voix s'éleva. Ce n'était pas une voix que l'on entend, et sans doute n'était-elle proférée par personne. Elle se faisait en moi, parmi les ruines. Elle dit : « Ne te dresse pas! Homme fort dans ta ténèbre, ne te dresse pas! Orgueilleux dans ta défaite, ne te dresse pas! Passionné dans l'abandon, ne te dresse pas! » Je dis : « Le germe que la ténèbre a planté dans ma ténèbre est la lumière. Le germe que la défaite a suscité dans ma défaite est la victoire. Le germe que l'abandon a déposé dans mon absence est la présence. Ce n'est pas moi qui me dresse; c'est, au cœur de la ténèbre, de la défaite et de l'abandon, la braise victorieuse qui resplendit! »

La voix reprit : « Qui es-tu donc, toi qui parles encore, et qui exiges? De quelle lumière, de quelle victoire et de quelle présence ta tête d'os peut-elle évoquer le nom? Te voilà sans bras, sans jambe, sans bouche et sans regard, et ton discours ne cesse de proliférer! Ne croirait-on pas ces mousses têtues dans les lieux abandonnés, ces moisissures au fond des vases et des citernes, ces pourritures dans les viscères des cadavres? Quelle corruption te porte à cette fermentation, toi, le malade, le déchu, l'anéanti? A quoi donc peux-tu prétendre? »

Je me dressai dans ma souffrance et je dis : « Qui pourrait encore dire qui je suis, en l'état inexprimable où je fus laissé? » Alors la voix qui me parlait en ce qui restait de moi-même s'exprima ainsi : « Homme, fils de l'homme, si tombé que tu sois par le fait de ton orgueil, tu n'es pas de ces bêtes frémissantes qui dévorent le temps en une faim éperdue de vide infiniment répété. Ta mémoire, si ensevelie fût-elle, se souvient d'ombres fidèles et d'un jardin. Ainsi, au plus profond de ton exil, demeure en toi ce souvenir qui t'appelle. Et je te le dis, homme, fils de l'homme, ce n'est déjà plus un souvenir mais c'est en toi ce qui demeure vivant de l'âge ancien, toujours nouveau, qui survécut à ton vieillissement et à ta mort. Cesse de te dresser! Cesse de paraître! Ecoute! »

J'écoutai, et pour écouter je fis silence en ce qui restait de moi-même, et cela aussi disparut. J'écoutai, n'étant plus en moi et hors de moi qu'une oreille écoutant. Et j'entendis, très loin, une musique que je connaissais mais que je n'avais pas entendue depuis très longtemps. Cette musique était d'une douceur infinie mais elle était si fortement enracinée dans mon être que je crus, en l'entendant, que mon cœur allait s'ouvrir en deux et que tout mon sang allait sortir de mes veines.

Je dis : « Musique très ancienne, si ancienne que ce n'est pas ma mémoire qui t'entendit, ni la mémoire de mon père, ni la mémoire de son père, mais la mémoire de l'homme le plus ancien qui t'entendit, quel silence te joue sur sa flûte avec la même joie que jadis? Alors, dans le jardin, nous fêtions les noces en un banquet. Le Bien-Aimé était heureux. La Bien-Aimée était heureuse. Et toi, musique très ancienne, tu naissais de leur amour, semblable à une source jaillissante qui bondit de rocher en rocher et rafraîchit la plaine que la chaleur a harassée. »

Mais, alors que je parlais, apparurent dans ce lieu glauque, sans forme, un semblant de ciel et un semblant de terre. Et le ciel dit : « Terre! Terre ancienne et déchue, tombée dans la ténèbre! Toi qui étais l'étoile glorieuse du firmament, te voilà froide et noircie, pareille à une mère qui a tué ses enfants et qui erre dans les décombres de sa folie. Terre! Toi qui était la nef illuminée qui emmenait le Bien-Aimé vers le port à travers un océan de gaieté, te voilà rompue et pourrie, mâts arrachés, et le sel t'entreprend comme un cancer. Terre! Toi qui étais la vierge dans le jardin – sur tes genoux la licorne venait poser son front –, toi qui étais la rose et la fontaine, l'aube sans cesse recommencée, te voilà vieille, prostituée, rongée par la lèpre, et la nuit elle-même se refuse à toi! »

Alors j'entendis la terre qui, du fond de son puits d'ombre, répondit : « Ciel... Ciel tellement ancien, dénaturé, tombé dans la ténèbre! Toi qui étais l'arche entre les mondes, te voilà muet, transi, pareil à un homme dément qui ne connaîtrait plus aucun langage. Ciel... Toi qui étais l'œil souverain et le regard, l'intelligence et la loi, te voilà dans la boue parmi les bêtes, et ta main tremble, tes paupières se sont fermées, tu as peur! Ciel... Toi qui étais l'Un et le Tout, le simple et l'extrême, te voilà masqué, compliqué, divaguant, pareil à ces vaniteux jongleurs qui ratent leur tour! »

Le ciel dit : « Ecoute... Nous fûmes abandonnés. Jadis, toi et moi, unis en des noces qui ne devaient point finir, nous répandions le vin en un banquet. Et nul n'aurait su dire qui était le ciel, qui était la terre, tant notre intimité avait été forgée par l'amour le plus fervent qui fût jamais. »

La terre dit : « Ecoute... Nous fûmes séparés, déportés, chargés de chaînes... Toi, emprisonné dans la dureté des cœurs, dans l'obscur labyrinthe de la raison; moi, jetée parmi les esclaves, donnée pour rien à ceux qui ricanent et qui abaissent... »

Et moi, les entendant parler ainsi, je m'écriai : « Musique très ancienne, tu t'es jadis endormie dans mon silence, et voilà que tu t'éveilles au loin, voilà que je tends l'oreille et que ta mélodie s'élève au plus profond de moi-même. Toi qui naquis des noces de la terre et du ciel aujourd'hui séparés, grandis comme une houle, cours du plus intérieur de mon cœur jusqu'à mes lèvres, et que par toi s'unissent à nouveau le Bien-Aimé et la Bien-Aimée. »

Mais, alors que je parlais, le semblant de ciel et le semblant de terre disparurent du lieu glauque et sans forme dans lequel je me tenais. Et, dans le même temps, je n'entendis plus la musique d'une douceur infinie qui s'était éveillée à l'intérieur de moi-même. D'abord ce fut le silence. Puis, dans le silence, il y eut comme un craquement. Et ce craquement recommença, si bien que je ressentis dans tout mon corps un très profond ébranlement, et cet ébranlement s'accentua à tel point que dans le secret de mon cœur il se fit une séparation si douloureuse qu'à l'instant je crus qu'une hache s'était abattue dans les replis de mon être et avait coupé en deux le noyau le plus intime de moi-même.

Ainsi une imperceptible fissure qu'aucun regard ne pouvait discerner fit souterrainement son chemin à travers les âges, et lentement s'empara de l'être sans qu'il s'aperçût de la blessure que désormais il portait en lui. Ainsi, sans qu'il y eût de fracture soudaine, un abîme sépara peu à peu les deux rives, jusqu'au jour où l'oubli se déversa entre elles comme un torrent déchaîné.

A ce moment, je fus de nouveau emporté par un énorme tourbillon. Quelle eau, quel air et quel feu me prenaient et me roulaient ainsi dans la fosse de toute séparation ? Car c'était cela : j'étais tombé. J'avais chu entre les deux rives. Maintenant rien ne pouvait arrêter mon corps de descendre entre les parois de ces deux falaises interminables et noires. Mais était-ce encore mon corps qui tombait ? Que restait-il de ces os, de cette peau et de ce sang qui naguère obéissaient à la puissance de la vie, alors que dans cette chute et ce tourbillon, je ne sentais plus en moi que la mort.

« Os, mes os, hurlais-je en cet abîme, vous qui étiez la construction de cet homme, je vous appelle! Peau tendue sur mes os, toi qui étais le sens de cet homme, je te convoque! Sang, toi qui venais de l'ancien monde, toi pour qui la construction et le sens étaient une arche, je t'en adjure : brûle encore! » Mais, pareil à une ombre dure, mon corps tombait en cet abîme comme s'il n'avait jamais été fait d'os, ni de chair, ni de sang; comme s'il n'avait jamais été fait que de vent.

Quelqu'un, en moi ou hors de moi, plus impalpable et plus terrible que le vide dans lequel je ne cessais de tomber, m'appela : « Toi, l'homme sans nom, me dit-il, toi qui n'es qu'un infime fragment de qui je fus, toi qui roules obscurément dans le néant des formes, parmi les infinies poussières de qui je fus, écoute en ce silence! Car le silence hurle! Et c'est moi, silence, qui hurle dans ce silence. Et de même que dans l'absence, moi l'absence, je suis présent au plus secret de cette absence, en ce silence, moi la parole, je t'appelle en ce silence. Et je dis : « Toi, l'homme sans nom, entends le Nom qu'au plus secret de l'absence et du silence je vais confier à ton misérable entendement. »

Et moi, ne cessant de tomber dans cet abîme, je répondis : « Qui m'appelle, en moi ou hors de moi, plus terrible et plus impalpable que le néant? Qui es-tu, toi qui mêles absence et présence, silence et parole; toi qui prétends me révéler un Nom? Et est-ce ton Nom ou celui de qui tu aimes, ou redoutes? Est-ce le Nom de ton maître ou celui de ta servante? Parle! »

Il dit : « Je suis le premier des hommes », et il me confia le Nom. Et, aussitôt que ce Nom fut prononcé, ma chute s'arrêta. Mais je ne me souvenais plus du Nom, et bien qu'il vînt de m'être révélé à l'instant. Je demandai : « Quel est ce Nom? » Il dit : « Ne viens-tu pas de l'entendre? » Je dis : « J'ai entendu le Nom alors que je tombais. Je me suis arrêté de tomber et, maintenant, ce Nom, je ne sais plus quel il est! » Il dit : « Voilà le peu de reconnaissance d'un petit être tel que toi. »

Je me relevai, tout semblable à mon apparence d'homme, avec mon corps, mes membres et mes cheveux. Je voyais avec mes yeux et par ma bouche je respirais. Il dit : « Te voilà revenu à l'endroit d'où tu partis. Toi qui allais de désert en désert vers la nudité de l'esprit, c'est dans ta chair que tu habites, et c'est elle ton amertume. Car voilà qu'au fond de toi-même se lève sans cesse l'ombre de l'Etre, et l'Etre jamais tu n'en connais la lumière. Tu t'interposes entre la source et la mer. »

Je dis : « Nul moins que moi ne sait qui je suis et si je suis. De désert en désert j'ai erré dans mes replis, car où que j'allais, c'était moi que je traînais. Et ce moi n'était rien qui vaille! Je le haïssais, je le piétinais, et lui, il exultait! J'étais son captif. Plus je voulais le perdre, plus c'était lui qui m'égarait. Nous mangions et dormions ensemble. Il me pesait. J'étais la proie d'un autre qui se prétendait être moi, et moi je n'étais pas! Car si j'étais, c'était lui qui me jouait. »

Alors le premier des hommes prit la parole et dit : « Te voilà maintenant prêt à approcher de la première porte. Reconnais-tu que tu n'es personne et que ton arrogance est un leurre? » Je répondis : « Je ne suis rien ni personne, et la moindre de mes pensées est un leurre. » Il dit : « Sors de toi-même. » Je sortis de moi-même comme un mort se lève de son tombeau. Et lorsque je fus sorti, il me dit : « Retourne-toi et regarde ce que c'était. » Je me retournai et je vis un cadavre répugnant sur le sol. « As-tu vu? » me demanda-t-il. Et comme j'acquiesçais : « Alors, puisque tu as vu, rentre de nouveau en toi-même. » Malgré ma répugnance, j'obéis et je rentrai dans cette charogne comme un vivant se couche dans une fosse. Aussitôt ma vieille peau se resserra contre moi, mais tandis qu'elle se resserrait, voilà que sa lèpre tombait, que ses rides disparaissaient et que bientôt je fus semblable à un très jeune homme.

Il me dit : « Lève-toi de ce mort et fais un pas, puis un autre, et un troisième », ce que je fis. « Ouvre les yeux », ce que je fis. « Frappe à la porte », mais il n'y avait pas de porte. Il répéta : « Frappe à la porte », ce que je fis. Et une porte se dressa devant moi, mais personne ne répondit et la porte demeura fermée. « Entre! » J'entrai et la porte s'ouvrit pour me laisser passage tandis que j'entrai. « Avance! » J'avançai à l'intérieur, bien qu'il n'y eût là nul intérieur. On me laissa. »

12

Balthasar pensa tout d'abord retourner à l'hospice. Qu'importait le monde? Puis il se souvint de Cammerschulze, de Zimmermann qui devaient passer en jugement et il se demanda s'il ne serait pas possible de les aider de quelque manière. Ses pas le menèrent devant la Guilde des drapiers. Il y entra mais il ne reconnut personne, et personne ne sembla prêter attention à sa présence. Le Passeligourd et les échevins avaient transporté ailleurs le siège de la confrérie. Il ressortit et se souvint du palefrenier à qui naguère il avait remis le message pour Ursula. Cammerschulze semblait avoir toute confiance en lui. Etait-ce un Galopin?

Il se rendit aux écuries de la ville par des ruelles détournées. Il se doutait, en effet, que sa fuite avait été signalée et qu'on devait activement le rechercher. Enfin il se glissa parmi les chevaux et réussit à attirer l'attention du palefrenier qui discrètement vint le rejoindre. Et aussitôt il sut que c'était un ami. « Les gens d'armes du recteur vous recherchent depuis ce matin... » Balthasar s'ouvrit à lui de sa détresse : « Je ne sais que faire... Il faut sans doute que je m'éloigne de Nuremberg et, d'un autre côté, il me semble que je devrais secourir mes amis qui sont emprisonnés...

– Pour aider vos amis il vous faut être libre. Et pour être libre il vous faut quitter la ville, dit le palefrenier. Je peux vous faire sortir d'ici, cette nuit même. Mais ensuite, saurez-vous où aller? – Je connais quelqu'un à Bamberg », répondit Balthasar, songeant à Judas Cohen, le kabbaliste chez qui l'alchimiste et lui avaient passé huit jours l'an précédent. « Parfait, conclut le palefrenier. Restez donc caché parmi les chevaux. Je vais m'occuper de votre affaire. » Et il s'en fut.

Balthasar couché dans la paille se remémorait avec effarement les événements du matin : l'annonce de la disparition d'Ursula, sa descente en lui-même et les rencontres qu'il y avait faites. C'était comme s'il avait reçu le sacrement de la douleur et qu'il s'en trouvait ordonné. Pour lui il ne faisait aucun doute que désormais il était prêtre devant l'Eternel. En le faisant avancer par trois pas, on l'avait fait pénétrer dans le Saint des Saints, là où rien ne subsiste de l'Ego humain mais où l'homme se confond tout entier avec le Principe. Il savait que cette grâce lui avait été accordée par le fait de son total dénuement, lui qui avait tout perdu, y compris la lumière. Ursula l'avait aidé en s'éloignant.

Dès que la nuit fut tombée, le palefrenier revint et apprit au jeune homme quel allait être le stratagème par lequel il pourrait sortir de la ville. On devait, après minuit, porter en terre, hors les murs, une trentaine de personnes que l'épidémie de typhus avaient frappées. Un cercueil serait ajouté au charroi dans lequel Balthasar prendrait place. Pour cela il lui faudrait retourner à l'hospice, descendre dans la salle basse et se glisser parmi les morts. Ainsi reprit-il le chemin qu'il avait emprunté la nuit précédente, escaladant la grille, traversant la cour, pénétrant dans le bâtiment où on l'avait retenu prisonnier. La veille il l'avait fui pour courir vers la vie et il avait rencontré la mort.

Aujourd'hui il y revenait pour se coucher dans la mort qui le mènerait à la vie. Son esprit exercé aux signes trouva dans cet équilibre une raison d'espérer.

Et donc, à tâtons dans l'obscurité, il compta les cercueils alignés et, advenu au vingt-septième, il put s'assurer qu'il était vide. Il s'allongea sans crainte, malgré la proximité des autres occupants, et fit pivoter le couvercle qui se referma. Des trous avaient été pratiqués dans les parois pour qu'il pût respirer. Ainsi, épuisé par les longues heures cruelles qu'il venait de vivre, il s'endormit. Or, à minuit, on vint prendre les cercueils pour les entasser sur trois charrettes à foin. Balthasar dormait toujours. On alla en brinquebalant jusqu'à la porte nord de la ville que l'on franchit. Balthasar dormait encore. On se rendit jusqu'au cimetière où une grande fosse avait été creusée et l'on installa les cercueils côte à côte. Balthasar dormait à qui mieux mieux.

C'est alors qu'un curieux événement eut lieu. A la lumière des torches qui éclairaient ce lugubre spectacle, on vit paraître une femme semblable à une folle qui criait : « Mon enfant n'est pas mort! Mon enfant n'est pas mort! » et qui, avant qu'on ait eu le temps de la retenir, se jeta dans la fosse. On la vit alors chercher vivement parmi les cercueils, en reconnaître un à quelque signe particulier, frapper de ses poings contre le couvercle qui, sous ses coups, pivota. Les spectateurs reculèrent d'horreur. La femme se pencha et souleva un jeune homme, le prit entre ses bras en hurlant de plus belle : « Il est vivant! Il est vivant! »

Et, en effet, ce jeune homme était vivant puisqu'il n'était autre que Balthasar Kober. Mais tous ceux qui assistaient à cette scène poignante ne s'interrogèrent en aucun moment sur ce qui se passait réellement. Ils donnèrent main-forte à la femme pour qu'elle sortît du trou avec son fils ressuscité. On allongea ce dernier sur le pré et l'on constata qu'il respirait et même qu'il ronflait de tout son cœur. « Réveille-toi! » disait la mère en le secouant. Enfin il ouvrit les yeux.

Ce fut alors que, mues par quelque superstition ou se souvenant soudain que le jeune homme risquait de colporter le typhus, les personnes présentes laissèrent tomber leur torche ou leur bêche et, prises de panique, se sauvèrent à toutes jambes dans la nuit. « Vite, fit la femme en continuant de secouer Balthasar qui se rendormait. Un cheval t'attend ici! Vite! » L'étudiant se leva et, retrouvant ses sens, remercia sa comparse, courut jusqu'au cheval qui, à l'instant, l'emporta en direction de Bamberg où il arriva à l'aube, le lendemain.

Il erra un peu à la recherche de la demeure de Judas Cohen et finit par la trouver grâce à une fontaine qui se dressait devant. Cette fontaine l'avait intrigué lors de son premier passage car elle représentait une femme tenant dans chacune de ses mains un flambeau à trois branches tandis que l'eau jaillissait de sa bouche et de ses mamelles. Judas Cohen reconnut l'étudiant aussitôt, malgré sa maigreur, et le reçut dans son cabinet particulier. Balthasar lui raconta ce qui s'était passé, ce qui horrifia le kabbaliste.

« Il faut sauver Cammerschulze et Zimmermann! – Certes! Certes! fit Judas Cohen. Et pour cela il va falloir frapper en très haut lieu. Ne se croirait-on pas revenu aux pires égarements des siècles passés? Heureusement, ce Schedel est amateur d'art. Il se pique d'amasser une collection capable de rivaliser avec celle des Wittelsbach de Bavière, ce qui est parfaitement faux, mais il le croit... Et donc il se peut que nous puissions user de cet orgueil pour monnayer la libération de nos amis. – Comment cela pourrait-il se faire? demanda Balthasar très surpris. Le recteur est enragé contre eux. De plus l'affaire est, à présent, entre les mains du tribunal séculier. »

La demeure de Judas Cohen était d'une grande simplicité mais assez vaste pour y loger un escadron. Lors de son premier séjour, tout accaparé qu'il était par la présence de Cammerschulze, l'étudiant n'avait pas remarqué l'intérêt que son hôte lui avait porté. Mais, cette fois, lorsque Cohen s'enquit auprès de lui de ses connaissances en hébreu, de son avancement théologique, il put mesurer avec quelle affection cet homme le considérait. D'ailleurs, dès que Balthasar se fut rassasié, se fut lavé – ce dont il avait grand besoin! –, Judas Cohen le fit vêtir de neuf, si bien que huit jours après sa venue à Bamberg, nul n'eût pu reconnaître le fils Kober en ce jeune homme, beau comme un prince...

Le plan qu'imagina le kabbaliste était le suivant : le recteur Schedel s'intéressait depuis longtemps à *Hercule et les oiseaux de Stymphale* d'Albrecht Dürer que Guillaume V de Bavière brûlait également d'acquérir. Or cette peinture était la propriété d'un certain Abraham Kurskji, banquier de Bamberg, ami intime de son condisciple Judas Cohen. On donnerait la préférence à Schedel à condition qu'il fît discrètement libérer Cammerschulze et Zimmermann.

Aussi, au début du mois de mars, le banquier Kurskji fit-il porter un message au recteur, lui faisant savoir que « comme il avait été promis », on le prévenait de la vente imminente du tableau, mais que « malheureusement, il était à peu près certain que l'œuvre la plus parfaite du peintre de Nuremberg ne rentrerait pas dans sa bonne ville, un autre acquéreur s'étant présenté dont il serait quasi impossible de refuser l'offre. » Le recteur s'inquiéta et fit répondre aussitôt que lui aussi se rendait acquéreur du chef-d'œuvre et qu'il ne reculerait devant aucun effort pour que « la cité natale de Dürer puisse retrouver cet *Hercule* qui est l'un des blasons de sa gloire ». Un message du banquier Kurskji repartit en sens inverse, annonçant que des envoyés du prince de Bavière allaient se rendre à Bamberg afin d'en terminer, ce qui fit bondir Schedel. Eh quoi, des catholiques se rendant maîtres du maître de Nuremberg! Le lendemain il se faisait transporter chez Abraham Kurskji.

« Cet *Hercule* vient de Schleissheim où l'on me l'offrit en échange de menus services, commença le banquier. On connaît peu de tableaux de Dürer traitant de sujets mythologiques, et c'est ce qui fait la valeur de celui-ci. D'autre part, je me suis laissé dire que cet Hercule tirant à l'arc contre ces oiseaux pourrait bien être le Christ luttant contre les monstres qui empoisonnent l'eau de la foi... – Il se peut, fit le recteur qui ne tenait pas à entrer dans un pareil sujet avec un juif. Mais enfin, banquier Kurskji, quel est le prix qu'en propose Wittelsbach? »

Kurskji annonça une somme telle que personne au monde ne se serait porté acquéreur à ce prix. Schedel jeta les bras au ciel : « Impossible! Ce n'est pas vrai! Il me faudrait vendre la moitié de ma collection pour conclure! Vous divaguez! – C'est effectivement la somme que je recevrai demain pour cette toile. » Le recteur poussa un rugissement et s'écria : « Mais enfin, que pourrais-je faire pour obtenir raison? » Puis s'approchant du banquier : « Mon ami Kurskji, vous savez qui je suis, quelle est mon influence... Ce que je veux, je l'obtiens toujours. Et donc j'aurai cette toile. La somme que vous m'annoncez est inique. Cela signifie que vous attendez de moi quelque faveur... Est-ce bien cela? »

Le banquier s'assit derrière un bureau et répondit : « Excellence, je suis vendeur de ce tableau. Le prix que l'on m'offre à Munich est bel et bien celui que je vous ai énoncé. Ainsi, s'il me fallait baisser ce prix afin de vous être agréable, il conviendrait que la faveur soit considérable... – Hé là, s'écria Schedel, que voulez-vous dire ? » Abraham Kurskji se leva solennellement : « Excellence, mon marché est celui-ci : je baisse de moitié le prix du Dürer et vous vous engagez à faire libérer de prison deux de mes amis; ou je vends dès demain aux Wittelsbach. »

Un sourire radieux parut sur les lèvres du recteur. « De moitié, dites-vous? Il faut que vos deux amis soient de fameux coquins! Sont-ce des financiers? Des juifs ? – Ce sont des chrétiens. – Eh bien, fit rondement Schedel, je pense que nous allons pouvoir nous arranger. De quoi se sont-ils rendus coupables, je vous prie ? – Ils sont innocents de tout crime, répondit Kurskji. – Diable ! Serait-ce possible ? Et en quelle prison sont-ils retenus ? – A celle de Nuremberg, Excellence... – Et qui sont-ils ? »

Le banquier hésita un instant et, d'un trait : « Frank Müller et Jakob Zimmermann, Excellence... » Le visage du recteur se crispa. « Vous n'avez pas le droit! hurla-t-il en libérant sa rage; ces hommes doivent être jugés! Ils ont conspiré contre leur religion, leur prince... Un exemple est nécessaire. Ils seront condamnés, eux et leur confrérie! Vous qui êtes juif, vous ne savez pas qui sont ces gens-là! – Ce sont mes amis », reprit Abraham Kurskji. Et sur un autre ton : « Mais puisque je vous vois irréductible, n'en parlons plus! Je suis seulement navré de vous avoir fait venir ici pour rien...

– Attendez, dit le recteur en fermant un œil à demi. Et si, par hypothèse, ce tableau m'était offert... Alors il se pourrait que j'agisse de telle façon que les deux traîtres puissent s'évader. Vous comprenez? – Il n'en est pas question! fit le banquier. – Alors, écoutez-moi bien, Abraham Kurskji : puisque je m'aperçois que ce

Müller et ce Zimmermann vous tiennent tant à cœur, voilà ma dernière proposition. Ou bien vous m'offrez généreusement cet *Hercule* et je fais libérer secrètement ces canailles; ou bien vous agissez de toute autre manière et je les fais mourir dans leur cellule avant qu'il soit tard. Ainsi apprendrez-vous qu'on ne se joue pas d'un Schedel!

– Quand devrai-je vous rendre ma réponse? demanda le banquier, anéanti. – Je vous laisse une semaine car je comprends qu'il va vous falloir négocier, répondit le recteur en grimaçant. Il m'étonnerait que vous soyez autre chose qu'un prête-nom dans cette affaire... Négociez donc, mon ami. J'attends votre réponse pour mardi à midi. » Et il sortit, abandonnant Abraham Kurskji à sa confusion.

« Je ne peux me défaire gracieusement de ce tableau..., dit le banquier à Judas Cohen. – Certes! Certes! et aussi ne vous le demanderai-je pas! Mais, je vous prie, quelle est la valeur réelle de l'œuvre? – A vrai dire, fit Kurskji, si j'en tirais deux cents florins, je serais heureux. – Tant que cela! Et où pourrais-je trouver tout cet argent? » Le banquier fut surpris : « Parce que vous envisageriez de m'acheter la toile et de l'offrir à ce monstre? – Pourquoi pas? Ces deux hommes sont amis de Dieu. Il faut les sauver de cette géhenne. Car, voyez-vous, s'il ne s'agissait que de leur mort, peu importerait! Le triomphe de la vie éternelle les attend. Mais Dieu a besoin d'eux vivants, ici et maintenant, dans ce monde envahi par la ténèbre...

– Cent florins », dit Abraham Kurskji simplement. Le kabbaliste le serra dans ses bras puis il sortit, suivi de Balthasar qui avait assisté à cette remarquable rencontre. « Où trouverez-vous tant d'argent? demanda l'étudiant. – Je gagerai ma maison. Cela nous fera cinquante florins. Pour le reste, à la miséricorde du Très-Haut! » Ainsi fut-il décidé que Judas Cohen se rendrait auprès d'hommes d'affaires de ses amis afin de négocier un prêt tandis que Balthasar rentrerait à la demeure près de la fontaine pour y prier. C'était bien tout ce que le jeune homme pouvait faire et il s'y employa avec gravité. Pour lui l'incarcération de ses deux grands amis était déjà une source de tristesse, d'autant que nul ne savait ce que déciderait le tribunal civil à leur égard. Mais à présent il y avait, de surcroît, l'affreuse menace du recteur Schedel : « Ou bien vous m'offrez généreusement cet *Hercule* et je fais libérer ces canailles; ou bien vous agissez de toute autre manière et je les fais mourir dans leur cellule avant qu'il soit tard. »

Balthasar tomba à genoux sur le prie-Dieu qui faisait face au vitrail rouge et blanc de sa chambre. Comme en ce moment il était à nouveau démuni! « Seigneur trois fois saint, dit-il, voilà que la fureur du monde s'exerce sur vos serviteurs. Judas Cohen ne trouvera que cinquante florins. Où pourrons-nous trouver les cinquante autres? – Ici, fit une voix derrière lui, mais il faudra que tu viennes les chercher. » Il se retourna. Un personnage immense et tout de noir vêtu se tenait debout dans l'encadrement de la porte. « Qui êtes-vous? demanda Balthasar. – Que t'importe! J'ai l'argent. » Et il brandit une bourse qu'il fit sonner. « Ton nom! » fit l'étudiant en haussant le ton. L'autre ricana : « A force de remuer la ténèbre, il eût été étonnant que tu ne finisses par me trouver. Eusses-tu préféré me rencontrer en d'autres moments que je n'eusse point donné ma bénédiction à telle proposition car, à tout prendre, jamais l'heure ne fut aussi propice pour nous saluer. »

Balthasar haussa les épaules : « Misérable grammairien empêtré dans la forme, il est vrai que je ne t'avais encore jamais rencontré. Et si Dieu n'avait voulu que tu m'apparaisses, tu serais demeuré dans ta fange. Dis ce que tu dois dire, et va-t'en! » L'autre grinça des dents et reprit : « Les serviteurs de celui que j'abomine et que tu sers comme une bête, – car celui que j'abomine ne t'aime pas, c'est lui qu'il aime et lui seul –, donc ses serviteurs ne peuvent seulement approcher de cet argent dont tu as besoin, car ils sont trop purs, n'est-ce pas, ils sont trop merveilleux, ces niais que celui que j'abomine utilise (et qu'il rejettera quelque jour comme il m'a rejeté, moi Jonathan Absalon Varlet qui fus le plus pur, le plus merveilleux de ces serviteurs et qui l'aimais), or c'est moi qui aujourd'hui suis chargé de t'apporter cet argent pour libérer ces autres idiots qui, eux aussi, servent celui que j'abomine, moi Jonathan Absalon Varlet, chargé de porter cet argent car les purs et merveilleux serviteurs ont les mains trop chastes... »

Balthasar eut un geste d'impatience : « Cesse ton galimatias! Tu ne sais employer la parole que par dérision! Ta pensée est un chaos. Tes sentiments puent l'envie et la mort! Celui que tu abomines en vain est ton Dieu. Bon gré, mal gré, tu lui obéis. Et puisque les anges ne peuvent se souiller au contact de l'or servile, caricature de l'or spirituel, c'est toi qui fus désigné pour me porter les cinquante florins. C'est cela, n'est-ce pas? – Certes! Assurément! fit l'autre en se dandinant. (Maintenant il ressemblait aux gnomes des légendes.) Mais pour que ce bel et bon or tombe dans ton escarcelle, cher ami, il te faudra naturellement venir le chercher, et donc descendre dans ma fange, comme tu dis si bien, car il ne se peut faire qu'entre nous quelque lien ne soit renforcé par cet échange... – Assez! s'écria l'étudiant. Obéis à ton Dieu. Dépose cette bourse ici, sur le tabouret, et va-t'en! Je n'ai rien de commun avec toi!

– Nenni, fit le gnome en souriant de sa bouche édentée. Que crois-tu donc? Je ne donne jamais rien sans rien recevoir. M'imagines-tu philanthrope? » Balthasar se détourna, revint vers le prie-Dieu, s'agenouilla et poursuivit sa prière comme si l'autre n'était pas là. Mais bientôt : « Eh, l'ami, fit la voix d'ombre. Hep! Ecoute-moi, je te prie... » Balthasar continua de prier. « Allons, ne fais pas la bête... Je plaisantais... Il faut que je te remette cette bourse en main propre. Donne-moi ta main... » Sans se retourner, Balthasar répondit : « Pose la bourse sur le tabouret et ne m'ennuie plus! » L'autre s'impatienta : « Regarde-moi au moins! Je dois obéir. Comment pourrais-je m'éloigner sans t'avoir remis l'argent? Tends ta main que j'y dépose la bourse. »

Balthasar ne se retourna pas et feignit de ne rien entendre. L'autre gémit, hurla, se roula sur le sol, supplia, promit monts et merveilles. Rien n'y fit. Enfin le silence revint dans la demeure. Jonathan Absalon Varlet avait déposé la bourse sur le tabouret et, traînant les pieds, était parti. Balthasar prit sa besace et, avec précaution, fit tomber l'or dedans sans y porter les mains. Il savait d'où il venait. C'était la somme avec laquelle les prêtres avaient jadis acheté le champ du potier.

13

Lorsque Judas Cohen revint chez lui, il appela Balthasar et lui dit : « Hélas, aucun de mes amis n'a voulu me prêter le moindre argent. Nos amis sont perdus! – Non, fit l'étudiant, car durant ma prière, un messager nous a apporté une bourse qui contient des pièces de la valeur de cent florins. » Et il raconta au kabbaliste la visite de Jonathan Absalon Varlet. Puis il ajouta : « Lorsque celui qui trahit Jésus eut jeté les trente pièces d'argent dans le temple, les grands prêtres les ramassèrent et les utilisèrent pour acheter le champ d'un potier, champ qui devait être utilisé ensuite à la sépulture des non-juifs. Ce potier lorsqu'il eut reçu l'argent apprit qu'il avait servi à verser le sang d'un juste et il voulut s'en défaire. Il le porta donc à Jean l'apôtre, sachant qu'il avait été du nombre des amis de Jésus et lui demanda conseil. Jean lui commanda d'aller jeter les pièces dans le lac de Tibériade en gage de renoncement. Et depuis cette époque, chaque fois qu'un homme a besoin de cet argent pour sauver de l'injustice l'un des siens il lui est amené par le diable sur l'ordre de Dieu.

– Où est cet argent? » demanda Judas Cohen très intrigué. Balthasar lui apporta la besace. Le kabbaliste y plongea la main, en tira la bourse qu'il posa sur une table et qu'il ouvrit. C'était des florins en or (et non des deniers en argent) et lorsqu'il les eut comptés, Judas Cohen put vérifier qu'il y en avait effectivement cent. Alors il s'agenouilla et dit : « Que l'argent de l'injustice serve à réparer l'injustice! Que l'argent du juif qui trahit son maître serve à sauver les deux chrétiens fidèles à la foi hébraïque! Que le Très-Haut nous bénisse! » Et, se relevant, il plaça les mains au-dessus de la tête de l'étudiant, puis à l'oreille gauche, et à la droite, il lui transmit le Nom innommable. Ce fut alors Balthasar Kober qui, à l'instant, tomba à genoux avant de se prosterner sur le sol.

Ainsi le banquier Abraham Kurskji reçut les cent florins en paiement du tableau de Dürer et envoya aussitôt un messager au recteur Schedel. Ce messager était porteur du billet suivant : « Excellence, il me plairait de vous offrir en gage d'admiration et de reconnaissance une toile du Maître de Nuremberg appelée *Hercule et les oiseaux de Stymphale.* Cette œuvre admirable vous serait remise en mains propres par nos soins au carrefour de Steinheim, après-demain jeudi à trois heures si vous acceptiez d'être accompagné de mes deux excellents amis Frank Müller et Jakob Zimmermann qui sont actuellement vos hôtes et qui ainsi deviendraient les miens. Le messager me portera votre réponse. Votre infiniment dévoué, Abraham Kurskji. »

La réponse de Schedel fut brève : « Cette nuit. Deux heures. » Aussitôt, par peur d'une traîtrise supplémentaire, cinquante hommes en armes furent loués, qui accompagneraient le banquier, le kabbaliste et l'étudiant. Et, effectivement, à deux heures, cette petite armée éclairée par des flambeaux vit s'avancer une autre troupe qui était celle du recteur. Kurskji fit quelques pas en avant, tenant la toile enroulée à la main. Schedel parut, accompagné d'un expert qui examina longuement la peinture et déclara que c'était bien l'original. On vit alors quelques hommes s'affairer autour d'une carriole; puis Friedrich Cammerschulze sortit de l'ombre, appuyé sur les épaules de deux soudards.

Son visage émacié souriait mais il semblait s'éveiller de la tombe. Derrière lui, porté sur un brancard, Zimmermann était immobile, livide, pareil à un mort. « Qu'est-ce que cela? demanda Kurskji. – Je ne suis pas responsable des geôliers de la justice civile », dit froidement le recteur. Puis il arracha le rouleau des mains du banquier, se retourna et disparut dans la nuit avec ses hommes qui, un instant, formèrent un remous dans la ténèbre.

La joie qu'éprouva Balthasar de retrouver ses amis fut altérée par l'état dans lequel les deux hommes leur étaient rendus. Les tortures, les privations avaient amené Zimmermann au bord de l'agonie. C'était quasiment un cadavre que Schedel échangeait. Quant à Cammerschulze, sa forte constitution l'avait sauvé de l'irrémédiable. Il lui faudrait pourtant de longs mois pour recouvrer la santé. Le retour à Bamberg fut silencieux, chargé d'émotions et de crainte, car chacun pensait que le recteur donnerait rapidement l'ordre de faire retrouver les deux hommes. Aussi fut-il décidé de les cacher à quelques lieues de là, dans une grande ferme où l'on élevait des chevaux. Balthasar fut désigné pour s'occuper de ses amis, ce qu'il accepta de grand cœur.

Hélas, dès le lendemain, Zimmermann mourait des coups qu'on lui avait administrés le jour de sa libération. Ainsi vint-il à l'esprit de Judas Cohen de faire croire que Cammerschulze sous le nom de Müller, lui aussi, était mort. Il fit donc écrire au banquier Kurskji un message destiné à Schedel : « Excellence, les deux amis que vous nous avez rendus ont aujourd'hui regagné le lieu du repos. Ainsi, par la grâce de la justice civile de Nuremberg, vous voilà possesseur d'un chef-d'œuvre qui ne vous aura coûté que deux morts – ce qui est peu pour un chrétien. » Et, naturellement, lorsqu'il reçut ce message, le recteur fut ravi de s'être ainsi débarrassé de deux ennemis, d'avoir réussi à duper un juif tout en acquérant l'*Hercule* sans bourse délier! Il paraît que l'on fit fête au palais ce soir-là.

Friedrich Cammerschulze mit cinq mois à recouvrer quelque santé. Ce furent cinq mois qui comptèrent parmi les plus heureux de la jeunesse de Balthasar. En effet son maître était là, tout à sa disposition en quelque sorte. Il demeurait des journées et des nuits entières à son chevet, apprenant de lui tout ce que le merveilleux homme connaissait. Ainsi les progrès en hébreu de l'étudiant furent immenses, de même que son approfondissement de la kabbale. A présent il comprenait aisément des ouvrages tels que le *De verbo mirifico* de Reuchlin et le *De vita triplici* de Ficin que lui traduisait Cammerschulze et, incité par son maître, il se mit lui-même à écrire.

Parfois ce qu'il écrivait lui était soufflé à l'oreille par la voix d'Ursula, elle qui de son vivant était muette, car ce qu'entendait Balthasar lui venait de ces espaces dont il parla plus tard comme des « vrais espaces de la vie, nous qui avons la naïveté de croire que l'inconnu est la doublure du connu, alors que c'est justement le connu qui est le corridor de l'inconnu. » Pour lui, la très jeune fille de Nuremberg était la messagère privilégiée de Dieu, attachée à sa personne comme un ange gardien. Il ne souffrait plus de sa disparition puisqu'elle avait très simplement reparu en lui-même. Toutefois ses visions n'étaient pas toujours agréables. Il en était d'austères et souvent d'hostiles. N'avait-il pas vécu de douloureux moments depuis la mort de son père? Tous ces événements difficiles l'avaient profondément marqué et refluaient tandis qu'il écrivait. D'ailleurs, n'avait-il pas vécu ce qu'il ne faisait, en somme, que transcrire?

« Alors, à ce moment, en cet endroit, je vis une grande quantité d'hommes. Ils étaient vêtus de ténèbres et de lambeaux. Tous étaient très misérables et se plaignaient. Il y avait là des aveugles, des sourds, des muets, d'autres qui n'avaient plus de jambes ni de bras, certains dont le visage était couvert de lèpre ou de brûlures, dont le corps béait comme un fruit mûr. En une seule et interminable lamentation, ils disaient : « Regarde! Hier encore nous méritions le nom d'homme; aujourd'hui les bêtes ne veulent pas partager leur écuelle avec nous! Qu'avons-nous fait qui nous abaisse au-dessous de la vermine? Qu'avons-nous fait qui nous a rejetés tout vivants dans l'abandon du tombeau? Quel crime avons-nous commis, lorsque ceux qui haïssent et se délectent fleurissent dans l'opulence et la santé? »

Une mère vint vers moi et me tendit son enfant. Elle dit : « Regarde! Quelle faute doit-il assumer dans sa chair et dans son esprit, lui qui naquit à jamais marqué par la douleur? Est-il responsable de son père et de sa mère, lui qui ne demanda pas à naître? Quelle malédiction s'est abattue sur les enfants des hommes, et pareille à une foudre meurtrière, les a marqués d'une tare indélébile? »

Je regardai cet enfant, et je vis le ventre de cet enfant se déchirer en deux, s'ouvrir, et de cette plaie affreuse sortir un être ricanant, une manière de fœtus ruisselant de sang qui, dressant un doigt vengeur vers moi, s'écria : « Toi! C'est toi qui nous trahis! Toi, le dernier des hommes! » Et comme j'étais terrifié par cette vision, l'être se changea en un monstre de cent pieds de haut, avec des têtes pleines de dents, et chacune de ces têtes se prit à souffler du feu par ses narines, et tous ceux qui étaient là, tous ces malheureux qui se lamentaient furent embrasés, transformés en torches vivantes en un instant.

Je tombai sur la terre et ne pus refouler mes larmes. « Qui pardonnera à l'innocence, disais-je, tandis que la meule aveugle tourne sans répit, broyant tout sur son passage? Quel crime a souillé nos mains, nous qui sommes nés sans rien connaître? Serait-ce que nous sommes responsables de ceux qui, depuis le premier homme, se sont transmis la vie jusqu'à nous? Et de la terre, et du ciel, et de toutes ces particules qui tournent, s'assemblent, se séparent et recommencent, sommes-nous responsables, lorsque ce n'est même pas nous qui commandâmes à notre sang de circuler? » Et ces questions sortaient de moi comme des boules hérissées de lames coupantes, et plus ces questions se pressaient hors de ma gorge, plus elles m'écorchaient, me laissant bientôt semblable à une bête à l'étalage du boucher.

« Toi, le dernier des hommes, dit quelqu'un qui se tenait derrière moi, cesse de questionner l'ignorance! Ecoute! Car le monde ne peut éclairer le monde, mais surenchérir sur sa ténèbre. Ote tes yeux de ton regard, et tu verras. N'es-tu pas du monde tout aussi fort que le monde? Or, ce monde, c'est lui qui te sépara. C'est lui qui, perdant son innocence, se durcit, envoûtant la lumière; c'est lui qui se brisa en milliards de poussières dans l'espace et le temps étrangers, dispersant l'unique clarté en autant d'étincelles emprisonnées. Ainsi en ce corps est enfermé un autre corps, en ce monde est enfermé un autre monde. Ecoute, du fond de sa prison, cette voix plus ancienne et plus neuve que la plus ancienne mémoire, plus ancienne et plus neuve que l'instant toujours présent que tu poursuis, qui te précède; écoute! »

J'entendis la voix fraîche, limpide de quelque source originelle; je vis, dans une lumière tendre et fragile comme celle du matin, une jeune fille dont les cheveux jouaient doucement avec la brise. Elle dit : « Avant que je parusse, rien ne parut. J'étais inhérente au dieu caché. C'est par moi qu'il songea à devenir. Je suis la goutte d'eau d'où naquirent l'eau du ciel et l'eau de la terre. Je suis la graine d'où surgit l'arbre du premier jardin. Lorsque tout bascula dans la ténèbre, je demeurai de tout le support, et rien qui soit en ce dehors que je ne porte par le dedans, rien qui soit en ce dedans que je ne tienne par le dehors, car pour moi il n'est dedans ni dehors mais l'éternel commencement.

– Et moi, fis-je en baissant la tête, me voici coupé en deux par le moment, et tandis que je parle, mes mots tombent dans le silence, rejoignant ceux que je n'ai pas encore dits. Je suis errant mais où que j'aille, peu importe! Je vais vers l'obscur oubli des éléments. Tout recommence et tout s'arrête. Car si les lunes et les saisons se parent et se déparent, c'en sera bientôt fini de leur retour. Il suffira que je ne sois plus. »

Elle dit : « De toutes ces peaux qui te couvrent, coupe les lacets; jette au loin ces dépouilles qui ne cessent de fermenter. Tes pensées ont une odeur de bouche, ta bouche une puanteur de tombeau. Beaucoup de morts doivent mourir, qui ne vivent qu'en tuant la vie, mais tu confonds ce qui grouille et ce qui germe, tu préfères les verroteries à la lampe. Or, cette lumière que tu suis aveuglément, ce qu'elle éclaire n'appartient pas à la lumière; ce sont des flambeaux froids sur l'eau noire d'un abîme. Cette lumière est le blasphème de la lumière; mieux vaudrait la fosse que ce mensonge; mieux vaudrait le néant que ce semblant. »

M'approchant de la jeune fille, je vis que le soleil du matin traversait son corps comme s'ils eussent été, l'un et l'autre, plus transparents et plus impalpables que l'air. Je demandai : « Toi, vierge à l'orée des mondes, en quels abysses es-tu tombée, et quel regard en mon regard te perçoit, à travers tant de murs dressés, en ta primordiale nudité? Quel frisson court sur ton bras? Quelle brise venue de quel océan fait onduler tes cheveux? Mais déjà sur mes yeux émerveillés se baissent des paupières de plomb. »

Elle dit : « Je suis le navire et le mât, la voile et le vent. Je suis l'eau, le sel et dans mon giron viennent nicher les poissons. De même dans le ciel je rassemble les étoiles à mon appel. Mais tes paupières se sont baissées. De nouveau te voilà sur l'astre mort en cette lueur glauque où nul ne connaît la mer sans horizon. Pauvre frère en ces débris, et qui se souvient du large, m'aimes-tu? » Je ne pouvais ouvrir les lèvres. De ma gorge nul son ne sortit. Elle répéta : « M'aimes-tu? » Et moi, avide et blessé, je demeurai muet tandis que, peu à peu, l'image de cette jeune fille disparaissait.

A ce moment, la voix d'homme dit derrière moi : « Dernier des hommes, suis cette femme! » J'avançai et je vis de nouveau qu'elle marchait devant moi. « Avance! » commanda la voix. J'avançai encore et elle, sans se retourner, allait devant. Ainsi marchais-je, suivant l'ombre lumineuse qui me précédait, ses longs cheveux voletant sur ses épaules, touchant à peine le sol de ses pieds nus. Et tandis que je marchais, une paix profonde se faisait en moi.

Nous traversâmes tant et tant de mondes que je ne saurais les compter, et tous avait la rigidité et le mutisme de la mort. Enfin nous entrâmes dans la forêt que j'avais précédemment traversée et la bête aux cent mille têtes surgit à nouveau, crachant des torrents de feu, hurlant avec la force enivrée de la haine. Mais lorsqu'elle aperçut celle qui me précédait, à l'instant elle cessa tous ses barrissements et vint se prosterner, pareille à quelque chien fidèle aux pieds de son maître lorsqu'il revient.

« Ainsi, dit la voix forte qui m'accompagnait, cette femme a tous pouvoirs sur l'univers, car si dénaturé qu'il soit, il se souvient. » Et, en effet, le monstre nous laissa passer en montrant les signes de la soumission et du respect, d'abondantes larmes coulaient de ses yeux attristés, car poursuivit la voix : « Il se souvient de l'heureux temps où il posait son front sur les genoux de cette femme et où elle caressait ses cheveux. »

Maintenant nous approchions de la cité que j'avais plus tôt rencontrée, et voilà qu'au moment où nous traversions le champ des morts, la terre fut remuée par en dessous et parurent des mains, puis des visages tout maculés de glaise; de leur mâchoire transie sortait une plainte semblable au vent : « Oh! Bienheureuse, prends pitié de nous! Les plus médiocres des vers rampent en nos orbites, eux dont la pensée est désormais plus haute que la nôtre, délaissés que nous sommes à jamais dans le rebut. »

Elle s'arrêta, et de sa voix douce et terrible : « Homme, dit-elle, tête déchue, toi qui dominais l'univers aujourd'hui décapité, éparpillé comme je te vois parmi les pierres et les boues, où as-tu égaré ta couronne? Tu étais le roi du seul jardin. C'est toi qui gis sous la bêche! » Toutes ces mains tendues, tous ces visages décomposés se dressèrent. Il y eut un interminable gémissement. Puis, à bout de souffle, tout retomba.

Nous poursuivîmes notre chemin, et pendant que nous marchions ainsi, la voix d'homme me demanda : « As-tu vu ce dragon dans la forêt et ces morts dans le champ? » Je répondis que telles visions ne m'abandonneraient jamais plus et, en effet, mon âme était si lourde que, maintenant, j'avais les plus grandes difficultés à avancer. Mes jambes semblaient enfoncer dans le sol, tandis que devant moi la jeune fille poursuivait sans effort et comme si elle glissait au-dessus du chemin.

Or, comme j'allais disparaître, elle se retourna, revint vers moi, me tendit une main que je saisis. Ainsi elle me tira de l'abîme dans lequel je m'enlisais, et mon âme fut libérée du poids qui la faisait s'enfoncer dans la terre. Nous reprîmes notre chemin, elle devant, ombre lumineuse, et moi la suivant, minuscule luciole dans le majestueux sillage d'une comète.

Nous gravîmes une montagne, et en haut de cette montagne j'eus beau regarder autour de moi, je ne vis que des nuages accumulés. Alors la jeune fille me désigna une pierre sur laquelle une seule lettre était écrite : la huitième, et elle me dit : « Toi, le dernier des hommes, c'est par cette seule pierre qu'il te sera possible d'engendrer. » Puis elle disparut à ma vue tandis que les nuages se resserraient autour de moi.

Et je vis, sortant de ce brouillard, une autre femme, d'une beauté sombre, ornée de colliers et de bagues, dont les lourds cheveux noirs tombaient sur ses épaules dénudées. Elle avança vers moi qui reculais. Puis, écartant ses voiles, elle s'offrit à mon regard. C'était comme si le monde entier m'était donné. Je dis : « Va-t'en! » Elle s'en alla.

Aussitôt, un immense cavalier bondit vers moi, un sabre à la main. La lame sifflait à mes oreilles. Et cet homme vêtu de sang frais ne cessait de ricaner. Je montai sur la pierre gravée. Ainsi ses coups précipités ne purent m'atteindre. Il jeta dans les airs des mots abominables. Enfin, voyant que je demeurais tranquille sur la pierre, il frappa la montagne avec son arme qui finalement se brisa. Il s'en alla.

Vint alors un nain qui portait un coffre sur son épaule. Il le posa sur le sol, l'ouvrit et en sortit des pièces d'or et des bijoux qu'il répartit autour de la pierre sur laquelle je me tenais. Et toutes ces choses brillaient de tout leur éclat. Mais qu'étaient ces richesses alors que le visage de la jeune fille se tenait droit en ma mémoire? A ces trésors, je dis : « Que sont vos pouvoirs? » Et le brouillard les engloutit à l'instant.

Or j'étais désormais nu et seul sur la pierre, et voilà que tous les nuages accumulés se dispersèrent, découvrant à mes yeux un océan immense qui s'étendait aux quatre points cardinaux autour de moi. L'eau venait jusqu'à mes pieds et ainsi je me trouvais perdu au milieu de la mer et du ciel, dans le silence. Alors je m'écriai : « Où donc est celle qui me mena jusqu'ici? Etait-ce encore un piège pour m'éprouver? Je me croyais au sommet de la montagne et me voici parmi les vagues. O toi, Bienheureuse, par toute cette eau, entends ma voix; réponds-moi : quel joueur se moque de son hochet? Quel enfant m'a rejeté? »

De l'océan surgit une tête énorme, d'une telle hideur que mes yeux aussitôt s'emplirent de larmes. Et une voix abominable sortit de la gueule immonde de cette bête : « Toi, le dernier des hommes, tu m'es promis et je saurai bien te garder! Le moindre de tes soupirs, le plus petit de tes frémissements m'appartient. Aucun espoir de m'échapper ne peut germer en cette tête confuse que tu t'obstines à garder pour guide. »

Alors, au milieu de toute cette immensité, je m'écriai : « Toi, vierge bienheureuse, ne m'as-tu mené jusqu'ici que pour servir d'appât à ce monstre? Ne suis-je qu'un ver à l'hameçon? Et quelle pêche épouvantable serait celle qui ferait surgir pareille horreur de la mer? » La bête ricana, soulevant autour d'elle d'immenses vagues et hurla dans les airs : « Je t'ai gagné! Que serait un joueur qui ayant perdu aux dés n'accepterait pas de payer son dû? Il me faut te dévorer. Car, en toi gît quelque lumière et de cette lumière ma faim est si grande, tant j'en suis privé depuis le bout de l'éternité, que le peu d'étincelle qui brille encore en ton abîme, il me faut l'accaparer. Et qu'ainsi je sois rassasié. »

Je dis : « Bête immonde, toi qui fus privée de la chaude présence de la lumière, pour quelle faute as-tu été condamnée? Car rien ne se fait sans justice. » La tête épouvantable me répondit : « Je fus trahie. Tout se fait ici dans l'injustice. Le maître est dément. Il se complaît à bafouer tous ceux qu'il prétend aimer. Et toi-même, quelle fut ta récompense? Jamais tu ne fus plus abandonné qu'en ce moment où l'on semblait te promettre le bonheur. »

Puis s'approchant de moi, la bête ouvrit grande la bouche d'où s'exhalaient les plus infectes odeurs et m'avala. Ainsi je fus à l'instant plongé dans la plus abominable des horreurs. »

En ces moments difficiles, Balthasar courait se réfugier près de la couche de son maître qui, lui caressant les cheveux, le consolait.

14

En ce mois d'août 1597, Friedrich Cammerschulze se trouva mieux. Ses plaies s'étaient refermées, les vertiges l'avaient laissé. Il fut donc décidé que Balthasar Kober et lui quitteraient la ferme où ils avaient été si généreusement accueillis et tenteraient de gagner Würzburg. En effet il n'était pas concevable de rejoindre le Sud par Nuremberg.

Tout à sa vie intérieure, Balthasar avait peu vécu en cet asile de paix où l'on élevait des chevaux, préférant ses longues méditations en compagnie de l'alchimiste aux plaisirs de la campagne. C'est ainsi qu'il ne s'aperçut pas de l'affection que voulaient lui porter les trois filles du maître de céans, les belles Greta, Mina et Bertha qui finirent d'ailleurs par respecter son innocence dont, les premiers jours, elles auraient eu tendance à se moquer. Toutefois il semble que la vision de tous ces chevaux qui, à longueur de journées, déambulaient en piaffant sous ses fenêtres, ait eu une influence déterminante sur notre étudiant.

On se souviendra que Cammerschulze avait appris à Balthasar ce qu'entendaient les Galopins par le mot « cheval ». Ils en jouaient pour désigner leur tradition secrète, tradition se disant en hébreu « Kabbale » qu'ils rapprochaient abusivement du « cabalus » latin.

Et donc le chevalier était le cavalier de la tradition, ce qui expliquait les deux chevaliers du Temple sur un seul cheval tels qu'on les voyait représentés sur le sceau de l'Ordre : que ce soit pour le temporel ou le spirituel, le chevalier ne connaît qu'un seul cheval, une seule tradition.

Or le cheval étant psychopompe, passeur des âmes dans la mort, monter un cheval c'est aussi dominer la mort. C'est être mort à la vie profane et être né à nouveau, re-né dans la vie divine. Ainsi tous ces chevaux que Balthasar côtoya durant ces cinq mois lui parurent être des messagers venus lui communiquer des nouvelles de l'au-delà. Et donc plutôt que d'aller se promener sur leur dos, le jeune homme préférait aller les interroger à l'écurie où il passait des heures en leur compagnie.

« Ce que j'appris par l'intermédiaire des chevaux n'était point d'ordre intellectuel, comme on s'en doute. J'avais la faculté de pénétrer dans l'invisible aussi aisément que l'on entre dans une maison accueillante. On frappe à la porte et la porte s'ouvre à l'instant. Qui n'a pas connu l'amour des chevaux ne peut entendre ce que signifie réellement la traversée des mondes telle que je la vécus grâce à ces animaux doués pour le grand vent de l'Esprit. J'étais parti de ma ville natale monté sur un âne. Maintenant, parmi tous ces chevaux, il fallait que l'un d'entre eux me choisisse. Il serait ma monture pour continuer ma route à travers le monde, image imparfaite de ma progression intérieure. Ce cheval fut une jument et se nommait Boraq. »

L'événement se produisit la veille du départ de nos deux amis. Judas Cohen était venu saluer Friedrich Cammerschulze et Balthasar. Le maître de céans annonça qu'il offrait deux chevaux à ses hôtes afin qu'ils pussent commodément poursuivre leur voyage.

On sortit donc dans la cour pour admirer les deux bêtes. Or, à ce moment, il y eut un grand bruit du côté des écuries, une porte vola en éclats et l'on vit surgir de l'ombre un cheval qui semblait en rage et qui, ruant, se cabrant, commença de faire le tour de la cour en hennissant furieusement.

Des valets se précipitèrent mais furent écartés à coups de sabots. Alors Balthasar, qui connaissait bien la bête, s'avança vers elle qui aussitôt se calma. Il la caressa et, l'ayant montée, il revint vers le maître de céans qui, médusé, lui dit : « J'ignorais que vous connaissiez l'art de dompter les chevaux, monsieur Kober... – Avec votre permission, répondit l'étudiant, je choisirai ce cheval plutôt que cet autre que vous aviez l'amabilité de me confier. – Hé, fit le maître de céans, cette cavale est quasiment sauvage. Nul ne l'avait encore montée. Comment se pourrait-il que vous entrepreniez votre voyage avec une bête indomptée ? »

Cammerschulze prit la parole : « Notre ami Balthasar, bien qu'il soit encore jeune, s'y connaît fortement en l'art des chevaux. S'il sollicite de votre amitié cette jument qui vous paraît être dangereuse, c'est qu'il a maîtrisé ce danger-là. – Comme il vous plaira ! » dit le maître de céans et il rentra dans la maison fort étonné par ce qu'il venait de voir. « Quel remarquable cavalier ! s'extasiait Greta. – Il y a de la sorcellerie là-dessous... » glapissait Mina. Quant à Bertha elle ne disait rien, tant elle avait à faire pour retenir ses larmes.

Donc, le 16 août, fête de saint Roch, les deux voyageurs reprirent la route en direction de Würzburg. L'alchimiste avait laissé pousser sa barbe afin de n'être pas reconnu trop aisément. Quant à Balthasar on lui avait rabattu un fort chapeau sur les yeux. Judas Cohen les accompagna jusqu'à la croisée des chemins.

Après une dernière prière commune ils se séparèrent. Ainsi commença pour notre étudiant une nouvelle aventure sur les chemins d'Allemagne mais combien plus encore en lui-même. Où allait la jument Boraq? Vers quelque ville de pierre ou vers la Cité sainte et invisible que Balthasar pressentait en son cœur?

La chaleur était lourde. La route était déserte. Cammerschulze s'était assoupi et se laissait mener au gré de sa monture. Alors l'étudiant vit un homme de grande taille se dresser majestueusement au milieu du chemin. Une lumière éblouissante émanait de lui et ses vêtements semblaient faits de neige. Il dit : « Balthasar Kober, n'as-tu pas assez erré sur terre? » Balthasar et sa jument s'arrêtèrent, imités à l'instant par le cheval de Cammerschulze, lequel était toujours plongé dans un profond sommeil.

« Vois-tu cette eau que je vois? » demanda l'homme en désignant le champ qui s'étendait à droite. Il y avait effectivement un lac en cet endroit. « Toi et ton cheval, allez vous baigner dans cette eau. » Ils entrèrent résolument dans le lac et s'y baignèrent. Puis, lorsqu'ils revinrent sur le chemin : « Qui suis-je? demanda l'inconnu. – Tu es Gabriel », répondit Balthasar. Et, en effet, l'apparence d'ange quitta le suprême messager qui parut semblable à une montagne de braises rougeoyantes.

« Pénètre dans ce feu », commanda Gabriel. Et aussitôt sans réfléchir plus avant, Balthasar et Boraq pénétrèrent dans la montagne de braises rougeoyantes. De l'autre côté se dressait une ville immense avec des tours et des clochers par milliers. « Quelle est cette ville? demanda Gabriel. – Jérusalem, répondit l'étudiant. – Entre dans la ville », ordonna Gabriel. Monté sur Boraq, Balthasar franchit la porte de la ville.

Un grand nombre d'hommes les attendaient. Balthasar mit pied à terre. En silence il reçut d'eux le baiser de paix. Alors il sut que ces hommes étaient Moïse, Abraham, Noé et d'autres prophètes encore que, sur le moment, il ne les reconnut pas. Puis ils s'agenouillèrent tous ensemble et Balthasar les imita. Abraham dirigea l'oraison, après quoi les hommes se retirèrent en silence, laissant le jeune homme seul au centre de l'endroit où s'était accomplie la prière.

« Eh bien, dit Cammerschulze, nous voilà dans les faubourgs de Würzburg! » Balthasar regarda autour de lui avec stupéfaction et vit que la nuit était tombée. « Ici, au moins, poursuivit l'alchimiste, nous n'aurons plus rien à craindre de Frankenberg, de Schedel et de leurs séides... Qui m'aurait dit qu'un jour je bénirais une ville d'être catholique? » Balthasar demeurait muet, ne comprenant pas ce qui lui arrivait. Etait-ce bien Würzburg? Rêvait-il? Où était-ce précédemment qu'il rêvait?

Tandis qu'ils pénétraient dans la ville, l'étudiant dit à son maître : « Maître, alors que nous allions sur la route, j'ai rencontré l'archange Gabriel. Il m'a fait purifier par l'eau et par la braise. Alors je suis entré dans Jérusalem. Les prophètes m'y attendaient. Nous avons récité ensemble une prière que je ne connaissais pas. Et maintenant je suis ici, avec vous, dans le monde. Que se passe-t-il? » Cammerschulze ne répondit pas.

Quelques instants plus tard, alors qu'ils traversaient la grand-place déserte à cette heure, et que les sabots des chevaux résonnaient sur les pavés, Balthasar reprit : « Maître, j'ai reconnu Noé, Abraham, Moïse... Comment cela pourrait-il se faire, puisque je ne les avais jamais rencontrés? Je me suis agenouillé avec eux et nous avons récité une prière que j'ignorais. Comment pouvais-je réciter une prière que j'ignorais? »

Cammerschulze lui dit : « Balthasar, comment se pourrait-il que tu puisses comprendre en cet espace et ce temps-ci des événements qui se passent en un espace et un temps qui appartiennent à Dieu? – Mais, fit Balthasar, je suis le même Kober sur la route de Würzburg et sur celle de Jérusalem... – C'est que derrière toute cité se cache Jérusalem », dit Cammerschulze.

Ils trouvèrent aisément une auberge à l'enseigne de l'Oie et du Gril où ils furent accueillis avec joie. Les Galopins savaient ce qui s'était passé à Nuremberg et à leurs yeux Cammerschulze faisait figure de héros. La mère était une grosse femme joviale qui riait à la cantonade mais dont le talent culinaire possédait ce quelque chose de génial dont son intelligence était assez dépourvue. Trois compagnons avaient pris place à table avec nos deux amis et trinquèrent à leur santé avec une ferveur si chaleureuse que l'on en vint vite aux confidences.

« Nous avons été trahis par un Flamand du nom de Duesberg, fit l'un d'eux. – Il se faisait passer pour mercelot, dit un autre. Je l'ai rencontré à Dresde, il y a deux ans. C'était une créature du recteur, et nous avons tous cru en sa bonne foi. – Que sont devenus la mère et les compagnons de Cobourg? demanda Balthasar. – Duesberg les a dénoncés. Un seul d'entre eux a pu s'échapper; celui que l'on nommait le braillard. Quant aux autres, ils sont en prison. On les a emmenés à Dresde où ils ont rejoint Valentin Bonhœffer, l'imprimeur... – Bonhœffer! s'écria Cammerschulze. Et maître Vitkop? » Le compagnon baissa la tête : « Ils l'ont jeté du haut d'un escalier. Il est mort. » Balthasar se signa.

Qu'étaient devenus Pappagallo, Rosa, les comédiens en cette tourmente? Il semblait que l'œuvre de destruction l'emportait. Cependant, à la fin du repas, l'un des compagnons se leva de table, se rendit dans une salle voisine et revint, porteur d'une besace de laquelle il tira un livre. « Les hommes du recteur ont brûlé tous les ouvrages qui se trouvaient dans l'atelier de maître Vitkop. Toutefois j'ai pu en acquérir un exemplaire que voici », dit-il en tendant à Cammerschulze un traité qui, à la stupéfaction et à la grande émotion de l'alchimiste et de l'étudiant, n'était autre que *Le Chemin pour aller à Dieu par la connaissance de l'origine et des trois essences* signé Redivivus.

« Loué soit Dieu! s'écria Cammerschulze. Un exemplaire de mon livre a été sauvé! » Et il se leva pour serrer le compagnon contre son cœur. Mais celui-ci reprit : « D'autres exemplaires ont été sauvés. Ils avaient été entreposés dans un appentis que les soldats n'ont pas découvert. Je ne sais ce qu'ils sont tous devenus mais certains d'entre eux ont été portés à Dresde, d'autres à Nuremberg par le soin de colporteurs de nos amis. Votre livre est vivant, mon bon frère! »

Alors Friedrich Cammerschulze s'assit et commença d'ouvrir son livre. C'était la première fois qu'il le tenait ainsi entre les mains. Il en huma l'odeur, en palpa la reliure et se prit à le feuilleter avec une infinie tendresse, s'arrêtant sur telle phrase, admirant telle figure, comme si cet ouvrage était un être vivant né de sa chair. Balthasar regardait son maître en un mélange de joie et d'envie car, il le savait, son destin serait d'écrire des livres et, à travers *Le Chemin pour aller à Dieu* c'était tous ces livres futurs qu'il devinait.

Lors des cinq mois passés à la ferme, il avait continué de couvrir des pages de son écriture inspirée. Son livre était quasiment achevé et dans cette longue plainte issue de *Job* il relatait de l'intérieur les épreuves qu'il avait subies. Cammerschulze avait été frappé par le ton tragique de l'œuvre et avait simplement dit :

« Telle est l'âme en cette époque divisée. » Et, au vrai, il semblait que les réprouvés de son temps se lamentaient et se révoltaient à travers le chant funèbre que Balthasar Kober composait.

L'alchimiste rendit le traité au compagnon qui lui dit : « Maître, je suis heureux que Dieu m'ait permis de vous rencontrer. Gardez ce livre car il vous appartient. D'ailleurs, pour tout vous avouer, je ne sais pas lire... » Cammerschulze remercia le compagnon et, se tournant vers son disciple : « Il y a ici, à Würzburg, un imprimeur de nos amis. Ne pourrais-tu l'aider à imprimer ton livre? – Mais, fit remarquer Balthasar, avec quel argent? Il en faut pour le papier, l'encre... – Ne t'inquiète pas de cela, répondit Cammerschulze. Le banquier Abraham Kurskji m'a fait remettre les cent florins du tableau! Il ne voulut pas garder l'argent du Juste. »

Balthasar fut tout d'abord abasourdi. Puis il s'écria : « Mon travail n'est pas digne de cet argent! » Alors l'alchimiste lui dit : « C'est à toi que le messager a remis la bourse. Elle fut utilisée pour acheter la toile contre laquelle Zimmermann et moi-même fûmes échangés. Maintenant il est logique qu'une partie de cette somme te revienne, puisque le banquier ne voulut rien garder de cet argent. L'autre partie nous permettra de rejoindre Pappagallo dès que nous saurons où il se trouve. » Cette nuit-là, Balthasar eut le plus grand mal à s'endormir.

Le lendemain, nos deux amis se rendirent à l'atelier de maître Flinker, l'imprimeur. C'était un homme dans la force de l'âge qui travaillait pour l'évêché et l'université catholique. Il était lui-même papiste et néanmoins Galopin. Après les phrases d'usage, maître Flinker fut particulièrement heureux d'admirer l'ouvrage que maître Vitkop avait tiré du texte de Cammerschulze, puis il lut avec intérêt quelques pages du manuscrit que l'alchimiste lui confia sans rien révéler de la personnalité de l'auteur.

« Est-ce vous, Friedrich, qui avez écrit cette œuvre terrible? demanda l'imprimeur visiblement ému. – Ce n'est pas moi, fit Cammerschulze, et je vous révélerai le nom de l'écrivain lorsque le livre sera achevé. – Pourquoi ce mystère? fit maître Flinker avec étonnement. – L'auteur se cache sous beaucoup de timidité et de pudeur; il m'a fait promettre d'agir ainsi. – A Dieu vat! dit l'imprimeur, mais je n'ai aucun aide. Ceux que j'avais ont été atteints par l'épidémie et s'ils ne sont point morts, ils sont dans un tel état que mieux vaut ne pas songer à les employer! – Je vous aiderai volontiers, fit Balthasar. Je fus apprenti chez maître Vitkop. Valentin Bonhœffer m'apprit à graver. »

Maître Flinker considéra le jeune homme d'un œil soupçonneux, puis il dit : « Essayons toujours... Mais je te préviens, mon gaillard, que cet atelier n'est pas un lieu de jeu! De plus, comme il va te falloir composer et tirer cette œuvre remarquable, je t'engage à y placer tout ton sérieux! Est-ce entendu? » Nos deux amis s'amusèrent fort de cette diatribe mais n'en laissèrent rien paraître. L'imprimeur était bougon mais d'une grande qualité d'âme. Balthasar se mit à l'ouvrage dès la semaine suivante, lorsque le papier choisi fut arrivé. On devine avec quel amour et quelle foi il entreprit ce travail.

Or, vers la fin du premier mois (nous étions alors en septembre 1597), il y eut un grand remue-ménage dans la rue qui menait à l'imprimerie. Balthasar releva la tête et vit que maître Flinker abandonnait la presse sur laquelle il s'affairait pour se rendre à la porte d'entrée où il se figea dans l'attitude la plus respectueuse. Pénétra alors dans la pièce, à grand renfort de robe du plus beau violet, les mains couvertes de bagues, le visage rond et gras, un prélat tout environné de jeunes gens élégants. C'était l'évêque de Würzburg, Mgr Otto Heinrich de Steinbach, prince héréditaire de Saxe.

« Que me vaut l'honneur insigne de la visite de votre Excellence? demanda maître Flinker à demi agenouillé. – Mes commentaires sur le *Cantique des Cantiques,* mon bon ami... Vous n'en finissez pas de les tirer! Or je voudrais en emporter quelques exemplaires à Rome où je me rends en octobre. Je joue là mon chapeau de cardinal... – Je n'ai point d'aide, fit l'imprimeur. Le typhus les a décimés. – Et celui-là? demanda l'évêque en désignant Balthasar. – Il n'est pas à moi, Excellence. Il me fut prêté pour un autre ouvrage. »

Otto Heinrich de Steinbach fronça les sourcils. Les jeunes gens qui l'accompagnaient firent la grimace. « Et quel est cet autre ouvrage qui ose se dresser en face de mes commentaires? » interrogea le prélat en avançant majestueusement vers le marbre où travaillait notre ami. « Un texte fort remarquable, Excellence... » balbutia maître Flinker. L'évêque prit une feuille d'épreuve que Balthasar venait de tirer. Il jeta un regard courroucé sur le texte, puis brusquement : « Ce texte a-t-il reçu l'autorisation? – Ce n'est pas un texte religieux, Excellence... »

Le prélat reprit sa lecture. Puis, posant la feuille avec force sur le marbre : « Si ce n'est pas religieux, qu'est-ce que c'est? ». Maître Flinker inclina la tête : « C'est une sorte de poème lyrique, monseigneur... – Et quel en est l'auteur? demanda Otto Heinrich de Steinbach. – Je l'ignore, dit l'imprimeur. – Voilà qui passe l'entendement! s'écria l'évêque. Et qui vous a passé cette commande? – Le seigneur Friedrich Cammerschulze de Brême, Excellence... »

Le visage du prélat changea d'un coup : « Cammerschulze! Ainsi a-t-il échappé aux griffes des luthériens, ce cher drôle... Petit, dis à ton maître que monseigneur

Otto Heinrich de Steinbach le requiert à l'évêché demain à deux heures. Tu n'oublieras pas ? » Stupéfait, Balthasar s'inclina : « Non, Excellence. » L'évêque avait l'air particulièrement satisfait. « Maître Flinker, reprit-il, je vais vous faire prêter deux apprentis par quelque autre imprimeur de la ville. Mes *Commentaires* ne peuvent attendre. Quant à ce jeune homme, qu'il poursuive le livre pour lequel il vous fut confié. Je vous bénis, mes bons frères. » Et, joignant le geste à la parole, il bénit l'atelier. Les jeunes gens qui l'accompagnaient firent entendre un « amen » des plus sonores, puis tout ce monde repartit en froufroutant comme il était venu.

15

Friedrich Cammerschulze avait connu Otto Heinrich de Steinbach alors qu'ils fréquentaient l'un et l'autre les cours de théologie de Brême. Ils avaient vingt ans et s'étaient liés d'amitié, bien que la condition sociale du futur prélat fût de très loin supérieure à celle du futur alchimiste. Néanmoins l'intelligence aiguë de Cammerschulze avait séduit Steinbach dont l'existence tout entière devait se consacrer à la recherche de la qualité. Sans doute avait-il un goût trop prononcé pour l'esthétique et en oubliait-il d'être profond, mais il avait su plus tard s'entourer de personnalités remarquables telles que le physicien Grotius, l'astronome Ashindler, le poète Matthias Kurn et les peintres Furtwangler et Pozzi.

L'évêché de Würzburg contrastait singulièrement avec les palais des recteurs luthériens que Balthasar avait connus jusqu'alors. Ici le faste romain avait posé son empreinte et, face aux cités protestantes, se voulait triomphant. La Contre-Réforme avait lancé ses assauts contre les austères forteresses issues de la révolte de Wittenberg. Secondé efficacement par une délégation de jésuites, Steinbach avait instauré dans toute la région un ordre romain qui allait jusqu'à la parodie du Saint-Siège. Ainsi des gardes suisses se tenaient à l'entrée de l'édifice, hallebardes à la main.

Le prélat accueillit Cammerschulze suivi de son disciple en haut des escaliers de marbre du palais, ce qui était un grand honneur. Puis ils pénétrèrent dans un cabinet particulier où étaient exposés des peintures, des statues, des coffres, éléments des collections d'Otto Heinrich qui, par parenthèse, valaient bien celles du recteur Schedel! On s'assit dans de hauts fauteuils et une étonnante conversation commença.

« Mon cher Friedrich, que de misères accumulées sur ce pauvre pays depuis trente ans! Et dire que, comme toi, j'aurais pu abandonner la Sainte Eglise pour les aberrations de Melanchthon et de Zwingli! – La réforme fut trahie. Le pur élan de libération des cœurs et des esprits s'est transformé en haine. Le sectarisme a pénétré le temple. Et certes, je fus un ami sincère de Melanchthon. Il était le neveu de Johann Reuchlin qui, par plus d'un côté, devait être mon véritable maître. Ce fut par lui que je renouai avec la tradition hébraïque. – La kabbale! s'écria l'évêque. Déjà à Brême tu t'exerçais à cet art qui pour moi demeura toujours mystérieux! L'alchimie me convenait davantage, et puis j'ai tout abandonné pour le sacerdoce. Mais, dis-moi, que sont devenus les Galopins? »

Cammerschulze sourit et, après un instant de réflexion : « Je suis venu à Würzburg afin de t'en parler. – Et il y a un mois que tu es ici! Pourquoi as-tu tant tardé? – J'attendais de connaître l'avis de certains membres de notre honorable confrérie. Maintenant je puis traiter avec toi non plus en mon nom propre mais au nom de tous. – Traiter? répéta l'évêque fort surpris. – Les événements des derniers mois ont creusé un fossé entre la Réforme et la confrérie. Dietrich Frankenberg est persuadé que nous conspirons, dit Cammerschulze. – Parce que vous ne conspirez pas? fit le prélat avec un faux étonnement. – Nous sommes les héritiers des confréries médiévales et voilà tout. Pourquoi devrions-nous abandonner nos usages?

– Je connais bien vos usages, fit Otto Heinrich de Steinbach. Ce sont des initiations qui n'ont rien de répréhensible à mes yeux tant qu'elles ne servent qu'à couvrir des secrets de métier. Les meilleurs artistes, les plus fins artisans sont issus de vos ateliers. Qu'aurais-je à dire contre cela? Mais si, profitant de ce secret, la confrérie se change en machine de guerre contre tel ou tel, crois-tu que je puisse accepter? – Cela dépend contre qui est dressée la machine! » dit Cammerschulze.

L'évêque ferma les yeux, puis il reprit : « Effectivement... Cela pourrait dépendre du but envisagé... Comme le prétendraient mes jésuites, vérité ici, mensonge là. Qu'es-tu donc chargé de me proposer?

– Jusqu'alors, répondit l'alchimiste, nous sommes demeurés à l'écart des questions suscitées par la Réforme. Chez nous se trouvent des adeptes de Luther, de Zwingli, plus récemment de Calvin, et tous ces frères vivent en parfaite entente avec ceux qui sont demeurés catholiques. Il y a même des juifs parmi nous! Toutefois aucun de ces frères n'a admis la passion destructrice d'un Frankenberg ou d'un Schedel. Tout en conservant la liberté de pensée de chacun de nos membres, nous sommes prêts à lutter contre la tyrannie d'où qu'elle vienne et, par conséquent, contre les recteurs tant qu'ils s'opposeront à nous.

– Je vois, dit l'évêque en suçant ses lèvres avec application. Et il ne vous déplairait pas que nous puissions vous aider en cette entreprise... – A condition, poursuivit Cammerschulze, à condition que notre confrérie demeure totalement indépendante de l'Eglise, naturellement... – Naturellement, répéta le prélat qui, s'agitant un peu, s'écria : Avoue que vos manières sont insensées! Mais, encore une fois, cette suggestion va plaire à mes jésuites. Ils raffolent de ces quiproquos... Cependant peux-tu me dire quelle aide vous attendez de nous? – Il vous suffirait d'agir auprès des grands électeurs pour qu'ils interdisent aux recteurs de poursuivre leur sinistre besogne. – Et nous, que gagnerions-nous à vous aider ainsi? – L'assurance que nous ne comploterions jamais contre l'Eglise.

– Eh bien, fit Otto Heinrich de Steinbach, tout ceci est fort spécieux, mais je sais qu'à Venise vous avez failli renverser le doge, qu'à Florence vous tenez en main une partie de l'aristocratie, qu'à Rome même votre action trouble le Saint-Père. Est-ce à dire que si nous acceptons de vous aider, toutes ces difficultés disparaîtront? – Si votre Saint-Office cesse ses actions infâmes contre de parfaits chrétiens, ces difficultés disparaîtront, dit fermement Cammerschulze. – Que penses-tu de ce Bruno? » demanda Steinbach. Cammerschulze se leva et d'un ton grave : « Giordano Bruno est accusé injustement! – Je veux bien, fit l'évêque, mais qu'est-il? Catholique, calviniste, luthérien? Agnostique peut-être... Et dis-moi, puisque nous échangeons de si agréables confidences, ce Bruno que nous jugeons à Rome depuis près de cinq ans, n'était-il pas l'un des chefs de votre confrérie? Je le vois fort bien en Galopin... »

Cammerschulze haussa les épaules : « Le Saint-Office ne vaut guère mieux que les tribunaux de Frankenberg! » Le prélat minauda : « Mon cher Friedrich, n'oublie pas que ce Bruno est un ecclésiastique! Il a prononcé ses vœux, que je sache! Et ce n'est pas de son seul gré que ses serments peuvent être relevés. C'est un défroqué et un apostat. Il relève donc de notre justice. – Que peux-tu faire pour que cette justice soit juste? – Elle est juste! – Ne le serait-elle pas que je ne vois aucun moyen pour m'immiscer dans cette affaire. Giordano Bruno risque le bûcher, ne t'en déplaise... » Cammerschulze s'écria : « Et c'est bien pourquoi je m'insurge! Qu'est-ce que cette Eglise qui s'instaure en tribunal? Elle n'est plus une mère mais une marâtre!

– Tout doux, fit l'évêque. Ne confonds pas notre mission apostolique et notre œuvre humaniste! L'apôtre tend l'autre joue; l'humaniste dégaine son épée. Dans un monde aussi épars que le nôtre, la rigueur et la force doivent sans cesse équilibrer la miséricorde. Sans cela tout va se défaire comme un corps privé de vie. Cela dit, il ne me déplaira pas de rencontrer les grands électeurs et de leur suggérer de museler Frankenberg. Ce parvenu m'agace... » Suivi de Balthasar, Cammerschulze prit congé.

En fait – l'étudiant l'apprit à l'issue de cet entretien –, le but de l'alchimiste était de faire libérer non seulement les Galopins retenus par les réformés mais aussi ceux que détenaient les catholiques et, en particulier, ce Giordano Bruno qu'ils avaient évoqué. Comme l'avait supposé Otto Heinrich de Steinbach et comme Cammerschulze ne l'avait pas avoué, Bruno était effectivement un des grands maîtres de la confrérie des Galopins, l'égal de Pappagallo. C'est pourquoi il avait tant voyagé à travers l'Europe, organisant ici un cénacle, là une académie, professant en Sorbonne, à Oxford, à Wittenberg, à Prague, faisant imprimer ses œuvres philosophiques ou polémiques chez des frères de Bâle, de Paris, de Francfort. *L'Expulsion de la bête triomphante* avait été le livre de chevet de la génération de Cammerschulze.

Et maintenant, livré à Venise au Saint-Office, son procès traînait en longueur. Les Galopins avaient tout tenté pour le faire évader mais lui, conscient de sa bonne foi, voulait affronter le tribunal, lui crier sa rage de liberté à la face. « Il risque le bûcher... » avait dit l'évêque. L'alchimiste ne le savait que trop. Il espérait convaincre Otto Heinrich de Steinbach qui, lors de son prochain voyage à Rome, pourrait peut-être intriguer en faveur du détenu. Balthasar était effaré. Il ne comprenait pas pourquoi tous ces hommes s'affrontaient de manière si cruelle lorsque tous prétendaient obéir au même Dieu d'amour...

Ce fut seulement en décembre que des nouvelles de Pappagallo parvinrent à nos amis par l'intermédiaire d'un voyageur qui revenait de Vénétie. La troupe de comédiens séjournait à Venise et comptait y demeurer tout l'hiver. Cependant le livre de Balthasar n'était pas encore achevé. Il fallait également attendre le retour de Rome d'Otto Heinrich de Steinbach, retour qui eut lieu en janvier 1598 et qui apporta des informations précieuses au sujet de l'attitude du Saint-Siège vis-à-vis des Galopins et, plus particulièrement, de Giordano Bruno.

Un jésuite serait chargé dans chaque pays de prendre contact avec les membres de la confrérie et d'étudier avec eux les réformes à apporter à leur institution pour qu'elle soit compatible avec les directives de l'Eglise. Cammerschulze refusa. Tel n'était pas le sens de sa proposition initiale. Quant à Bruno, le jugement se poursuivrait jusqu'à épuisement du dossier – ce qui signifiait, que le Saint-Office tenterait de faire avouer au malheureux tous les secrets qu'il avait juré sur son âme de ne jamais révéler. Cammerschulze en conclut que l'Eglise, loin d'adoucir ses positions, en accentuait la rigueur. Il dit à l'évêque :

« Qu'adviendra-t-il si tous ces frères abjurent le christianisme ? A force d'être rejetés par les catholiques et par les réformés, ils finiront par renier les Eglises et à prétendre que le Christ est au milieu d'eux. » Le prélat fit la moue : « Et ils deviendront à leur tour une parodie d'Eglise... – Je suis attristé, avoua Cammerschulze. – La spéculation humaine est toujours triste, dit Steinbach. Seule la foi et la soumission sont récompensées par le bonheur. »

Le livre de Balthasar fut achevé d'imprimer le 3 février, jour de la fête de saint Blaise. Maître Flinker cessa de bougonner pour avouer qu'il trouvait l'ouvrage mené à bon terme. « Eh bien, demanda-t-il à l'alchimiste, puisque le livre est fini, pourrais-je savoir quel en est l'auteur? – Certes! répondit Cammerschulze et il appela Balthasar qui rangeait les outils. – Par ma foi! fit l'imprimeur, vous vous jouez de moi! Ce n'est pas ce garçon qui a pu écrire un texte pareil! Il est bègue... » Nos deux amis se prirent à rire de bon cœur. Puis il fut décidé que le livre serait confié à des colporteurs qui en vendraient quelques-uns dans les villes réformées où les recteurs l'interdiraient aussitôt. Dès lors le succès serait assuré. Les lecteurs désireux d'acquérir les ouvrages condamnés sauraient où les acheter. Un libraire existait dans chacune de ces villes, qui dans une arrière-boutique offrait les livres que le clergé avait ainsi désignés...

Le 7 février, l'alchimiste et l'étudiant reprenaient la route en direction de Wurtenberg à travers la plaine d'Hohenlohe. Là encore l'épidémie faisait rage et la plupart des villages que traversaient nos amis enterraient leurs morts. Ce terrible spectacle les accompagna durant trois jours. Or ce fut le quatrième jour, à quelques lieues d'Heilbronn que Balthasar fit une nouvelle rencontre.

Il allait frileusement monté sur Boraq, lorsque la jument brusquement se cabra. Un peu de plus et il tombait. Alors il vit ce qui avait effrayé sa monture : un immense escalier qui s'élançait du bord du chemin vers le ciel. Toutefois l'animal reprenait courage et d'un bond entraînait son cavalier sur les marches qu'il se prit à gravir avec aisance. Il sembla que cette ascension n'en finirait pas quand, ébahi, Balthasar pénétra dans le ciel.

« Qu'est-ce que cela? demandai-je. – Le premier cercle du ciel », dit Boraq. Et je vis que le premier ciel était fait de turquoise. Alors un homme approcha de moi et dit : « Vois les hommes qui se tiennent à ma droite. Ils sont élus. Quant à ceux qui tombent éternellement à ma gauche, ce sont les réprouvés. » Les élus baignaient dans une lumière heureuse, semblable à celle du matin. Il me parut qu'ils ne s'inquiétaient en aucune manière de ceux qui tombaient. Je demandai : « Qui peut être élu tant qu'il existe un réprouvé?

– A la fin des temps, expliqua Cammerschulze, ce qui n'aura pu être purifié sera brûlé par le feu. L'Eglise en déduisit que les damnés le seront à jamais. En fait, ils seront lavés par le feu ainsi que toutes les scories. Que serait la plénitude divine s'il y avait un reste?

– Pourtant, insista Balthasar, j'ai réellement vu les bons à droite et les mauvais à gauche. Ils tombaient.

– Tout est une question de regard. Nous voyons cela et nous disons : c'est cela! Nous voyons ceci et nous prétendons : c'est ceci! Mais qu'est-ce que notre regard sinon une minuscule lueur dans la ténèbre? Seul Dieu a le regard parfait du soleil en plein midi. – Il n'empêche que si je tenais entre mes mains ce Flamand, ce Duesberg, je lui tordrais volontiers le cou! s'écria l'étudiant. – Si tu le tenais entre tes mains et que je te commande de le tuer, tu hésiterais. »

Ainsi ils arrivèrent à Heilbronn vers les huit heures du soir. Le froid était assez vif. Ils trouvèrent heureusement à se loger chez un charpentier qui leur confia une chambre pour la nuit. Rompus de fatigue comme ils l'étaient, ils se couchèrent aussitôt et s'endormirent. Toutefois, vers minuit, une sorte de plainte les éveilla. « Qu'est-ce que cela? demanda Balthasar. – On croirait un gémissement », remarqua l'alchimiste. Ils prêtèrent l'oreille. La plainte se poursuivait, déchirante bien que lointaine, et comme si quelqu'un appelait à l'aide.

Les deux hommes s'habillèrent, se munirent d'une torche et descendirent au rez-de-chaussée de la maison. Le charpentier dormait à poings fermés. Ils décidèrent de ne pas l'éveiller et sortirent dans la rue que la pleine lune éclairait. La plainte paraissait sourdre de la demeure voisine, mais lorsqu'ils y arrivèrent, il sembla qu'elle venait de la maison suivante; et ainsi, tandis que nos amis avançaient, la plainte s'éloignait. Sans doute eût-il été plus prudent de revenir chez le charpentier, mais cette voix lugubre les attirait.

Bientôt ils se trouvèrent dans la campagne parmi des ruines. Un peu plus avant, et à la clarté blafarde de cette nuit de gel, ils virent une carrière aux parois blanchâtres. Ils y pénétrèrent. C'était une carrière de sel. La plainte avait grossi comme une houle. Ils se penchèrent et virent au fond d'un cratère les hommes qui travaillaient à la lueur des torches. Leur corps nu était recouvert d'une croûte de sel. Tandis qu'ils piochaient, un long gémissement sortait de leurs lèvres rongées par la lèpre.

« Ce sont les condamnés aux mines, expliqua Camerschulze. Je voulais que tu voies de tes propres yeux le sort de ces hommes. Imagines-tu que leur existence affreuse puisse ne s'achever qu'à leur mort, sans autre espérance que l'au-delà? Et imagine à présent les condamnés à l'Enfer, qui est une mine de sel combien plus effroyable encore, mais qui n'auraient plus de mort à attendre, plus d'au-delà à espérer, eux qui sont à jamais dans l'éternité. Ce gémissement sans fin, comment Dieu pourrait-il le supporter? »

Balthasar comprit la leçon. La Jérusalem Céleste regrouperait tout l'univers, toute l'humanité purifiés ou ne serait point. Ils rentrèrent se coucher, le regard encore effaré par ces corps douloureux qui, au fond de la carrière, trimaient en vain, chaque heure recommençant chaque heure, identiquement, et alors que le sel les brûlait à chaque instant davantage.

Or, comme il se couchait, Balthasar vit entrer son père, le cher Johann Siegismund Kober, qui s'assit sur le bord du lit. « Il y a longtemps que tu ne m'étais apparu, lui fit remarquer le jeune homme. Et pourtant, lorsque j'étais enfermé dans les geôles du recteur Schedel, j'aurais eu besoin de ton secours ! – Ne me blâme pas, répondit Johann Siegismund. Nous n'avions pas l'autorisation de t'approcher. Il fallait que tu traverses ce long souterrain qui te mena à Jérusalem. D'ailleurs ne te plains pas ! Ton livre est réussi. Je suis fier de toi. »

Balthasar secoua la tête : « Tu me parles de ce livre comme si tu habitais encore le monde ! Serait-ce que là-bas on soit capable de lire les ouvrages qui paraissent ici ? – C'est maître Vitkop qui nous l'a apporté, expliqua le père. Lorsque les soldats de Schedel l'ont jeté dans l'escalier, il en tenait un exemplaire à la main. – Mon cher père, fit Balthasar, le livre dont tu parles n'est pas de moi. Il fut écrit par cet homme qui dort à mes côtés. Je n'ai fait qu'aider maître Vitkop et Valentin Bonhœffer à le tirer.

– C'est curieux, reprit Johann Siegismund, il me semblait que tu avais écrit quelque chose... – C'est vrai, dit Balthasar, et je vais même t'en offrir un exemplaire, si tu le veux bien. » Il se leva, alla chercher un livre dans sa besace et le confia à son père qui, les larmes aux yeux, le remercia. « J'aurais tant voulu écrire ! Et c'est toi qui écris ! Ce sont tes frères et sœurs qui vont être contents ! Mais, dis-moi, Balthasar, sais-tu bien où tu vas ? »

L'étudiant fut stupéfait par cette question. Puis il

dit : « Je vais où va mon maître. En Italie, à Venise! Nous allons y retrouver Pappagallo, Rosa... – Et lorsque tu auras retrouvé tes amis, où iras-tu? – J'irai où ils iront. Peu m'importe! Tout but est un leurre. Seul le voyage est véritable. – L'est-il davantage? » demanda Johann Siegismund en s'éloignant. Alors, seulement alors, Balthasar s'aperçut que le corps de son père était couvert de sel.

16

Cette nuit passée à Heilbronn demeura dans l'esprit de Balthasar comme un mauvais souvenir. Tout en chevauchant à travers la plaine en direction de Wurtenberg, il mâchait et remâchait ces événements avec tristesse. Au vrai, ce qui l'inquiétait le plus n'était pas tant le fait que la réalité lui semblait être stratifiée, mais le fait qu'il ne paraissait guère y avoir de cohérence entre les différents plans et la réalité qu'il connaissait.

« Telle est la difficulté de notre voie, déclara Camerschulze. Elle nous enseigne préalablement que la réalité n'est pas une mais légion. Puis elle nous apprend que ces fragments ont un sens. Ensuite elle nous dit que ces sens coïncident et forment ainsi une seule réalité. Serait-ce qu'elle nous mentit? Aucunement. Il s'agissait seulement de se dépouiller d'une fausse conception du réel pour approcher du réel lui-même. Tu en es actuellement au moment où les fragments cherchent leur signification à travers toi. Car, ne t'y trompe pas, c'est toi et toi seul le lien et le sens de ces fragments. »

Ils arrivèrent à Tübingen le 12 février. Cette université, bien que réformée, échappait à la rigueur scélérate de Dietrich Frankenberg. Elle était alors un fief autrichien géré par le duc Friedrich qui, l'année suivante, allait d'ailleurs libérer le Wurtenberg du joug viennois. Or, lorsque le recteur de l'université, Eberhard Oppenheimer, apprit que Cammerschulze venait d'arriver, il le fit mander et, l'ayant reçu avec beaucoup de respect, le pria de donner quelques cours magistraux de théologie, ce que l'alchimiste accepta.

Bien que Balthasar se montrât impatient de gagner Venise, il n'en fut pas moins satisfait des honneurs que l'on rendait à son maître. De plus il était curieux d'entendre Cammerschulze s'exprimer devant un vaste auditoire. Le premier sujet qui fut choisi était : *Des sept chambres de l'âme;* le second : *De la Sophia considérée comme l'âme du monde;* le troisième : *Des anges et de la présence divine en l'homme de religion.*

Le premier cours eut lieu dans les premiers jours de mars. Le grand amphithéâtre de l'université avait été pris d'assaut. La moitié des bancs étaient occupés par les professeurs, le clergé, les notables, tandis que l'autre moitié, les escaliers et les rebords des fenêtres avaient été envahis par les étudiants. Balthasar se tenait parmi eux. Quelle joie, quelle fierté l'étourdirent lorsque Cammerschulze pénétra dans l'hémicycle et que toute cette foule debout l'acclama!

C'est que la réputation de celui qui signait Redivivus était considérable à Tübingen où ses traités tels que *Principes et causes, Le Règne de l'Amour, La religion du Christ et de l'Esprit* ou *Le Chemin pour aller à Dieu* étaient considérés comme des ouvrages d'études fondamentaux. Ainsi celui qui devait se cacher à Dresde et à Nuremberg était ici fêté comme un maître. On appréciait plus particulièrement ses commentaires sur l'Ancien Testament à la lumière de la Kabbale.

Balthasar écouta les trois cours de son maître avec ravissement. Que n'eût-il pas donné pour être capable de s'exprimer avec une éloquence à la fois si simple, si chaleureuse et si rigoureuse? Sans doute connaissait-il tout ce que Cammerschulze exposait à son auditoire. Il avait eu la chance de l'apprendre au fur et à mesure que se déroulait leur voyage. Mais c'était la première fois qu'il en devinait la structure, les rapports, l'unité. Brusquement, ce qui était demeuré des éléments épars s'organisait et s'élevait telle une architecture parfaitement ordonnée. Lorsque l'orateur eut achevé, il fut l'un de ceux qui cria le plus fort son enthousiasme.

Le séjour à Tübingen dura un mois. Ce fut dans cette période que Balthasar fut examiné par des professeurs de théologie et d'hébreu, et reçut le diplôme que lui méritaient ses connaissances. Ces maîtres furent d'ailleurs stupéfaits de la précocité de l'étudiant et de la profondeur de son savoir. Les leçons particulières de l'alchimiste conjuguées avec celles de Zimmermann et de Judas Cohen avaient porté leurs fruits. Ainsi Balthasar Kober se retrouva diplômé en théologie et en langue hébraïque sans avoir jamais fréquenté la moindre université! Il n'en tira d'ailleurs aucune vanité, estimant que son seul mérite était d'avoir suivi Cammerschulze.

Or il advint qu'une délégation de théologiens de Tübingen devait se rendre à Fribourg-en-Brisgau sous la conduite d'Eberhard Oppenheimer afin de disputer sur les rapports de la Science, de la Grâce et de la Foi. Friedrich Cammerschulze accepta de se mêler à ces docteurs et ainsi ce fut accompagnés d'une petite troupe que nos amis reprirent la route. Les théologiens, dont certains étaient fort vieux, allaient en voiture tandis que Balthasar et les autres étudiants les suivaient à cheval.

Parmi ces étudiants, il en était un qui déplut rapidement à notre Kober. Il se nommait Josef Bodmer et ne cessait d'étaler ses connaissances, qui d'ailleurs étaient fort hétéroclites. Selon lui nul ne pouvait se targuer de rester si longtemps en selle, ni de manger d'un si bel appétit, ni de réussir auprès des filles comme il le faisait, ni encore de bénéficier d'une telle mémoire qu'à lire deux fois un traité il était capable de le réciter à l'endroit et même peut-être à l'envers...

Ce petit fatras amusa Balthasar jusqu'au moment où Josef Bodmer commença de prétendre qu'il conversait avec les anges. Sentant la colère bouillir en lui, il s'écria : « Ceux qui conversent avec les anges, n'en parlent pas! » Le vaniteux reçut ces paroles comme un soufflet. « Hé là, le bègue! répliqua-t-il aussitôt. D'où te vient cette assurance, toi qui reçus tes diplômes par bonté! Et que sais-tu des anges, toi qui ne sais rien des hommes? »

Balthasar eut le cœur brisé par l'injustice du propos. Mais il se domina et ne répondit pas. Enhardi par ce silence, l'autre reprit de plus belle : « D'ailleurs, qui nous prouve que tu n'es pas juif? Ta connaissance de l'hébreu vient du fait que c'est ta langue maternelle! » Les étudiants qui cheminaient de concert avec eux s'esclaffèrent : « Il se prend vraiment pour un phénix, cet oiseau-là! » Ils parlaient ainsi de Balthasar car ils étaient jaloux de lui et de l'intérêt que les docteurs lui portaient.

« Nous allons te faire passer un examen, commença l'un d'eux. Il convient que nous sachions si tu es vraiment digne de te tenir parmi nous. Et d'abord, monsieur le diplômé par bonté, combien font deux et deux? » Balthasar demeura silencieux. « Il l'ignore! fit Josef Bodmer. Et puisque nous te voyons si habile, réponds-nous : combien y a-t-il de dieux dans le ciel? » A ces mots, la jument Boraq se cabra et, sans que son cavalier eût esquissé le moindre geste, elle se retourna vers celui qui venait d'agresser son maître et d'un terrible coup de sabot le désarçonna, l'envoyant rouler sur le sol.

La petite troupe s'arrêta. Deux étudiants mirent pied à terre et se penchèrent sur Josef Bodmer qui, étendu dans l'herbe, ne bougeait pas. « Tu l'as tué! » dit l'un d'eux. Rapidement Balthasar descendit de cheval à son tour et s'approcha du jeune homme. Il respirait mais sa tête avait heurté une pierre, ce qui l'avait assommé. Quelques instants plus tard il ouvrit les yeux. « Que m'est-il arrivé? » demanda-t-il. Les étudiants répondirent : « Le bègue a lancé sur toi son cheval. Il t'a touché de son sabot et précipité sur le sol. »

Balthasar savait que ce n'était pas vrai. Il n'avait rien fait pour exciter sa monture. Boraq avait agi de son propre gré. Mais comment eût-il pu l'expliquer? Il dit : « Excuse-moi. Je ne voulais pas te frapper. Ne blasphème plus désormais. » On regarda Balthasar avec haine, puis on aida Josef à remonter sur sa bête, après quoi on repartit en silence.

A la halte, les étudiants allèrent raconter aux docteurs ce qui s'était passé. On fit venir notre ami qui confirma l'accident. « Nous te croyons volontiers, dit Eberhard Oppenheimer. Toutefois cette jument paraît être dangereuse. Nous te demanderons de chevaucher devant les voitures avec les hommes d'armes. Ils sont de meilleurs cavaliers que nos étudiants. » En fait, le recteur de l'université avait fort bien compris ce qui s'était passé. Il connaissait le tempérament de Josef Bodmer qu'il n'avait accepté d'emmener avec lui que sur l'insistance de son père, banquier fort influent dans tout le Wurtenberg.

Ainsi on arriva à Fribourg sans autre difficulté. Une heureuse surprise y attendait nos amis. Le Passeligourd et les échevins de la confrérie des Galopins, lorsqu'ils avaient fui Nuremberg, s'étaient installés en cette ville. La chaude ambiance fraternelle de l'auberge à l'Oie et au Gril réconforta Balthasar. Ce fut en effet dans cet établissement que Cammerschulze et lui descendirent, alors que les docteurs et les étudiants étaient logés dans l'université elle-même.

Le fait que Kober fût logé dans une auberge déplut à Josef Bodmer qui prétendit y habiter aussi. On lui fit savoir qu'il n'y avait plus de chambre disponible. Alors le dépit du jeune homme ne connut plus de borne. Il décida de se venger de Balthasar et excita ses camarades contre lui. Ainsi, lorsque notre ami ne songeait plus qu'aux disputations théologiques qui allaient se tenir dans la grande halle du marché aux grains, les malheureux préparaient un piège dans lequel ils espéraient bien le précipiter.

Les disputations entre ministres réformés et théologiens catholiques attiraient une foule immense. Peu de gens comprenaient les subtilités de tels débats, mais il était de bon ton de s'y rendre, espérant que les adversaires allaient se jeter des insultes à la tête et peut-être même en venir aux mains! En fait on appréciait surtout le ton oratoire de l'un, l'ironie de l'autre, le charme de celui-ci, la fougue de celui-là, assistant à ces joutes comme à un spectacle.

Du côté des réformés, Eberhard Oppenheimer plaisait particulièrement à l'assistance par son don de mettre l'adversaire en porte-à-faux au moyen de questions insignifiantes en apparence mais qui, brusquement, se révélaient lourdes de sens. Le docteur Schroeder, grand spécialiste d'Erasme, soulevait l'enthousiasme par son lyrisme. Avec lui il semblait qu'on s'envolât vers les sphères célestes et qu'on fût ainsi capable de pénétrer les mystères divins.

Du côté des catholiques, le plus redoutable et le plus spectaculaire orateur se nommait Gottfried Buddecke. C'était un jésuite bardé de science, armé comme une canonnière, battant pavillon de la rigueur dans la Foi. Ses reparties étaient célèbres. A un protestant qui lui avait demandé ce qu'il entendait par la présence réelle du Christ dans l'Eucharistie, il avait répondu : « Si vous ne le savez pas vous-même, n'attendez pas que je vous l'explique. Autant parler à un absent pour lui faire comprendre qu'il n'est pas là! »

Friedrich Cammerschulze avait participé à des disputations avant qu'elles fussent interdites en Saxe et en Thuringe. Il connaissait donc les règles de cet art difficile. Aussi se prépara-t-il avec beaucoup d'application durant les huit jours qui précédaient l'ouverture des débats. Ne sortant guère de sa chambre, il chargeait Balthasar d'aller à la bibliothèque de l'université y quérir les ouvrages dont il avait besoin. Le jeune homme était particulièrement fier de s'acquitter de cette besogne, d'autant plus que son amour des livres commençait de tourner à la passion.

La bibliothèque de Fribourg était fort riche en traités de toutes sortes. Entièrement recouverts de boiserie, ses hauts murs recélaient aussi bien le *Traité des paradoxes* d'Alciati que le *De ordine universi* d'Andrea Bacci, les lettres de Bembo que la Bible polyglotte d'Alcala, le *De asse et partibus eius* de Budé que les épigrammes de Callimaque, les *Commentarii utriusque linguae* de Camerarius publiés à Bâle que le *Traité des songes* de Cardan, les éditions strasbourgeoise, milanaise et parisienne de Nicolas de Cuse que celles d'Erasme, la *Bibliotheca universalis* de Gesner que ses *Historiae Animalium*, le *Liber beati Job* du dominicain hébraïsant Agostino Giustiniani que le Traité des Antiquités de Grapaldi, sans compter la traduction d'Hippocrate de Fabius Cabus, l'œuvre de Flavius Josèphe éditée à Bâle par Arlenius assisté par Siegismund Gelenius de Prague, élève de Marc Musurus, le *Quincuplex Psalterium* de Lefevre d'Etaples publié à Paris chez Estienne, le *De regnandi peritia*, première mouture du *Principe* de Machiavel, édulcoré par Nifo, l'*Utopia* de Thomas More paru à Louvain chez Martin, le poème attribué à Orphée chantant les Argonautes dans les éditions de Philippe Junte, de Cratander et de Dolet, Les Quinze livres de la *Métamorphose* d'Ovide mis en vers français par Habert d'Yssould originaire du Berry, le *Liber paramirum* de Paracelse dans l'édition allemande de 1565 et dans la traduction latine de Forberger de 1570, le précieux ensemble des grammaires hébraïques de Munster, de Cleynaerts, de Restauld de Caligny recueillies par Paulo Paradisi surnommé Canossa, comprenant également le *Cantique des Cantiques* en hébreu publié par Guidacerio, la *Joannis Picci Mirandolae omnia opera* de Bologne, de Venise, de Strasbourg et celle de Jean Petit, la *Platonis omnia opera* due à Marc Hopper, ainsi que celles, plus anciennes, de Walder et de Manuzio.

L'œuvre des Aldes était d'ailleurs représentée là par l'*Hypnerotomachia*, l'*Eloge de la folie*, les *Commentaires philippiques* et autres *Antiquités romaines*. Le *Tractatus de immortalitate animae* de Pomponazzi y voisinait avec le premier livre des *Quatuor librorum de orbis terrae concordia Primus* de Postel publié à Bâle par Oporin, et d'ailleurs avec le Coran dans la version de Bibliander sorti des presses du même Oporin. La *Dialectique* de Ramus et la *Theologia naturalis* de Sabunde y régnaient à côté de la *Géographie* de Strabon préfacée par Bussi, imprimée par Windelin de Spire à Venise, et de l'*Opéra* de Tertullien donnée par Beatus Rhenanus, le disciple d'Erasme. Balthasar Kober en cette enceinte savante s'ébattait comme un dauphin dans le golfe de Corinthe.

Or, tandis qu'il apportait à Cammerschulze un ouvrage que celui-ci lui avait demandé de rechercher et qu'après quelque labeur il avait fini par trouver,

Balthasar, au détour d'une maison, tomba sur Josef Bodmer et deux de ses compagnons qui l'attendaient. La rue était déserte. Les trois étudiants sortirent des couteaux de sous leur chemise et avancèrent, menaçants, vers notre ami. Ce dernier, acculé à un mur, n'avait d'autre solution que de faire face à ses agresseurs. Toutefois, comme il ne portait avec lui aucun autre objet que le livre, il lança celui-ci au visage de Bodmer qui aisément l'esquiva. Alors, ne sachant plus que faire, il prit son souffle et, de toute la force dont il était capable, il poussa le cri de détresse des Galopins.

Ce cri était si inattendu, si puissant et si aigu que les trois étudiants demeurèrent stupéfaits durant un instant. Puis ils se mirent à nouveau en marche vers Balthasar qui commença de parer les coups comme il le put. Déjà une lame l'avait atteint à la joue qui saignait en abondance, une autre avait entamé son bras, une autre encore avait déchiré sa chemise de gauche à droite. Il semblait que les trois jeunes gens voulaient sa mort, tant ils frappaient aveuglément et sans retenue.

Et soudain, alors qu'un dernier coup l'atteignait à l'oreille et qu'un voile rouge passait devant ses yeux, la rue fut remplie de clameurs. C'étaient les Galopins qui accouraient. Certains venaient d'un côté, d'autres de l'autre. Balthasar n'avait jamais rencontré ceux qui se précipitaient ainsi. Pourtant ils répondaient à son appel. « A moi, par Gilles et par Goupil! » cria-t-il encore avant de s'effondrer.

Les Galopins, qui étaient d'abord cinq et qui bientôt furent neuf, eurent tôt fait de désarmer les étudiants et de les jeter à terre. Josef Bodmer criait comme un porc que l'on égorge. Un des hommes le fit taire d'un seul revers de la main. Puis ils emportèrent Balthasar à l'auberge de l'Oie et du Gril, le confièrent à la mère qui aussitôt se prit à laver ses blessures; après quoi ils enfermèrent les trois misérables dans la cave.

Lorsqu'il sortit de son évanouissement, le fils Kober vit penché au-dessus de lui le visage de Friedrich Cammerschulze qui lui souriait. Les compagnons Galopins qui l'avaient sauvé étaient repartis à leur travail sans attendre. Il souffrait un peu du bras, de la joue et de l'oreille, mais cela n'était rien à côté du bonheur qui l'inondait à la pensée d'avoir été secouru par des amis inconnus de lui et pourtant bien présents! Ainsi était-il assuré de n'être plus jamais seul dans le monde. Où qu'il soit, il trouverait un frère pour le défendre... Cette pensée lui fut infiniment douce.

17

Le recteur de l'université de Tübingen, Eberhard Oppenheimer, fut informé par Friedrich Cammerschulze des agissements de Josef Bodmer et des deux autres étudiants. Il en fut consterné et estima qu'une punition exemplaire s'imposait. L'alchimiste lui exposa de quelle façon il comptait s'y prendre. Oppenheimer, bien qu'il fût étonné par la proposition de Cammerschulze, accepta qu'il en soit fait comme il le désirait. Les Galopins avaient sauvé Balthasar. Ce serait donc eux qui jugeraient préalablement ses agresseurs, avant que le tribunal municipal s'emparât de l'affaire.

La veille de la première disputation, le tribunal de Saint-Gilles se réunit donc dans la grande salle de la Guilde des drapiers où le Passeligourd et les échevins s'étaient retirés après avoir fui Nuremberg. Seuls les Galopins étaient admis à assister à la séance solennelle qui allait se dérouler selon les anciens rites de la confrérie. Disposés à droite et à gauche de la salle, formant ainsi deux colonnes, les frères faisaient face au Passeligourd qui, sur une estrade, présidait l'assemblée, un maillet à la main. Cammerschulze était assis à sa droite. A sa gauche se tenaient deux échevins.

Deux autres échevins étaient assis à l'autre bout de la salle, l'un à droite, l'autre à gauche et surveillaient les colonnes. Cette ancienne disposition avait été léguée au Tribunal de Saint-Gilles par la confrérie de Saint-Eloy qui était celle des forgerons. Au coup de maillet du Passeligourd répondait celui des échevins et un dialogue commençait.

« En chapitre, mes frères! » proclamait le Passeligourd. On allumait des chandelles disposées au centre de la salle qui s'appelait dès lors « chambre de justice », on ouvrait la Bible au jugement de Salomon. Puis le président reprenait : « Frères échevins, voyez si le chapitre est bien fermé. » On allait fermer la porte à clef et la clef était posée sur la table d'un des échevins. « Voyez si tous les présents sont des frères. » Les échevins armés d'une épée remontaient le long des deux colonnes que formaient les assistants et, à voix basse, demandaient le mot de passe à chacun d'eux.

Lorsqu'ils avaient regagné leur place, les échevins s'écriaient : « Tous les présents sont frères, Excellent Passeligourd! – Puisque le chapitre est bien fermé et que tous les présents sont frères, je déclare ouvert ce Tribunal de Saint-Gilles, au nom de Dieu le Père, Dieu le Fils, Dieu le Saint-Esprit. » Tous les assistants disaient « Amen! » et s'asseyaient. Le jugement pouvait alors commencer.

Bodmer et ses deux acolytes furent amenés en chemise et pieds nus. « Qui sont ces gens? demanda le président. – Trois hommes convaincus d'avoir agressé un de nos frères dans l'intention de le faire périr! » dit un échevin. Impressionnés par ce solennel appareil, les trois étudiants baissaient la tête en silence. On lut l'acte d'accusation. Puis le Passeligourd interrogea Bodmer : « Pourquoi avez-vous tenté de tuer notre frère Balthasar Kober? – Nous ne voulions pas le tuer mais seulement l'effrayer. – Et pourquoi vouliez-vous l'effrayer? – Pour lui donner une leçon. – Et pourquoi cette leçon? » Bodmer leva un œil hargneux : « Parce qu'il prétendait avoir parlé avec les anges. Il blasphémait! – Oui, oui, dirent les deux autres, il blasphémait! »

Le Passeligourd se tourna vers Balthasar qui se tenait sur l'une des colonnes et lui dit : « Est-il vrai que tu prétendais avoir parlé avec les anges? » Notre ami se leva : « Excellent Passeligourd, c'est Josef Bodmer qui se targuait de cet avantage. De plus il m'accusa d'avoir reçu mes diplômes par protection, ainsi que d'être juif! – C'est faux! C'est faux! » dirent les trois étudiants d'une seule voix. « Et puis, ajouta Josef Bodmer, il lança son cheval contre moi, si bien que je fus désarçonné et que je demeurai un long moment inanimé. N'est-ce point vrai?

– Lorsque mon cheval entendit que tu te vantais de parler avec les anges, je ne pus le retenir, répondit Balthasar. Il se rua sur toi. C'est la vérité. – Vous voyez bien qu'il est insensé, s'écria Josef Bodmer. Comme si un cheval pouvait comprendre quoi que ce soit à ce que j'aurais pu dire! » Cammerschulze se leva et prit la parole : « Josef Bodmer, est-il vrai que vous ayez souhaité louer une chambre pour vous à l'auberge de l'Oie et du Gril? – C'est vrai. – N'est-il pas moins vrai que n'ayant pu obtenir cette chambre, vous en ayez conçu quelque dépit? – J'estimais injuste que ce petit juif ait le droit à une chambre alors que moi, fils du banquier Bodmer, j'étais relégué dans le dortoir d'une université.

– Donc, vous réitérez votre allégation, reprit Cammerschulze. Pour vous, Balthasar Kober est juif. Partant, vous estimez qu'il vous est inférieur. – Je suis chrétien, moi! Je n'ai pas assassiné le fils de Dieu! » fit Josef en se redressant. Il y eut un murmure parmi les membres de la confrérie. Le Passeligourd se leva : « Accusé Bodmer et vous messieurs, je vous demande de songer au repos de votre âme. Vous allez devoir jurer sur la Sainte Ecriture sous peine des tortures les plus horribles de l'Enfer que ce que vous allez prétendre est la vérité. Etendez votre main sur la Bible et jurez! » Ils étendirent leur main droite et jurèrent sur le salut de leur âme de dire la vérité.

« Répondez donc, poursuivit le Passeligourd. Est-il vrai que Balthasar Kober se soit vanté devant vous d'avoir eu des entretiens avec les anges? » Les trois étudiants restèrent silencieux. Le Passeligourd répéta la question et pria le plus jeune de s'exprimer. « Je ne puis l'affirmer, dit-il enfin. J'étais absent lorsqu'il a blasphémé. – Moi aussi! fit rapidement le second étudiant. – Et vous Josef Bodmer? » Le fils du banquier hésita un court instant puis, relevant la tête comme par défi : « Je jure sur mon âme immortelle que le petit juif a prétendu dialoguer avec les anges! »

Balthasar se signa et baisa son pouce. Le malheureux Bodmer était parjure. Alors notre ami se leva et vint vers lui : « Je t'en supplie, dit-il avec gravité. Vas-tu jeter ton âme dans les flammes éternelles alors que je te pardonne? » Bodmer haussa les épaules : « Je ne veux pas de ton pardon! » et il cracha au visage de Kober. Friedrich Cammerschulze se leva et reprit : « Josef Bodmer, est-ce un blasphème, selon vous, d'avouer que l'on parle avec les anges si l'on dialogue effectivement avec eux? C'est un manque de réserve et de modestie, une vanité, mais ce n'est pas un blasphème. Punit-on donc quelqu'un d'avoir été vaniteux en le poignardant? »

Josef Bodmer se mit à crier : « C'est un traquenard, une parodie de justice! A-t-on jamais entendu autant de folies? » Cammerschulze demanda : « Croyez-vous à l'existence des anges, oui ou non? – Je n'en sais rien! Sans doute! balbutia l'autre. – Et vous voudriez nous faire croire que vous avez voulu donner une leçon à Balthasar Kober pour défendre des anges auxquels vous n'êtes même pas certain de croire? Vous avez agi par jalousie. Vous étiez jaloux de l'amitié que je lui portais. Mais vous ignoriez qui était celui que vous jalousiez; vous ignoriez qu'il n'appartient pas à votre monde, Josef Bodmer, et qu'il est en particulier incapable de mentir. Et donc vous voici parjure dans le même temps que vous êtes convaincu d'avoir tenté de tuer un de nos frères les plus précieux, les plus aimés. Honte sur vous! Je laisse au Tribunal le soin de vous condamner. » Il se rassit.

Les deux autres étudiants tombèrent à genoux et s'écrièrent : « Ayez pitié de nous! Nous n'avons fait que suivre les directives de Bodmer! C'est vrai qu'il jalousait Balthasar. Quant aux anges, c'est lui qui se vantait... – Lâches, hurla Bodmer. Vous êtes de sales juifs, vous aussi! » et il fit mine de s'échapper, ce qui était impossible, la porte étant fermée à clef. Deux Galopins l'obligèrent à regagner sa place et à s'asseoir.

Le Passeligourd prit la parole : « Etant donné que vous avez été reconnus coupables d'agression contre notre frère Balthasar Kober, avec intention de le blesser sinon de le tuer, vous êtes condamnés, vous Josef Bodmer et vos deux compères, à recevoir trente coups de fouet et à être remis dès demain à la justice séculière de la ville qui statuera sur la peine complémentaire qu'il lui plaira de vous infliger. D'autre part, vous Josef Bodmer, comme vous avez été convaincu de parjure devant témoins, vous serez remis à la justice ecclésiastique pour qu'elle décide de la sanction qu'elle jugera bon de vous appliquer. »

Le Tribunal de Saint-Gilles comme tous les tribunaux corporatifs avait, en effet, le privilège de réclamer une peine préalable cumulant avec les peines que les tribunaux séculiers et ecclésiastiques pourraient ensuite décider. « Eh bien, voilà du beau travail! fit une voix vulgaire alors que le soir venu, Balthasar allait se mettre au lit. Grâce à toi, ce Bodmer m'est désormais soumis. Je te félicite et te remercie. Rien ne vaut les serviteurs de Dieu pour alimenter mon moulin! » Balthasar se retourna et reconnut celui qui, à Bamberg, lui avait apporté la bourse du potier, Jonathan Absalon Varlet.

Il portait un costume noir et des bas rouges. « Va-t'en! » dit le jeune homme et il fit mine de se coucher. « Tout doux..., fit l'autre. C'est grâce à l'or que je t'ai apporté que tu as pu imprimer ta prose. Je te prie de t'en souvenir! – Va-t'en! » dit encore Balthasar et, cette fois, il se rendit à la porte qu'il ouvrit toute grande. « Tu regretteras d'agir si cavalièrement envers moi, reprit Varlet. Entre gens du beau monde, il convient de sauvegarder les civilités. Tu es d'un bord, je suis de l'autre. Est-ce une raison pour nous fâcher? – Va-t'en! répéta Balthasar une troisième fois.

– C'est dommage, fit négligemment Varlet en sortant, je pensais qu'il t'intéresserait de racheter l'âme de cet excellent Bodmer! – Il se rachètera! dit Balthasar. – Il est trop tard... – Tant qu'un homme est vivant, l'espoir subsiste. Il t'échappera. » Varlet se prit à rire : « Pauvre petit être... Infime serviteur de Dieu... Il est trop tard, te dis-je! Mais appelle-moi lorsque tu changeras d'opinion; ce qui, par parenthèse, ne saurait tarder. » Et il s'en alla.

Mais à peine le jeune homme s'était-il couché qu'on frappa à la porte. « Frère Balthasar! » C'était la mère qui criait, en proie à une grande émotion. Il se leva et alla ouvrir. « Frère Balthasar, une chose horrible... Dans la cave... » Cammerschulze, alerté par les cris, apparut. Ils descendirent à la cave où l'on retenait les prisonniers. Josef Bodmer avait égorgé ses deux condisciples avec un couteau qu'il avait trouvé le diable sait où; puis il s'était pendu.

Balthasar fut comme assommé par un tel drame. Pour lui il ne faisait aucun doute que c'était là une revanche de Jonathan Absalon Varlet. Quant à Cammerschulze il comprit aussitôt dans quelle situation de telles circonstances le mettaient. En effet, comme personne d'autre que les Galopins n'avait assisté au Tribunal de Saint-Gilles, on pourrait les accuser d'avoir poussé les trois étudiants à cette extrémité. L'alchimiste se sentait, en quelque manière, responsable devant le recteur Eberhard Oppenheimer et devant le père de Josef, le banquier Bodmer. De surcroît, de mauvais esprits pourraient aller jusqu'à penser que les Galopins avaient fait eux-mêmes justice et avaient ensuite déguisé leur œuvre.

C'est pourquoi, la nuit même, le Passeligourd alerta les échevins municipaux, leur expliqua ce qui s'était passé et leur confia le soin de l'enquête qui devait fatalement suivre. Il en résulta que les hommes d'armes envahirent l'auberge, que les corps furent examinés par une trentaine de personnes plus qualifiées les unes que les autres et que, finalement, on décida de ne rien faire avant que le juge du tribunal civil rentrât de voyage, ce qui devait avoir lieu le lendemain. On laissa donc les corps dans la cave. On mit à la porte deux soldats. Et chacun se retira chez soi.

Balthasar dit à Cammerschulze : « Tout ceci est arrivé par ma faute. Je n'aurais pas dû utiliser une partie de l'argent du Juste pour faire imprimer mon livre! En échange, Varlet a emporté ces trois malheureux dans son antre! – Allons, répondit l'alchimiste, ne t'inquiète pas ainsi! Est-ce ta faute si ce Bodmer était un méchant garçon? C'est son orgueil qui l'a entraîné sur cette pente. – Son orgueil était mû par Varlet, j'en suis certain! Ce monstre n'est-il pas venu me narguer tout à l'heure? » Cammerschulze fut stupéfait : « Varlet t'a rendu visite? – Il m'a proposé de racheter l'âme de Bodmer...

– Ecoute-moi bien, commença Cammerschulze; on ne peut traiter en aucune manière avec Jonathan Absalon Varlet. Les dés sont pipés, les cartes truquées, les enjeux sont faux! – Mais, reprit Balthasar, je ne peux abandonner ces pauvres âmes aux ténèbres! – Je t'ai expliqué qu'à la fin des temps... – Non, fit notre ami avec force. C'est maintenant que je veux arracher Bodmer aux griffes de Varlet! Sans cela je me sentirai toujours responsable de sa damnation. » Cammerschulze approcha de son disciple et lui dit doucement : « Josef et ses deux compagnons sont morts, mon bon Kober... » Balthasar redressa la tête : « Eh bien, j'irai dans la mort, je descendrai en Enfer s'il le faut, mais je ramènerai Bodmer! »

L'alchimiste pensa que Balthasar avait été choqué par la terrible nouvelle et lui conseilla de se recoucher. Puis il regagna sa propre chambre, tout songeur. Alors Balthasar s'habilla, descendit en silence aux écuries, monta sur Boraq et s'élança dans la nuit en direction de Heilbronn. Il savait, en effet, que c'était là, dans la carrière de sel, que s'ouvrait la porte de l'Enfer.

18

Boraq connaissait le chemin et volait plus qu'elle ne galopait. Balthasar Kober, agrippé à sa crinière, priait Dieu et tous les anges pour qu'ils l'accompagnassent en cette rude aventure. L'aube se levait lorsqu'il arriva à la carrière. Un brouillard épais recouvrait tous les alentours si bien que notre ami n'eût pas été capable de retrouver l'endroit où il était venu nuitamment avec Cammerschulze, cinq semaines plus tôt, s'il n'avait entendu les lamentations vers lesquelles il se dirigea.

Enfin il parvint à l'entrée de la carrière de sel qui se dressa devant lui telle une muraille vertigineuse percée d'une porte ouverte en son bas. Il pénétra dans l'endroit. La rumeur des voix se faisait de plus en plus forte et lamentable au fur et à mesure qu'il avançait. Bientôt ce furent des cris, des appels si atroces que Boraq refusa d'aller plus avant. « Il faut que j'aille au fond de cette horreur pour retrouver Bodmer », expliqua-t-il à la jument qui avait déjà bien compris quel était le dessein de son maître.

Balthasar continua donc d'avancer seul. A présent l'odeur devenait intolérable. C'était un mélange de pourriture et de chair brûlée qui soulevait le cœur. Mais notre ami n'en avait cure. « Qui va là! » demanda une voix immonde. Le jeune homme se signa et continua d'avancer. « Arrête! ordonna la voix. De quel droit veux-tu pénétrer en ces lieux? » Balthasar ne répondit pas et poursuivit.

Alors, au détour d'un rocher de sel parut Jonathan Absalon Varlet. Il ricanait et portait un vêtement couleur de feu. « Eh bien, petit être, il ne fallut pas longtemps pour que tu répondes à mon invite! De plus, permets-moi de te féliciter : peu de gens ont l'esprit assez sagace pour savoir que l'entrée de mon repaire est ici! – Il est là où l'homme s'avilit, fit Balthasar et il reprit sa marche. – Où vas-tu de ce pas allègre, petit être? reprit Varlet. Ne croirait-on pas que tu es ici chez toi? » Balthasar pénétra dans une salle immense où l'on voyait des milliers d'hommes qui semblaient attendre.

« Ils attendent, ils attendent toujours, et ils s'ennuient, ils s'ennuient à jamais, fit Varlet. Ce sont ceux qui ont eu une existence vide, sans passion, sans intérêt. Ils sont en grand nombre. – Où sont Josef Bodmer et ses deux compagnons? demanda Balthasar. – Oh! pas ici, mon cher ami! pas ici! Ils viennent à peine d'arriver et, dans un premier temps, il nous faut les assouplir un peu. Mais, dis-moi, petit être, comptes-tu donc les emmener avec toi? – Certes, fit Balthasar. Ils retourneront dans la vie avec moi. » Varlet se prit à rire d'un rire énorme qui résonna sous les voûtes de sel. Puis lorsqu'il eut retrouvé son souffle : « As-tu déjà entendu dire que quelqu'un m'ait échappé? – Tous les justes lorsque le Christ descendit ici pour les libérer.

– Assurément, admit Jonathan Absalon Varlet, mais c'est de l'histoire ancienne... Te prendrais-tu pour le Christ, par hasard? – Cesse de blasphémer! s'écria Balthasar. Ce n'est pas moi qui délivrerai ces malheureux de ta hargne, mais le Christ Lui-même à travers moi! – Holà, fit Varlet en reculant, ne t'avise pas de répéter des incongruités pareilles! Je suis ici dans mon domaine. Nul ne peut aller contre ma loi. – Hormis ton créateur et ton Dieu! » dit Balthasar. L'autre recula encore.

« Où sont Josef Bodmer et ses amis? demanda notre ami pour la seconde fois. – Cela n'a rien à faire avec toi! cria Varlet. – Mène-moi jusqu'à l'endroit où tu les retiens! Dépêche-toi ou j'invoque Gabriel! – Non! hurla Varlet au comble de l'inquiétude et de la haine. Et si tu tiens à emporter ces garçons avec toi, je le veux bien. A une condition, naturellement... – Quelle condition? demanda Balthasar. – A condition que tu t'engages ensuite à me servir. – A te servir? Toi, Jonathan Absalon Varlet? – Moi-même! Je suis un maître excellent... – Vieille truie sans mamelle, fit Balthasar en riant. Un peu de sérieux, je te prie! Mène-moi à l'endroit où sont détenus Bodmer et ses deux compagnons. Sinon j'appelle Gabriel! – C'est bon, c'est bon... » grommela Varlet et, suivi de notre ami, il descendit à l'intérieur de la carrière par un escalier tortueux qui semblait ne plus finir. Ils arrivèrent enfin devant une porte derrière laquelle on entendait les cris de souffrance et d'horreur de quelqu'un que l'on torture. C'était tellement effrayant que Balthasar se mit à trembler de tout son corps.

« Que lui faites-vous? demanda-t-il. – Rien », dit Varlet et il ouvrit la porte. Et, en effet, Josef Bodmer était seul dans la cellule. Il n'était même pas attaché. Mais sa bouche crispée laissait échapper ces plaintes abominables. « De quoi souffre-t-il? s'enquit Balthasar. – Du manque de la vie, dit Varlet, du manque de l'espoir, du manque de l'amour, du manque de la foi! Du manque! » Bodmer s'écria : « Qui es-tu, monstre qui me poussa dans le crime et qui viens à présent te réjouir de mon abomination? – Tu as choisi seul la voie de tes crimes et je viens te sauver de cette géhenne... » dit Balthasar.

Bodmer se prit à rire méchamment : « Comment pourrais-je croire en tes paroles, toi qui n'es venu ici que pour me tourmenter? Nul n'est jamais sorti de cette horreur... – Il te suffit de me suivre », dit Balthasar. L'autre le considéra avec terreur et recommença de hurler, en proie à ses horribles douleurs. Jonathan Absalon Varlet rit à son tour : « Petit être, crois-tu donc que quiconque puisse sortir d'ici? C'est vrai qu'il suffirait à ce fou de se mettre à marcher pour s'en aller. Nul garde ne l'en empêcherait. Mais il est prisonnier de lui-même. »

Alors Balthasar pénétra dans l'âme de Josef Bodmer. Elle était semblable à une ville en ruine qu'une épidémie a ravagée. L'odeur de putréfaction qu'il avait sentie dans la carrière, il la sentait identiquement ici. Tout était désolé, sans aucun signe de vie, comme anéanti. Balthasar appela. Personne ne répondit, pas même un écho. Balthasar avait beau prêter l'oreille; pas un murmure, pas un souffle de vent. Tout était mort.

Il pensa : « En quelque endroit reculé de cette âme une lueur brille encore, mais comment pourrais-je savoir où elle se tient? Sans doute a-t-elle été recelée au plus profond de ce monde malheureux et, en quelque sorte, de l'autre côté de ce que je vois. » Alors il prit l'âme de Josef Bodmer comme on le fait d'un sac et la retourna comme un gant. A l'envers, en effet, dans une anfractuosité cachée sous des ronces, il aperçut la petite lueur et, s'approchant d'elle, il vit que c'était une fillette de sept ou huit ans qui pleurait doucement. Il s'assit à ses côtés. Elle le regarda avec étonnement.

« Vous êtes tout ce qui reste de vivant dans l'âme dévastée de Josef Bodmer, dit Balthasar. Qui êtes-vous donc ? – Jadis, il y a très longtemps de cela, nous nous sommes croisés dans la rue. Son père le tenait par la main. Le mien en faisait autant. Nos yeux ont échangé un profond regard. Puis nous avons continué notre chemin. Jamais plus nous ne devions nous revoir, mais ce simple regard avait suffi. Voyez, je suis demeurée en lui; tout est détruit, saccagé. De tels tremblements de terre ont eu lieu! Et je suis là, je resterai là, au plus profond de son âme. Il ne se souvient même plus de moi...

– Quel est votre nom? demanda Balthasar fort ému. – Je ne le sais plus, fit l'enfant. Il y a si longtemps que je suis oubliée ici, entre ces deux pierres... – Venez avec moi », lui dit-il, et lui prenant la main il l'entraîna hors de l'interstice et la mena au milieu de l'âme. Puis, la laissant, il en ressortit et, se retrouvant dans la cellule, il s'adressa à Josef Bodmer : « Cesse de gémir, dit-il. Regarde en toi-même! » Le malheureux répondit : « Je n'ai plus de moi-même... Mon âme est vide! – Je t'en supplie, fit Balthasar. Regarde! » Varlet riait à perdre le souffle.

Bodmer regarda en lui. Puis il dit : « Je me souviens... C'était un après-midi de printemps. Mon père me tenait par la main... » Varlet avait cessé de rire : « Tais-toi! » cria-t-il. Mais Josef poursuivait : « J'ai aimé cette petite fille, je m'en souviens très bien! Elle avait des cheveux bruns et portait un panier. – Fais un pas en avant! » commanda Balthasar. Tel un paralytique, Bodmer trembla de toute sa carcasse et, avec un terrible ahanement, parvint à faire un pas. « Encore! » dit Balthasar. Varlet était terrifié par ce qu'il voyait. A présent Bodmer marchait, Bodmer avançait, Bodmer sortait de la cellule. Il suivait Balthasar qui, en remontant vers le haut de la carrière, ouvrait les portes aux deux autres étudiants qui, à leur tour, le suivirent.

Lorsqu'ils furent arrivés là où Boraq était restée,

Balthasar les enjoignit d'entrer en prière et de l'attendre. Ils s'agenouillèrent et louèrent Dieu. Quant à notre ami, il redescendit vers Jonathan Absalon Varlet qui, en le voyant revenir, s'écria : « Cela suffit! Va-t'en! » Mais Balthasar le prit par le bras et lui dit : « Où est mon père? – Quel père? demanda Varlet. – J'appelle Gabriel! » menaça Balthasar. A travers d'interminables couloirs de sel, ils se rendirent auprès de Johann Siegismund qui, voyant son fils en cet endroit, s'étonna.

« Que fais-tu là, fils Kober? Tu n'es pas mort, que je sache... – Pourquoi m'avais-tu caché que Varlet te retenait ici? s'enquit Balthasar. Je te croyais parmi les bienheureux... – Oh! je ne voulais pas que tu t'inquiètes! D'ailleurs j'avais de temps en temps la visite de la famille. Chère Valentina, chère Gertrud! Elles viennent avec les enfants. Cela me distrait un peu. Mais, dis-moi, fils Kober, comment as-tu deviné que j'étais là? – A cause du sel... Tu en avais sur tes vêtements! Allons viens avec moi! – Et où cela? – Dans la vie!

– Non, dit Johann Siegismund, ne compte pas sur moi. Accompagne-moi jusqu'au Paradis, si tu le veux bien, mais je ne reviendrai pas sur terre. C'est trop difficile... – Eh bien, allons pour le Paradis! » fit Balthasar et il entraîna son père sous l'œil ahuri de Varlet qui ne pouvait rien contre sa volonté. « Quelque jour, je reviendrai ouvrir toutes les portes! » lança Balthasar. Varlet s'enfuit au plus profond de sa tanière, effaré et transi.

Ils rejoignirent Josef Bodmer et ses deux amis qui attendaient en priant auprès de Boraq. Puis ils montèrent tous sur son dos. Aussitôt elle se mit au trot, puis au galop. Enfin elle s'envola. Lorsqu'il arrivèrent aux portes du Paradis, Balthasar embrassa son père qui pénétra allègrement dans l'enceinte merveilleuse. Déjà les trois étudiants et leur sauveur regagnaient la terre. Ils furent à Fribourg en un instant. L'aube se levait.

On frappa à la porte. Balthasar Kober se dressa difficilement sur son lit, se leva avec précaution et alla ouvrir : « Frère Kober, dit la mère, vous avez beaucoup dormi, il me semble... – Où en sommes-nous? demanda notre ami qui, effectivement, avait quelque difficulté à s'éveiller. – Les hommes d'armes sont arrivés et vont mener vos trois agresseurs au tribunal civil. Ce matin, on croirait de vrais agneaux! Leur petit séjour dans la cave leur a fait le plus grand bien. Fils de riche a besoin d'être tambour! Quant à vous, frère Kober, oubliez-vous que c'est aujourd'hui la première disputation! Elle va commencer dans moins d'une heure! Préparez-vous vite, frère Kober! »

Eh oui, c'était ainsi et pas autrement. Il savait maintenant ce qu'il était capable de faire. Toutefois il n'en tirait nulle vanité. Non seulement les trois étudiants n'étaient pas morts mais personne n'avait gardé le souvenir de ce qui s'était réellement passé. N'était-il pas curieux, ce temps qui repartait à l'envers, effaçait ce qu'il avait enregistré et recommençait tranquillement une autre histoire comme si la première n'avait pas existé? Pour Balthasar ce n'était point là événement bien extraordinaire et il s'étonnait plutôt que chacun ne puisse à son gré aller et venir d'hier à demain et de demain à hier. Quant à Varlet, était-ce si étrange qu'il habitât cette carrière de sel et y retînt les âmes demeurées prisonnières? Mais quel crime avait commis son père pour s'y trouver?

Il eut quelque difficulté à se vêtir. Son bras droit le faisait souffrir et ne se pliait quasiment pas. Sa joue gauche avait doublé de volume. Quant à son oreille elle disparaissait sous le pansement qu'on lui avait fait la veille. La tête lui tournait un peu. Il gagna le rez-de-chaussée avec d'infinies précautions. La mère lui servit un grand bol de soupe. « Ils vous ont bien arrangé, ces malandrins-là! A-t-on idée? Le tribunal les condamnera à quelques bons coups de bâton et à porter des pierres pour la cathédrale pendant deux, trois mois! Ça leur fera du bien, à ces fils d'usurier... Tiens, mon Balthasar, encore un peu de soupe... » Il en reprit et sortit.

La foule se rendait à la halle du marché aux grains où la disputation allait avoir lieu entre ministres réformés et théologiens catholiques. D'un côté, Eberhard Oppenheimer, Schroeder et Friedrich Cammerschulze; de l'autre, le jésuite Gottfried Buddecke flanqué du père Cascarolli et d'une manière de Savonarole du nom de Basta Cruciverde. Tout ce beau monde venait de s'installer sur les estrades que l'on avait dressées au milieu de la halle. L'assistance, debout, s'entassait tout autour.

Il y avait là beaucoup d'hommes mais aussi des femmes avec leurs enfants. Tous ces gens jacassaient, parfois se disputaient ou riaient de quelque bon mot, essayant de s'installer le plus commodément pour bien voir et bien entendre. Balthasar eut le plus grand mal à se faufiler dans cette foule, d'autant plus que la moindre pression sur son bras le faisait cruellement souffrir. Enfin il parvint à monter sur le socle d'une colonne en bois qui soutenait le toit au moment où, après avoir sonné dans une trompette, une manière de héraut demanda le silence. Et aussitôt, se levant, Gottfried Buddecke, le jésuite, commença avec une certaine condescendance.

« A savoir si la terre est le centre de l'univers comme il est abondamment prouvé par les Saintes Ecritures ou si la terre, comme le soutiennent nos nouveaux penseurs, erre hasardeusement dans le ciel; telle est notre disputation de ce jour. » Le réformé Schroeder bondit de son siège : « Telle n'est pas la disputation de ce jour! Mais à savoir si le fait de penser que la terre est un astre soumis à des règles similaires à celles de la lune et des autres planètes peut poser, en quelque façon, de graves problèmes pour la Foi. » Cammerschulze prit la parole :

« Durant longtemps, nous crûmes que la terre était un point fixe dans l'univers, lequel univers tournait tout autour de la terre comme il semble quand on considère les étoiles durant la nuit ou le soleil durant le jour. Cela satisfait l'opinion que nous avons à bon droit de l'homme, créature majeure que Dieu couvrit de toutes les grâces. Et, en effet, avant la chute de l'origine, soyez assurés que l'homme et l'Eden se trouvaient au centre du créé. Cependant, dès que la chute eut lieu, tout bascula par le fait même de cette chute. L'Eden se retrouva éparpillé, l'homme se retrouva multiple et la terre, fragment d'un ensemble combien plus infini, se retrouva désaxée, décentrée, tournant autour du soleil, image de la divinité, alors que l'homme exilé ne pouvait plus souhaiter que regagner quelque jour le centre perdu. »

Balthasar écoutait mais les paroles arrivaient masquées à ses oreilles. Etait-ce le fait de ses blessures, de son aventure nocturne? Il ne savait plus où il se trouvait. Qui étaient ces hommes en robe de couleur noire, rouge, violette qui s'affrontaient en de si solennels discours? Et tous ces gens assemblés, qu'attendaient-ils? Alors, fulgurante, une idée qui ne l'avait jamais effleuré jusqu'alors le traversa de part en part; idée confuse d'abord, peut-être même pas une idée, une sensation : si, lui, Balthasar Kober était entraîné dans ces mondes étranges, s'il rencontrait ces personnages que personne d'autre que lui dans son entourage ne rencontrait, n'était-ce pas que lui, Balthasar Kober, au lieu d'être privilégié par Dieu comme il le croyait, n'était en vérité qu'un pauvre garçon à la cervelle détraquée?

Que s'était-il passé durant la nuit, alors que blessé comme il l'était, il lui eût été impossible de monter à cheval et, à plus forte raison, de gagner Heilbronn qui se trouvait à trois jours de Fribourg? D'ailleurs était-il possible que lui, Balthasar Kober, ait pu descendre en enfer et en faire sortir non seulement Josef Bodmer mais les deux autres étudiants, et également ce cher Johann Siegismund? N'avait-il pas déliré, et ce qu'il avait cru être le suicide et le double crime de Bodmer n'était-il qu'un cauchemar?

Gottfried Buddecke s'esclaffait : « Belle réalité, en effet, que celle d'un Giordano Bruno, par exemple! L'univers est infini. Mais si tel était le cas, pauvres malheureux, quelle place resterait-il à Dieu pour s'abriter? Ou Dieu est infini et le monde est fini, ou le monde est infini et Dieu est fini, ce qui signifie qu'il n'y a pas de Dieu! Deux infinis sont incompatibles! – Pardon, rétorqua Eberhard Oppenheimer, si Dieu est infini, l'univers n'en est pas pour autant fini; il est indéfini! »

Effaré, Balthasar étreignait la colonne contre laquelle il se tenait comme un naufragé étreint une épave au milieu de l'océan déchaîné. Cette foule énorme était semblable à une mer qui l'emportait. Avait-il perdu l'esprit? Et depuis quand ce malheur avait-il fondu sur lui? Avait-il rêvé ses rencontres avec son père, avec la belle Valentina, avec son frère jumeau Caspar? Et, plus tard, lorsqu'il avait rencontré Varlet et les prophètes, Abraham, Noé, les autres, était-ce l'effet d'un délire?

Et Ursula, la merveilleuse Ursula de Nureınberg, n'appartenait-elle aussi qu'à la dérision, à la folie? Balthasar se redressa. Là-bas, sur l'estrade, Cammerschulze argumentait : « Si dans un espace aucun corps ne peut posséder le privilège d'être central, c'est que le centre se situe dans le seul infini divin. Ainsi pourrait-on suggérer un infini illusoire qui est celui de la chute et qui, effectivement, n'est pas infini mais indéfini, et l'infini divin. Dieu est une sphère dont le centre est partout, la circonférence nulle part. »

« Mon Dieu, priait Balthasar en s'agrippant à la colonne, quel tohu-bohu dans ma tête! Ce que je croyais vrai n'était-il que théâtre? Suis-je seulement vivant? Qui me rêve? Voilà que je doute de moi-même, et du monde, ignorant désormais si mon maître n'est pas une ombre, si les pays que j'ai traversés n'étaient pas des mirages... Mais Toi seul, Dieu, en ce chaos penses et me penses, Toi seul es la vérité, lorsque toutes les vérités se sont changées en sable... »

A présent toute cette foule assemblée s'esclaffait d'un bon mot du jésuite. C'était une houle qui venait frapper le jeune homme au visage. La tête lui faisait si mal qu'il y porta les deux mains, lâchant ainsi la colonne. Il tomba inconscient parmi ces innombrables gens qui riaient.

19

Balthasar Kober demeura huit jours dans un état voisin de la mort. Ses blessures s'étaient envenimées et il fallut toute la science de deux médecins, dont l'un d'ailleurs était Galopin, pour faire baisser la forte fièvre du malade. En fait, lorsque de bonnes âmes l'avaient ramassé sur le sol de la halle et l'avaient emporté, il avait perdu conscience. Ce fut seulement lorsqu'on l'eut mis au lit dans sa chambre que ses visiteurs réapparurent.

« Mon cher Balthasar, dit la première femme de Johann Siegismund, la si belle Valentina, ne cherche surtout pas à comprendre... – Ecoutez! s'écria le jeune homme. Cela suffit! Je ne crois plus en vous! Vous n'existez pas! Allez-vous-en! » La belle Valentina sourit avec ce merveilleux sourire que jadis avait si bien dessiné Johann Siegismund : « Comment pourrais-je m'en aller si je n'existe pas? Vas-tu devenir de ces affreux réalistes qui ne croient en Dieu ni en diable? – Je crois en Dieu, assura Balthasar, mais c'est fini, je ne crois plus en vous, ni en mon père, ni en mon frère! Vous êtes morts! Votre corps repose au cimetière de Bautzen avec celui de Gertrud et des autres enfants! Que la paix soit avec vous! »

La belle Valentina s'assit sur le bord du lit, et de sa

voix suave : « Balthasar... Que t'arrive-t-il? N'avons-nous pas été pour toi de bons conseillers? Qui t'a fait rencontrer Pappagallo et les comédiens? Qui t'a recommandé à Cammerschulze? Crois-tu que sans notre aide tu aurais été capable de les charmer, bègue comme tu l'es? – Je n'en sais rien, répondit Balthasar, mais ce que je sais, c'est que vous êtes morts et que les morts ne viennent pas s'asseoir au chevet des vivants!

– Donc, selon toi, tu n'es pas descendu en enfer pour délivrer les trois étudiants de leurs chaînes? Alors comment se fait-il que les voilà ressuscités? – Ils n'étaient pas morts! C'est moi qui ai tout inventé : ces crimes, ce suicide... – Et tes blessures aussi, sans doute... » Là, Balthasar dut convenir que son oreille, sa joue et son bras le faisaient singulièrement souffrir. Mais il reprit : « D'ailleurs pourquoi mon père aurait-il été damné? Cela n'a aucun sens! Et comment aurais-je pu le délivrer si aisément, le conduire aux portes du Ciel, moi qui ne sais même pas où elles se trouvent? – Boraq connaît le chemin, fit remarquer Valentina.

– Boraq est une bonne jument mais elle n'en demeure pas moins un quadrupède comme les autres! s'écria notre ami. Elle ne vole pas dans les airs, elle est incapable de relier Fribourg à Heilbronn en quelques heures. Quant à Varlet, pourquoi m'eût-il laissé si aisément partir avec ses prisonniers? – Il ne peut rien contre la lumière..., dit Valentina. – Je ne suis que confusion et ténèbre..., murmura Balthasar. Varlet non plus n'existe pas! – Et l'argent du potier? » demanda la première épouse de Johann Siegismund.

Plus tard, ce fut Caspar qui vint s'asseoir au bord du lit. Il se plaignit d'avoir mal à l'oreille. « Je revenais de la bibliothèque, un livre sous le bras. Soudain, trois étudiants... » Et puis, brusquement, il avait également mal à la joue. « J'ai poussé le cri d'alarme. Les Galopins sont accourus... » Le bras aussi était douloureux. « Mais, fit remarquer Balthasar, c'est à moi que cette aventure est arrivée! – Pas du tout, dit Caspar impavide, c'est à moi! Toi, tu es mort! Le typhus t'a emporté. Tu reposes dans le cimetière de Bautzen avec Gertrud, Johann Siegismund et tous les autres... »

Alors parut Jonathan Absalon Varlet. Il était nu, en chemise, une corde au cou en signe de pénitence : « Excellent Balthasar Kober, dit-il en s'inclinant, je reconnais les torts que j'ai eus envers toi et tous ceux qui appartiennent au genre humain. Je vais libérer tous ces gens. Ainsi ils pourront gagner le Ciel! » Et, en effet, Balthasar vit que Varlet ouvrait toutes les portes de la carrière de sel. Des milliers d'hommes et de femmes en sortaient et se dirigeaient vers le Ciel.

Mais de ces milliers de bouches sortaient des cris de haine. Les poings se dressaient. Lorsqu'ils arrivèrent devant les murailles de l'Empire divin, tous ces misérables se prirent à crier des injures, à frapper contre les pierres en proférant toutes sortes d'insanies. Les gestes obscènes succédaient aux quolibets et aux blasphèmes. Le diable riait aux éclats, ravi du tour qu'il venait de jouer à Balthasar, lequel, les larmes aux yeux, s'écria : « Est-ce dans ma tête que naissent de pareilles horreurs? Est-ce moi qui, du fond de ma fange, extirpe ces fantômes ignobles? » Le ricanement de Varlet résonna longuement dans la nuit.

Combien d'heures dura la prostration du jeune homme? Il se voyait étendu dans le tombeau, jaune et sec comme une momie. Des mouches bourdonnaient autour de lui. Et soudain une petite lueur pénétrait dans le lieu clos. Balthasar vit une très jeune fille entrer dans le sépulcre, une chandelle à la main. Il reconnut Ursula. Son cœur bondit de joie. Mais aussitôt il dit : « Si tu existes, c'est que tout le reste existe, également... » Elle s'approcha de lui, le toucha à l'épaule et, à cet instant, tous les instruments de musique de la boutique de maître Wesenberg, le luthier, se mirent à jouer ensemble une admirable mélodie comme il ne s'en entend que chez les anges.

Balthasar se leva du sépulcre et la suivit. Maintenant il se souvenait fort bien d'avoir déjà vécu pareil moment. C'était à Nuremberg, il y avait si longtemps de cela, semblait-il... Ils avançaient dans une douce lumière dorée. Et Balthasar de songer : « Ce n'est pas vrai. Ce n'est pas vrai », si bien que lorsqu'il se retrouva auprès de Noé, d'Abraham et de Moïse, il leur dit : « Je suis malade. Des blessures que j'ai reçues m'ont empoisonné le sang. Je crois vous rencontrer mais vous n'existez pas. C'est de mon sang empoisonné que vous sortez...

– Voilà qui est nouveau! fit Moïse. Tous ces luthériens ont la tête un peu fêlée... Quant aux catholiques, on se demande vraiment ce qu'ils vont chercher... Tout est si simple. Il suffit d'aimer. – Justement, dit Abraham, les hommes ne savent pas ce qu'il leur faut aimer. Ils prennent tantôt l'odeur pour la viande, tantôt la viande pour l'odeur... – En parlant de viande, ajouta Noé, savez-vous que lorsque nous étions sur l'arche il nous fallut manger quelques espèces... » Balthasar avait ensuite sombré dans le néant, là où, du moins, règnent la paix profonde et le silence.

Et donc, grâce à ces deux médecins, notre ami se réveilla d'entre les morts huit jours après s'être alité. Les disputations étaient terminées, chacun étant persuadé de l'avoir emporté sur son adversaire. Quant au public il était satisfait du spectacle. Buddecke l'avait fait rire aux larmes, Oppenheimer l'avait stupéfait par ses arguments inattendus, Schroeder l'avait enthousiasmé par ses harangues, Cascarolli l'avait amusé par ses mimiques et Cruciverde par ses ronflements car ce fougueux orateur dès qu'il cessait de jeter l'anathème s'endormait. Cammerschulze, lui, avait paru ennuyeux. Il est vrai qu'il était le seul à avoir apporté à ces dialogues un ton nouveau, proche comme l'était sa pensée de celle d'un Bruno.

Le tribunal civil avait statué sur les trois agresseurs de Kober et avait condamné Josef Bodmer à deux mois de geôle, et chacun de ses acolytes à un mois. La peine aurait été plus lourde sans la recommandation du recteur Oppenheimer qui souhaitait ménager le banquier Bodmer. Quant au tribunal ecclésiastique, il condamna l'étudiant parjure à faire trente-trois fois le tour de la ville, chargé d'un madrier et récitant le *Pater Noster*, après quoi il ferait une abjuration publique de sa mauvaise foi, obtiendrait ainsi l'absolution et rentrerait pieds nus dans le temple, lisant à haute voix la Bible au chapitre des Macchabées.

« Maître, dit Balthasar à Friedrich Cammerschulze dès qu'il commença de se lever, ces trois malheureux en me blessant m'ont ouvert les yeux sur ma folie. Je ne sais distinguer la réalité de mes rêves, et pis encore : j'ignore si toute ma vie n'est pas tissée dans un rêve... » Cammerschulze s'amusa de cette réflexion, disant que l'étudiant devrait assister à quelques « autos sacramentales » de Calderon de la Barca, tels que *La Vie est un songe* ou *Le Grand marché du monde*, dans lesquels il retrouverait avantageusement ce qu'il venait d'exprimer.

De savoir que son trouble ne lui était pas personnel mais appartenait à un genre littéraire rassura Balthasar. « *En esta vida todo es verdad y todo es mentira*, récita Cammerschulze. C'est au-delà qu'il faut chercher la vérité. – Serait-ce donc que le moi n'est autre que le monde? demanda le jeune homme. – C'est le monde. Le monde n'existerait pas sans cela. » Balthasar demeura perplexe durant un instant, puis il dit : « Telle est la différence entre l'univers et le monde, n'est-ce pas? Ainsi l'univers dégagé du moi est objet de science alors que le monde est incernable. – Nous y sommes, fit Cammerschulze. Mais où s'achève le moi? »

C'est donc en discourant sur le peu de réalité de ce monde que notre Balthasar reprit pied sur terre. Les événements qui l'avaient profondément troublé s'estompèrent peu à peu dans son esprit, bien qu'il fût désormais persuadé que sa tête n'était pas aussi saine qu'il avait cru. Plus tard, il écrivit : « Ce fut une curieuse révélation que celle de ma folie. Toutefois, dès cette époque, je compris que je devrais utiliser cette folie particulière comme d'autres le font d'un instrument. Je ne savais encore comment cela pourrait se faire mais je n'ignorais pas que de grands mystiques y étaient parvenus. Dès lors je me mis à l'étude des écrits que ces mystiques nous avaient laissés. Cammerschulze m'aida tout particulièrement dans cette voie. Je fréquentai Eckart et Suso avec une ardeur qui rapidement me remit sur le droit chemin. J'étais en friche, pareil à une forêt ancestrale. La hache à la main, j'allais abattre, couper, émonder, transformer cette végétation sauvage en un jardin. »

Ils quittèrent Fribourg le 20 mars 1598 dans une voiture à chevaux du courrier régulier qui reliait la région du Brisgau au lac de Constance. Boraq et la monture de Cammerschulze étaient attachées à l'arrière et suivaient ainsi la voiture. Ce fut un voyage sans incident qui permit à Balthasar de retrouver quelque peu ses esprits. Il laissait derrière lui Josef Bodmer et les deux autres étudiants comme s'ils étaient les débris d'un mauvais rêve et, durant tout le trajet, il s'attacha à lire *Le Livre de la Sagesse éter-*

nelle que Heinrich Suso avait d'ailleurs composé à Constance deux cent cinquante ans plus tôt.

L'arrivée au lac, le matin, alors que le soleil se levait, ravit les quelques personnes qui avaient pris place dans la voiture, et Cammerschulze tout le premier. En revanche Balthasar demeura sur ses gardes. Il craignait que la beauté naturelle ne déclenchât en lui quelque vision et il se tenait prudemment dans le fond de la voiture, les yeux rivés aux méditations de Suso.

« N'est-ce pas saluer la grandeur du créateur que d'admirer ses œuvres? demanda l'alchimiste. – Non, non! répondit Balthasar. Toutes ces merveilleuses couleurs ne sont qu'illusion! Encore un instant et elles ne seront plus. » Et il lisait : « Tu abandonneras ta volonté propre, tu renonceras à toi-même. Tu te dépouilleras de toutes les créatures. Pareil à un mourant, tu n'auras plus rien de commun avec le monde. Mais aussi, dans ta prudence, tu ne chercheras pas à sonder l'abîme infini de mes mystères où j'ordonne toutes choses selon ma providence éternelle, car personne ne peut les comprendre. »

– Serait-ce que mon erreur fut de franchir les limites de cet abîme? demanda l'étudiant à Cammerschulze. – L'amour pousse l'amant à toujours aller plus avant vers l'être aimé. Et si le feu de cet amour est un brasier où nous devons brûler, que ce brasier nous purifie! – Je sais, fit Balthasar, car j'ai traversé ce brasier. De l'autre côté, il y avait Jérusalem et les prophètes qui m'attendaient. Et puis je suis revenu ici, tout aussi médiocre qu'avant. Voyez : je suis toujours aussi bègue! – Notre voie est sombre, dit l'alchimiste, mais elle cache la plus éclatante lumière. C'est comme un masque hideux qu'aurait posé l'amour sur son visage. Mais ce Silène cache l'essence même de la beauté. »

Et Balthasar de poursuivre sa lecture : « Où sont ces têtes courbées, ces yeux baissés? Où sont ces souffrances réprimées, ces soupirs profonds, ces larmes de sel? Où sont-ils ces visages blêmes, cette extrême pauvreté, cette misère si aiguë, cette voix qui criait dans le désert? Où sont tous ceux qui nous méprisaient et nous opprimaient? On n'entend plus : « Allons, il faut entrer en guerre, lutter, livrer bataille! », nuit et jour, comme celui qui se bat contre les infidèles. » Et il pensait : « Les livres aussi sont amers. »

Ils entrèrent à Innsbruck le 30 mars. Il neigeait. On les reçut dans une sorte de caravansérail dans lequel il ne restait plus aucune chambre car c'était période de foire. On les installa donc dans les écuries, non loin des chevaux. Des hommes, des femmes, des enfants allaient et venaient dans les couloirs, montaient et descendaient les escaliers, si bien que l'on se fût cru au cœur d'une fourmilière. Des Tziganes chantèrent et dansèrent autour d'un feu allumé dans la cour. Cammerschulze parla longuement avec un Hongrois qui revenait de Lombardie.

Un jeune homme aux cheveux rouges qui devait avoir l'âge de Balthasar s'approcha de lui : « Tu es luthérien? On ne les aime pas ici. Dis-moi, es-tu luthérien? – Je ne sais pas, fit Kober. – Comment, tu ne sais pas? Serais-tu juif? – Peut-être chrétien, peut-être juif, peut-être autre chose aussi... Je ne sais pas. – Alors, c'est que tu es juif, décida le rouquin. Et les juifs, on les aime encore moins que les luthériens. Pourquoi ne portes-tu pas les nattes? » Balthasar détourna la tête et se rapprocha de Cammerschulze. Le jeune homme n'insista pas.

Le lendemain, toujours sous la neige, ils reprirent très tôt la route pour la Vénétie. Ils devaient traverser les Alpes du Tyrol au col de la Wipptal avant que le passage fût obstrué. C'est pourquoi le conducteur fustigeait les chevaux qui tiraient la voiture, et les chevaux tiraient tant qu'ils le pouvaient, tandis que Boraq et la monture de Cammerschulze suivaient derrière. Soudain la voiture fit une embardée et se renversa. Les chevaux se couchèrent sur le flanc. Balthasar fut le premier à se hisser hors du véhicule et à aider son maître à sortir, ainsi qu'une dame et un autre homme.

Personne n'était blessé. On aida les chevaux de l'attelage à se relever, mais lorsqu'on parvint à Boraq, on s'aperçut que la pauvre bête avait deux jambes brisées. Et alors que l'on redressait la voiture, Balthasar agenouillé dans la boue auprès de la jument lui parla doucement, disant que c'était elle qui avait la meilleure part car elle allait effectivement bondir dans le ciel, courir parmi les nuages, à jamais galoper comme le vent à travers les espaces infinis. Les yeux emplis de larmes, Balthasar poursuivait : « Tu me promets de revenir me chercher bientôt, n'est-ce pas? Je ne comprends rien à ce monde. Et lorsque tu verras les prophètes, Noé, Abraham, Moïse et tous les autres, dis-leur que je n'aspire qu'à les retrouver pour saluer Dieu comme il convient. Et encore, je suis sûr qu'Ursula va venir t'accueillir. Ne lui décris pas mes difficultés. Elle se moquerait gentiment de moi. Mais prie-la de venir parfois me rendre visite, comme si elle n'était qu'un rêve... Je la reconnaîtrai. Et aussi puisque tu vas rencontrer mon père Johann Siegismund, mes deux mères et tous les enfants, n'oublie pas de leur dire de ne plus venir sur terre ainsi qu'ils le faisaient car je désire ne plus être fou comme je l'étais auparavant. Dis-leur... dis-leur encore... »

Il posa ses lèvres sur les naseaux de Boraq dont l'œil attendri le regardait avec amour comme pour fixer à jamais son visage dans sa mémoire. Le conducteur approchait, une arquebuse à la main. Balthasar courut se réfugier dans les bras de Cammerschulze qui l'étreignit. Mais il eut beau se boucher les oreilles avec les mains, et l'alchimiste eut beau presser ses propres mains sur celles de l'étudiant, Balthasar sursauta lorsque le coup de feu retentit.

On parvint au col vers midi. Sur l'autre versant s'étendait le haut Adige. La traversée des Alpes signifiait que la Sérénissime n'était plus loin, que Pappagallo, Rosa et les autres comédiens allaient bientôt surgir de la grisaille de cet interminable hiver. La voiture arriva à Bozen en même temps que la nuit.

20

La première personne qu'aperçurent Cammerschulze et Balthasar en entrant à l'auberge de Bozen ne fut autre que Duesberg, le mercelot flamand qui avait trahit les Galopins. Le misérable était attablé dans un coin et faisait ripaille en compagnie de deux filles qui buvaient et parlaient si fort que tout le monde les regardait.

Dès que les maigres bagages de nos deux amis eurent été installés dans la chambre, l'alchimiste dit à son disciple : « Cet homme ne mérite pas de vivre plus longtemps. Me comprends-tu? » Balthasar commença de trembler de tous ses membres, non de peur mais de colère. L'homme qui avait fait emprisonner la mère, les compagnons de Cobourg, l'imprimeur Bonhœffer, celui qui était responsable de la mort de Zimmermann et de maître Vitkop, celui qui avait dénoncé Cammerschulze et Kober aux gens de Schedel, ce qui leur avait valu ces odieux mois de geôle à Nuremberg, ce Duesberg était là, dans la salle voisine, riant et fleuretant avec deux femmes si grossières qu'un valet n'en eût point voulu! Oui, l'alchimiste avait raison : il fallait qu'il meure.

Ils s'approchèrent de la table où se tenaient les trois buveurs, et jouant la surprise : « Tiens, s'écria Cammerschulze, notre bon ami le Flamand! N'est-ce pas à Weissenburg que nous nous rencontrâmes pour la dernière fois? » Duesberg fronça les sourcils. Il avait si bien bu, semblait-il, qu'il ne parvenait pas à se souvenir où il avait déjà rencontré nos amis. Et soudain : « Ah! l'orphelin! C'est toi que j'ai trouvé un soir, devant la cathédrale Saint-Maurice! Asseyez-vous, mes bons princes! Nous sommes en excellente compagnie. Renata, reine des soupières et des coquecigrues! Taratata, princesse de la ruelle et du cul! A boire, mirliton! A boire! »

Cammerschulze s'assit en face du traître, tandis que Balthasar se faisait tout petit entre les deux filles. Et l'on commença à servir de la bière, à lancer des santés à l'Empereur, à Luther, au Pape, à la lune, au soleil et, naturellement, à ces dames. En fait, l'alchimiste ne buvait pas, se contentant de tremper les lèvres dans l'énorme chope que le cabaretier lui avait servie. En revanche, Balthasar, cajolé par les deux femmes comme il l'était, n'osa pas refuser de vider sa pinte, puis une seconde, ce qui bientôt le mit dans un tel état qu'il s'adressa brusquement au Flamand comme si ce dernier était déjà mort.

« Quel curieux effet, n'est-il pas vrai, d'être mort... bégaya-t-il, ce qui fit rire les donzelles. – Je n'arrive pas à mourir, répondit l'autre entre deux hoquets. Et pourtant on me recherche; je sais que l'on me recherche. Où que j'aille, il y a cette ombre derrière moi qui me recherche. Au début je me cachais. J'avais peur. Je mourais d'avoir peur de mourir. Riez, bonnes âmes! J'ai failli me suicider par peur de la mort... Et maintenant j'ai tué la peur! Avec ces deux mains-là, j'ai occis la peur... Je suis remonté de la cave à la taverne; hein, les filles! Quand la mort viendra, je la regarderai en face! » Il leva sa chope et d'un seul coup la vida.

« Je suis ta mort », dit Cammerschulze. Les filles

rirent de plus belle et, levant leur chope à leur tour : « A la mort! » s'écrièrent-elles. Puis, comme effarées par ce qu'elles venaient de prononcer, elles cachèrent leur visage dans leurs mains. « Je ne me souviens pas de toi..., fit le mercelot. – Tu m'as pourtant longtemps cherché pour me livrer à ton maître... – Quel maître? – Dietrich Frankenberg... » Duesberg haussa les épaules : « Oh! celui-là... Un tout petit maître... Mais, toi, qui es-tu? Imprimeur, non! Charpentier, non! Aubergiste, encore non! Orfèvre, peut-être... – Tu m'as rencontré sur le chemin qui me menait de Nuremberg à Augsbourg en compagnie de ce garçon. Je m'appelais alors Frank Müller et j'étais commerçant drapier. »

Le Flamand ferma un œil à demi : « C'est Kober qui nous intéressait. Toi, marchand drapier, Galopin peut-être... » Il s'arrêta et, regardant fixement Cammerschulze : « Je me souviens de toi, en effet! Tu fus arrêté en même temps que le garçon! Eh bien, bravo! Si vous êtes ici tous les deux, frais et dispos comme je vous vois, c'est en effet que, cette fois... Mais quel est ton vrai nom, je te prie? » L'alchimiste lui répondit. Duesberg se leva et s'adressant aux deux femmes : « Mesdames, on m'appelle ailleurs. Amusez-vous un peu de ce Balthasar tandis que ce haut seigneur s'occupe gentiment de moi... » Puis en titubant, il se dirigea vers la porte, tentant de se redresser en un semblant de dignité. Cammerschulze le suivit.

La boisson avait de nouveau exalté l'esprit du jeune homme. Lorsqu'il se vit seul dans la salle d'auberge, entouré par ces deux femmes, il se leva d'un bond et s'écria : « Regardez! L'océan! L'océan! » Et, en effet, par chacune des ouvertures du bâtiment l'eau s'engouffrait par vagues furieuses, balayant tout sur son passage. En un instant tables et bancs furent emportés. Balthasar et les deux filles s'agrippèrent à une nef qui passait. On les aida à se hisser à bord.

Tous ceux qui se tenaient dans cette embarcation sans gouvernail portaient sur la tête un bonnet orné de grelots. Ils dansaient et chantaient de façon insensée, et les deux femmes se mêlèrent aussitôt à eux, levant haut la jambe, récitant des paroles sans queue ni tête. Certains étaient vêtus à l'envers et accomplissaient des gestes à rebours. Ainsi l'un d'eux marchait sur les mains, un autre allait à reculons, un troisième avait placé ses chaussures sur sa tête et un chapeau à chacun de ses pieds. On voyait le capitaine laver le pont tandis que le moussaillon dirigeait la manœuvre. Emporté par la bière, Balthasar s'assoupit.

A son réveil, le jour se levait. On l'avait monté dans la chambre, on l'avait étendu et bordé. Le lit voisin n'avait pas été défait. « Cammerschulze n'est pas rentré », remarqua-t-il. Puis, se dressant sur son séant : « Où est Cammerschulze? » demanda-t-il, mais il n'y avait personne dans la pièce pour lui répondre. Il se leva, s'habilla en un tournemain et descendit à la taverne. Personne n'avait revu Cammerschulze depuis qu'il avait accompagné le mercelot dans la rue. Et soudain dégrisé, Balthasar comprit que son maître était tombé dans un piège. Les pensées se bousculèrent dans sa tête. Duesberg n'avait sans doute pas perdu tous ses esprits comme il l'avait feint. Dès que Cammerschulze et lui s'étaient retrouvés à l'écart, le traître s'était redressé, et Dieu sait ce qui était advenu! Des comparses attendaient sans doute dehors. N'avaient-ils pas été suivis depuis Fribourg... Le jeune homme n'avait-il pas été volontairement enivré pour que l'on pût disposer plus aisément de son maître?

Balthasar sortit précipitamment dans la rue, courut à droite, à gauche, interrogea des marchands, des passants dont beaucoup ne comprenaient pas l'allemand. Il semblait que son maître se fût volatilisé. Après de longues recherches désespérées, le jeune homme revint à l'auberge, monta dans la chambre et se mit à réfléchir sur l'horreur de cette disparition. Puis, ne sachant trop que décider, il ouvrit le sac dans lequel Cammerschulze rangeait ses livres et quelques habits. Il y trouva une cassette qui n'était d'ailleurs pas fermée à clef. Elle contenait le reste des florins que Varlet lui avait apportés et un message écrit de la main de l'alchimiste, adressé à « Balthasar Kober, mon disciple, au cas où il m'arriverait malheur ».

Balthasar hésita. Peut-être Cammerschulze allait-il revenir d'un moment à l'autre et lui reprocherait-il alors sa trop grande promptitude à lire ce message... Il s'agenouilla au pied du lit et pria. Or plus il priait, plus il était assuré qu'il ne reverrait pas son maître. Aussi lorsqu'il se releva fit-il sauter le sceau de cire qui cachetait le rouleau et, le cœur battant, lut ce qui suit :

« I.N.R.I. – A la gloire du Dieu omniscient, omnipotent, omniprésent – Amen. C'est vers la science que tu dois aller. Batista Strozzi, Sestiere San Polo, Venezia. Adieu. »

Il demeura un long moment comme ahuri devant ces quelques mots dont la signification n'était pourtant que trop claire. Cammerschulze disparaissant confiait son disciple à Strozzi dont Balthasar n'avait jamais entendu parler. Notre ami rangea le message dans la doublure de son habit et redescendit à la taverne où il demanda à nouveau aux clients qui buvaient là s'ils n'avaient pas rencontré son maître. Ils comprirent mal ce qu'il voulait. Aussi décida-t-il de se rendre auprès de l'échevinage et d'expliquer ce qui s'était passé.

On l'écouta avec beaucoup d'intérêt et on lui promit de l'avertir si l'on apprenait quoi que ce fût. Il devenait de plus en plus évident que Cammerschulze avait été enlevé, sans que l'on pût seulement deviner ce qui s'était tramé ensuite. Avait-il été emmené vers Nuremberg où le recteur Schedel serait trop heureux de l'incarcérer et, cette fois, sous sa véritable identité? Avait-il été assassiné par ce Duesberg ou des complices? Etait-il retenu entre les murs de quelque geôle de Bozen ou des environs? Toutes ces suppositions étaient plausibles et tournaient dans la tête de Balthasar parvenu au comble de l'inquiétude et quasiment de la panique.

Existait-il des Galopins dans cette ville? L'auberge était à l'enseigne du cochon pendu et ne connaissait ni oie ni gril... Quant aux calvaires des carrefours, ils étaient désespérément muets. Cammerschulze avait disparu, ne laissant d'autre consigne au jeune homme que cette adresse vénitienne. Il fallait quitter ces lieux anonymes, peut-être hostiles, mais il redoutait de s'éloigner de l'endroit, au cas où l'alchimiste reviendrait... Balthasar sentait autour de lui des menaces d'autant plus désagréables qu'elles étaient imprécises. Durant toute la journée qui suivit, ne sachant que décider, il s'enferma dans la chambre et n'en bougea plus, espérant le retour de l'alchimiste et persuadé qu'il ne le reverrait pas.

Un seul point lui rendait parfois confiance : comment eût-il pu se faire qu'un homme aussi avisé que Cammerschulze se fût laissé surprendre par un gredin tel que ce Duesberg? Cependant, comme le soir s'annonçait, notre ami décida de l'emporter sur sa détresse. Eh quoi, allait-il se montrer indigne de celui qui lui avait inculqué le courage? Il se trempa la tête dans le seau à eau, endossa son manteau, descendit l'escalier et bravement alla s'installer à une table pour y dîner. Il n'avait pas mangé depuis la veille et la faim le tenaillait.

« Que servirai-je à monseigneur? demanda l'aubergiste en un allemand fort peu correct. Nous n'avons que du poulet. – Du poulet, concéda Balthasar. –

Pourrez-vous payer, monseigneur? – Certes, fit le jeune homme. Je paierai la chambre et le dîner. » L'aubergiste se pencha vers lui : « Faites voir votre argent, monseigneur... Vous êtes bien jeune, vous comprenez, et votre ami est parti sans même vous saluer... » Balthasar haussa les épaules, sortit la bourse de sa ceinture et la montra à l'aubergiste dont les yeux s'arrondirent de stupéfaction. Il balbutia : « Si monseigneur préfère du porc au lieu du poulet... – Du poulet, confirma notre étudiant en rangeant sa bourse.

– Excellence, dit quelqu'un, je vous observe depuis votre entrée dans cette salle. Je ne doute pas que vous soyez un vrai gentilhomme! » Celui qui parlait ainsi se leva, fit le tour de la table et vint saluer Balthasar avec beaucoup de courtoisie. Il n'avait pas trente ans, était revêtu de la longue cape noire des étudiants avec un flot de rubans à la poitrine et tenait à la main un verre qu'il leva à la santé du « noble voyageur » qu'il avait ainsi l'honneur de rencontrer. Balthasar lui rendit son salut mais non sa santé car il s'était juré de ne plus boire.

« Excellence, reprit l'inconnu, vous voyez en moi un représentant de la science emblématique! – Qu'est-ce que cela? demanda Kober. – Comment? Vous ne connaissez pas l'*Emblematum liber* d'Alciati? – Non, fit Kober. – Ni le *Symbolicorum Quaestionum libri* de Bocchi? – Pas davantage, répondit Kober. – Sans doute connaissez-vous alors les *Emblemata* de Sambucus ou ceux de Junius? – Certainement non, assura Kober. – C'est que vous préférez le *Microcosmos* de Laurentius Haechtanus ou l'*Emblematum Tyrocinia* de Mathias Holtzwart, je suppose? – Mais non, dit Kober en riant, ni cela ni autre chose... Je ne connais rien à cette science-là! »

L'inconnu ôta sa cape, la posa sur un tabouret et s'assit sur le banc qui faisait face à Balthasar. « Il paraît qu'un certain Juan de Boria a publié à Prague des *Empresas morales* qui sont des merveilles! Mais j'avoue mon faible pour Capaccio! Ah! mon très excellent ami, comment peut-on vivre sans connaître l'emblématique? » Balthasar hasarda qu'il était diplômé en théologie. « La théologie? fit ce drôle, quelle théologie? La signification du monde est tout entière contenue dans l'emblème! Le monde est blasonné! Alciati n'a-t-il pas écrit : « *Verba significant, res significantur*?

– Je ne connais pas le latin, avoua Balthasar. – Vous êtes diplômé en théologie et vous ne connaissez pas le latin? demanda l'autre, stupéfait. – Je suis également diplômé d'hébreu, fit Balthasar. – Curieux, vraiment! A-t-on jamais composé le *motto* ou la *subscriptio* en hébreu? » reprit l'inconnu, mais aussitôt, se levant : « Mon nom est Matthias Matthias; je suis en route pour Padoue. » Balthasar se leva à son tour : « Mon nom est Balthasar Kober et je me rends à Venise. – Excellent, dit le passionné d'emblèmes, nous pourrons donc chevaucher de concert... »

Notre ami faillit avouer que son cheval était mort, mais il pensa brusquement à celui de Cammerschulze qui devait se trouver à l'écurie de l'auberge. Il pria Matthias de l'excuser, laissa là son repas à moitié achevé et courut s'assurer si le cheval était effectivement au râtelier. Il le reconnut aussitôt et lui apporta une fourchée de foin sur lequel la pauvre bête se précipita avec grand-faim. Puis il revint dans l'auberge et reprit place à table. Son nouveau compagnon l'avait attendu en achevant son poulet. « Délicieux! » fit-il en se léchant les doigts. Balthasar fut un peu surpris de cette désinvolture mais il pensa que Matthias Matthias avait aussi faim que le cheval de Cammerschulze alors que lui, Balthasar, était à présent rassasié...

De fil en aiguille, et d'emblème en devise, ils décidèrent de quitter Bozen le lendemain à l'aube. Aussi notre ami régla-t-il l'aubergiste et s'apprêtait-il à rejoindre sa chambre lorsque Matthias revint vers lui : « Excellent ami, j'ai ouï dire qu'il y avait deux lits dans votre chambre. Serait-il possible que je couche dans l'un d'eux pour cette nuit? Je n'ai pas un sou vaillant sur moi. – Certes! répondit Balthasar. Lorsque j'ai manqué moi-même d'argent, je fus bien satisfait de trouver quelqu'un qui puisse m'aider. » Matthias le remercia avec beaucoup de chaleur. Puis ils montèrent se coucher.

Or, durant la nuit, Balthasar entendit la porte de la chambre qui s'ouvrait sans autre bruit qu'un léger grincement. Aussitôt sur ses gardes, il se recroquevilla contre le mur tandis que des pas feutrés approchaient. Une faible lumière venait de la fenêtre et éclairait suffisamment la pièce pour qu'il vît deux silhouettes se pencher sur le lit où dormait Matthias, brusquement se précipiter sur lui, étouffer ses cris et l'emporter, enveloppé dans la couverture.

Aussitôt Balthasar comprit ce qui s'était passé. Duesberg ou ses acolytes avaient décidé de l'enlever comme ils l'avaient fait de Cammerschulze, et ils venaient de se tromper en emportant Matthias à sa place! Il s'habilla, prit le bagage de son maître et le sien, descendit précautionneusement l'escalier, se rendit à l'écurie, sella le cheval et, en pleine nuit, s'enfuit au galop en direction de Trente. Il ne doutait pas, en effet, que lorsque les ravisseurs allaient s'apercevoir de leur erreur, ils reviendraient à l'auberge pour le chercher. Ainsi se confirmait le fait que l'alchimiste était, à nouveau, entre les mains des hommes de Schedel et de Frankenberg.

Lorsque, ayant suivi l'Adige, il arriva aux environs de Trente, au milieu de l'après-midi, il fut surpris de ne plus entendre parler un langage germanique mais une manière de quelque chose qui ressemblait à un latin rocailleux. C'était le patois des Dolomites auquel il ne comprenait strictement rien. Par chance on accepta volontiers ses florins, si bien qu'il trouva de quoi abriter son cheval et passer la nuit. Quant au repas, on lui offrit de la polenta et des abats de volaille qu'il eut le plus grand mal à manger. En revanche, il trouva la ville de Trente fort agréable bien qu'elle fût l'endroit où s'était tenu le Concile, et se promena à pied durant trois heures à travers les ruelles marchandes. Il fit d'ailleurs l'acquisition d'un chapeau vert qui lui donnait quelque allure, ce dont il avait particulièrement besoin.

Le lendemain il se remit en selle pour Trévise. A peine avait-il parcouru quelques lieues qu'un cheval poussiéreux, suant et soufflant le rattrapait. C'était Matthias Matthias que les ravisseurs avaient libéré dès qu'ils s'étaient aperçus de leur méprise, sans oublier toutefois de le rosser d'importance, si bien que le malheureux était couvert de coups et ne paraissait guère content. « C'est vous qu'ils recherchaient, expliqua-t-il. A les entendre, vous étiez un suppôt de Lucifer, capable de vous changer en chat, en chauve-souris, voire même en porc... Mais qui sont ces gens? »

En allant au trot vers Trévise, Balthasar raconta ses aventures à son nouvel ami qui en fut stupéfait. « Et moi qui croyais que Luther avait apporté la liberté de pensée! » s'écria-t-il. Puis il dit sentencieusement : « *In tenebris clarius...* – Oh! fit Balthasar, tous nos luthériens ne sont pas semblables à Dietrich Frankenberg ou à ce Schedel! Beaucoup, au contraire, sont de bons pasteurs, mais ces deux-là confondent leur mission spirituelle et ce qu'ils croient être leur devoir civique. Friedrich Cammerschulze est un philosophe qui fonde ses pensées sur l'alchimie et la kabbale. Ils en ont fait un magicien et un nécromancien doublé d'un politicien subversif. Rien n'est plus ridicule! »

Ils arrivèrent à Trévise, trois jours plus tard, sans incident particulier. Les deux jeunes gens avaient fini par fraterniser et ainsi Balthasar put apprendre de Matthias quelques rudiments de vénitien, ce qui l'amusa beaucoup car c'était une langue forte en couleurs. Puis, comme une auberge de l'Oie et du Gril s'ouvrait à l'entrée de la ville, notre ami demanda discrètement à la mère si elle savait ce qu'était devenu Pappagallo. Elle l'avait accueilli cinq mois plus tôt, alors que sa troupe de comédiens et lui offraient une représentation sur la place de l'église San Niccolo. Depuis cette date elle ignorait tout de lui. Les Galopins qui fréquentaient son auberge étaient des maçons qui construisaient les fortifications. Deux d'entre eux avaient jadis travaillé à Cobourg mais ne se souvenaient plus des personnes qu'ils y avaient connues. Vraiment, Balthasar avançait comme un aveugle, ne sachant où il retrouverait ses amis. Seule restait l'adresse à Venise de ce Battista Strozzi qui vraisemblablement pourrait l'aider dans ses recherches.

21

Ils demeurèrent seize jours à Trévise. Matthias Matthias y connaissait des étudiants qui, comme lui, se passionnaient pour l'emblématique. Cette science intéressant peu Balthasar, il profita de ces journées pour fureter dans la ville. Ainsi découvrit-il l'atelier des Antegnati, les organiers, qui à cette époque se tenait sur la place Pantaleone, face à la statue d'un éléphant portant un obélisque sur le dos.

Les Antegnati avaient pour l'orgue le respect que les Athéniens accordaient à l'harmonie. De père en fils ils s'étaient transmis les secrets de construction de ces véritables machines à musique, ajoutant leurs propres découvertes à celles de leurs devanciers. Aussi devait-on à Giovanni la mise au point du nasard et de la cromorne, à Leone l'invention du sommier à registres remplaçant le sommier à ressorts, à Flavinio l'accouplement des fonds, des mutations et des anches. L'exercice de leur métier tenait à la fois de l'artisanat et d'une manière de conception métaphysique tant ils y apportaient de sérieux et d'intelligence.

Flavinio Antegnati avait permis à Balthasar d'admirer les ouvriers au travail dans la vaste menuiserie où l'on façonnait avec amour les sommiers, les tables, les layes, les boursettes et les chapes. C'est ainsi qu'il fut présenté à Son Excellence Pietro Cavalino Nenni, maître du chapitre épiscopal, qui s'exprimait aussi aisément en allemand qu'en vénitien et qui, par conséquent, put aisément s'entretenir avec notre « barbare ». Il commença d'abord par s'étonner qu'un jeune théologien de Dresde, diplômé de Tübingen, se fût égaré à Trévise, et chercha à en comprendre la raison. Kober demeura sur ses gardes et déclara qu'il se rendait à Padoue pour parfaire son instruction, la théologie luthérienne ne correspondant pas à sa foi – ce qui était partiellement vrai.

Balthasar, en fait, venait de mettre le doigt dans un engrenage redoutable. Il était clair que Nenni le tiendrait aussitôt pour suspect et il fallait toute l'inexpérience de notre étudiant pour s'être laissé entraîner sur cette pente. Aussi fut-il étonné lorsque le maître du chapitre épiscopal lui souhaita la bienvenue en Vénétie mais assortit son petit discours d'une sauce assez piquante, disant qu'il conviendrait que « le porteur d'un tel diplôme » fût examiné afin que l'on fût bien assuré de ses connaissances et de ses sentiments. Il n'était pas question, en effet, qu'il pût continuer de se promener ainsi sans avoir reçu un sauf-conduit qui le mettrait à l'abri de « désagréments » ultérieurs...

Inquiet, Balthasar s'ouvrit de sa rencontre à Matthias qui lui conseilla de faire front et d'accepter d'être interrogé sur des questions de foi, ce qui prouverait sa sincérité catholique et son attachement à Rome. Notre ami s'insurgea, disant qu'il n'était pas plus catholique que luthérien et qu'il n'avait ni affection ni haine pour le Pape! Il était chrétien hors de toutes Eglises, celles-ci lui ayant surabondamment montré leur peu de connivence avec l'Esprit. Matthias, en écoutant ce discours, leva les bras au ciel et s'écria : « Si tu déclares ainsi ta pensée, te voilà perdu! Veux-tu retourner en prison? »

Flavinio Antegnati, voyant que Balthasar était malheureux, lui demanda la raison de sa morosité. Le jeune homme lui expliqua ce que l'on attendait de lui. « Ne nous plaignons pas! fit l'organier. Si nous la comparons à Rome ou à Florence, la Vénétie est demeurée libre. Ailleurs, tu devrais passer devant des commissions issues du Saint-Office et je ne doute pas que tu serais pris en défaut. Ici, Nenni t'interrogera pour la forme et te délivrera un sauf-conduit, pourvu que tu lui promettes quelque don pour ses pauvres... » Balthasar était effaré par ce qu'il entendait.

Le lendemain, Son Excellence Pietro Cavalino Nenni reçut l'étudiant dans la demeure luxueuse qu'il avait héritée de ses ancêtres. Ce fut donc parmi les tapisseries, les marbres et les miroirs que l'interrogatoire eut lieu. Matthias accompagnait son nouvel ami. « Approchez! » fit le prélat dont le visage rougeaud esquissait un sourire d'une rare ambiguïté. « Excellence, commença Matthias, mon ami ne parlant pas fort bien le vénitien m'a prié de l'accompagner... – Je parle fort bien l'allemand! s'écria Nenni. – Et il m'a chargé de vous remettre cette bourse pour vos pauvres... – Ah! très bien! fit Nenni dont l'expression changea d'un seul coup. Voilà un garçon qui, bien qu'il nous vienne d'Allemagne, connaît parfaitement les usages... Je craignais qu'il fût sans ressources. Asseyez-vous. »

Dès qu'ils furent assis, Nenni sortit un livre du tiroir de son bureau et se prit à le compulser en silence. Puis, ayant trouvé la page qui l'intéressait, il dit : « Ce sont les questions que la Congrégation de la Sainte Inquisition a composées afin que nous les posions en un tel cas. Je vais vous les lire. Elles sont en latin. Vous comprenez le latin? » Balthasar allait répondre négativement lorsque Matthias lui fit signe de se taire. L'Excellence commença donc à lire, d'une voix théâtrale, des questions ayant trait à l'Eucharistie

(« Croyez-vous à la Présence réelle dans les Espèces? »), à la Trinité (« Croyez-vous à la procession de l'Esprit-Saint par le Fils et du Fils par le Père? »), à la Vierge (« Croyez-vous que Marie, mère de Jésus, ait conçu par la volonté du Saint-Esprit et sans œuvre humaine? »), à l'Eglise catholique romaine (« Croyez-vous que la Sainte Eglise catholique romaine soit la seule Eglise héritière des apôtres et plus particulièrement de saint Pierre? »), aux sacrements (« Croyez-vous qu'il existe sept sacrements et quels sont-ils? »)

Sur la plupart de ces points Balthasar eût été incapable de répondre selon le dogme romain dont il n'avait eu connaissance qu'*a contrario*. Mais, comme de toutes manières, il ne comprenait rien au latin, il demeura muet tandis que le prélat continuait sa lecture. Puis lorsque ce fut fini, Nenni demanda en allemand : « Croyez-vous en tous ces points? » Et comme Balthasar hésitait, Matthias lui décocha un coup de pied, ce qui lui fit prononcer un « oui » aussi ferme que sa cheville était douloureuse.

« Très bien, dit Pietro Cavalino Nenni en se levant, il suffira que vous juriez sur l'Evangile et cette petite formalité sera réglée. » Balthasar se prit à trembler. Jamais il n'admettrait d'être parjure. Nenni ouvrit la Bible et demanda : « Connaissez-vous le symbole de Nicée? » Balthasar répondit que oui, sans ajouter qu'il ne pouvait souscrire à tous ses termes. « Veuillez donc bien lever la main droite sur l'Evangile et réciter le symbole. » A l'instant, l'idée vint à notre ami de réciter le Credo réformé tel qu'il l'avait appris en son enfance, c'est-à-dire dans le dialecte de Bautzen; ce qu'il fit. Nenni, qui n'entendait rien à ce patois, écouta avec amusement et lorsque Balthasar en eut achevé, il lui dit : « J'apprécie beaucoup ces langues populaires, supports de la Foi. » Et il partit sur une dissertation où il était question des racines germaniques comparées aux racines latines.

Le soir venu, sauf-conduit en poche, les deux amis s'amusèrent de la peur qu'ils avaient ressentie au moment de la récitation du Credo, mais cette aventure montra à Kober combien il allait lui falloir être prudent. « C'est là une des excellentes raisons pour lesquelles l'art des emblèmes est si fortement à la mode, expliqua Matthias; il y est possible de cacher des vérités que Rome ne trouverait pas de son goût. » Balthasar n'appréciait guère ce genre d'hypocrisie mais il fut bien obligé de reconnaître que c'était là un excellent moyen de lutter contre l'Eglise de plomb dont il supportait de moins en moins le conformisme agressif.

Flavinio Antegnati, lorsqu'il apprit comment s'était passé l'examen dirigé par Son Excellence le maître du chapitre épiscopal, recommanda à Balthasar de lire l'*Evangile Eternel* de Joachim de Flore, ouvrage interdit par la censure ecclésiastique mais dont certains milieux catholiques avancés faisaient secrètement leurs délices. Il y était annoncé l'avènement de l'Esprit en un troisième âge qui succéderait à celui du Christ. Réformés et catholiques pouvant identiquement adhérer à cette foi, les joachimites voyaient en elle la réunion possible des deux confessions au sein d'une Eglise universelle qu'ils appelaient l'Eglise invisible et qui serait, en quelque sorte, la préfiguration de la Jérusalem Céleste.

Balthasar s'enthousiasma pour Joachim de Flore qui lui parut résumer toutes ses démarches précédentes et, en particulier, celle que Cammerschulze lui avait enseignée à la suite de Kabbalistes tels que Pic de la Mirandole et Reuchlin. Mais alors que Flavinio Antegnati penchait pour une fin des temps imminente, suivant en cela le franciscain Barius et ses *Vaticinia* publiés six ans plus tôt à Venise, notre ami considérait l'Apocalypse ainsi que la révélation suprême accordée à tous les hommes parvenant à la régénération par la grâce de l'Esprit. Il est vrai qu'à ses yeux l'Histoire n'était qu'un événement mineur, naturellement lié à la chute, que seule la présence du Christ sous Ponce-Pilate avait quelque peu glorifié. Il n'attachait que peu d'importance aux « aventures historiques des hommes qui ne pouvaient, en vérité, trouver de sens que dans l'aventure hiérophanique, non historique, de la Rédemption au cœur de chacun ».

En fait, Balthasar l'ignorait encore, les joachimites étaient nombreux parmi les Galopins quelque peu instruits et allaient donner naissance à un courant de pensée de grande importance dont l'un des chantres serait quelques années plus tard Jean-Valentin Andreae, alors étudiant à Tübingen. Ce fut d'ailleurs dans ce milieu que, sous l'inspiration d'un Cammerschulze, put apparaître ce que l'on nomma « le cénacle de Tübingen » où s'illustra également Tobias Hess, élève du recteur Oberhard Oppenheimer. Ici, en Vénétie, l'influence joachimite la plus marquante venait de Tommaso Campanella qui, quelques années plus tôt, avait apporté à Padoue, outre ses connaissances kabbalistes, une aversion tellement outrée pour Aristote qu'il avait fallu le prier de se retirer dans un couvent calabrais.

Matthias Matthias, tout à ses emblèmes, serait demeuré à Trévise plus longtemps si Balthasar, fort impatient, ne l'avait incité à quitter la ville en même temps que lui. Ils prirent donc la route pour Venise le 1er mai 1598, le soir venu dormirent dans un champ et, le lendemain, se retrouvèrent face à la lagune dont notre ami avait depuis si longtemps rêvé.

Ils prirent le bateau qui faisait la navette entre la terre et la ville. Un soleil radieux baignait ce merveilleux jour. Le cœur de Balthasar bondissait de joie. Et pourtant, que n'aurait-il pas donné pour que Camerschulze l'accompagnât! Peut-être ce Battista Strozzi qu'il devait rencontrer lui donnerait-il de ses nouvelles? Aussi dès qu'ils furent arrivés à quai, le premier soin de Balthasar fut de s'enquérir du Sestiere San Polo. C'est alors qu'il apprit qu'un « sestiere » est un quartier, et non une rue comme il l'avait cru. Qu'importe! Matthias et lui se dirigèrent vers ce quartier de la ville, empruntant les ruelles, les ponts surplombant les canaux, se perdant, revenant à leur point de départ, et finalement se retrouvant au pied de l'église San Polo elle-même alors qu'ils commençaient de désespérer de la rencontrer jamais...

Toutefois si le nom de Strozzi était fort connu, personne n'avait entendu parler d'un Battista Strozzi. Ainsi les deux jeunes hommes, à la tombée de la nuit, s'arrêtèrent fourbus dans une taverne où, après avoir dîné de poissons frits, ils demandèrent, une fois encore, si quelqu'un pouvait leur indiquer l'adresse de cet inconnu au patronyme si célèbre. C'est alors qu'un pêcheur qui buvait là leur conseilla de se rendre dans l'île de San Lazzaro où il lui semblait qu'un moine de la famille des Strozzi se nommait Dom Battista.

Le lendemain matin, Matthias quitta Balthasar. Il lui fallait rejoindre Padoue et il n'avait accompagné notre ami à Venise que pour lui être agréable. Kober lui promit de venir lui rendre visite et lui donna quelque argent pour achever son voyage. Puis il commanda une barque qui le conduisit au monastère de San Lazzaro. Il y arriva vers neuf heures. « Dom Battista? Il est au Sestiere San Polo! lui dit le portier. C'est lui qui est chargé de la restauration du chœur... Il ne rentre ici qu'à la nuit. » Tout s'expliquait. Balthasar revint donc sur ses pas et à midi pénétra dans l'église où, effectivement, un moine aidé de plusieurs laïques s'affairait.

S'étant approché du religieux, Balthasar appela doucement : « Dom Battista Strozzi... Dom Battista Strozzi... » Le moine leva la tête de son ouvrage et, le visage interrogateur, vint vers lui. C'était un homme d'une quarantaine d'années, aux traits d'une grande noblesse, au regard puissant. Balthasar lui tendit le message que Cammerschulze avait écrit. Il le lut rapidement, le rendit au jeune homme et lui dit en allemand : « Je vous entendrai volontiers en confession d'ici quelques instants, mon cher fils. Allez vous préparer auprès du confessionnal qui est au bas de la statue de saint Jacques. Je vous y rejoins. »

Balthasar alla s'agenouiller à l'endroit que le moine lui avait indiqué. Une prière fervente monta naturellement de son cœur : « Mon Dieu, que cet homme ait de bonnes nouvelles de Pappagallo et de Cammerschulze! », puis il attendit que Dom Battista en eût achevé avec une moulure de boiserie qu'il faisait installer au-dessus des stalles, moulure qui représentait des grappes de raisin entrelacées avec des coupes. Enfin le religieux abandonna ses aides, descendit l'allée centrale de l'église et pénétra dans le confessionnal après avoir revêtu une étole.

« De quoi s'agit-il, mon cher fils? » chuchota Dom Battista à travers la petite grille qui le séparait de Balthasar. « Je suis un disciple de Friedrich Cammerschultze..., répondit à voix basse le jeune homme. – Je ne vois pas de qui vous voulez parler... » fit Dom Battista. Balthasar se demanda avec inquiétude s'il ne s'était pas trompé de personne, mais il reprit : « Par Gilles et par Goupil, je connais aussi Pappagallo... – Je vois que vous connaissez beaucoup de monde, dit encore le moine, mais quoi encore? » Notre Balthasar demeura muet. Quel autre signe de reconnaissance attendait cet homme? Il bégaya : « Mon nom est Kober. Je suis né à Bautzen. Mon père et ma mère sont morts. Pappagallo m'a recueilli... » De l'autre côté de la grille, il y eut un long silence. Puis la voix sortit enfin de l'ombre : « Mon pauvre enfant... Lorsque vous sortirez, agenouillez-vous durant un moment comme si vous accomplissiez votre pénitence. Ensuite, allez chez Garganella, calle San Fantin. C'est une maison un peu particulière mais ce détail ne doit pas vous importer. Plus tard, je vous rejoindrai.

– Et Pappagallo? Cammerschulze? » demanda Balthasar. Le religieux était déjà parti. « Chez Garganella, calle San Fantin », répétait le jeune homme tout en faisant semblant de prier, puis en sortant de l'église et tandis qu'il cherchait « la maison un peu particulière » que son singulier confesseur lui avait indiquée. Il demanda son chemin deux ou trois fois et il lui sembla que l'on se riait. Enfin il se trouva dans la rue qu'il cherchait. Sur une enseigne était inscrit en vénitien et en lettres rouges sur fond d'or : « Garganella. Ici l'on reçoit », ce que Balthasar finit par déchiffrer. Il pensa qu'il s'agissait là d'une auberge.

A peine eut-il frappé que la porte s'ouvrit et que parut un personnage comme l'étudiant n'en avait jamais vu. C'était une femme revêtue d'habits compliqués et multicolores, pareille à une tour flanquée de pavillons, dont la tête s'ornait d'une chevelure rousse en forme de gâteau pyramidal en haut duquel brillait une étoile en verroterie. Cette créature carnavalesque arborait un sourire à faire bâiller la lune. Balthasar demeura sur le seuil, muet, pétrifié. Mais déjà d'autres donzelles déguisées et peinturlurées s'empressaient. On riait, on se bousculait comme pour venir admirer un singe. Enfin une matrone tout de noir vêtue s'avança, qui fit se disperser ce beau monde et qui, se penchant vers notre ami, lui demanda gentiment ce qu'il cherchait.

Balthasar, un peu remis de sa surprise, tenta de s'expliquer en vénitien, s'empêtra, revint à l'allemand que la Signora Garganella comprenait très bien. Aussi, dès qu'elle eut appris que le jeune homme lui était envoyé par Dom Battista, s'empressa-t-elle de le faire entrer et, à travers d'étroits corridors, de le mener dans une chambre où elle lui proposa de se reposer en attendant la venue du religieux, après quoi elle le laissa.

Balthasar était assez surpris de l'atmosphère de cette maison, et il ne comprenait pas pourquoi toutes les dames qu'il avait vues étaient ainsi affublées, mais il pensa que ce devait être la mode dans la société vénitienne et commença de s'impatienter en l'attente de celui qui, enfin, allait lui donner des nouvelles de Pappagallo, de Rosa et peut-être même de Cammerschulze. Il ne se présenta, en fait, que trois heures plus tard et alors que Balthasar, seul dans cette chambre, s'était assoupi.

Dom Battista Strozzi avait gardé de son ascendance florentine une certaine élégance aristocratique que la bure ne parvenait à dissimuler. Il s'assit en face de notre ami et lui dit : « Veuillez me pardonner de vous avoir interrogé de la sorte, tout à l'heure... Nous craignons les pièges du Saint-Office. Plus de trente de nos amis ont été attirés hors de la Sérénissime sous quelque prétexte et se retrouvent aujourd'hui en prison à Rome. – Et Pappagallo? » demanda Balthasar. Dom Battista baissa les yeux : « Il est à Rome. – En prison? Entre les mains du Saint-Office? – Non, non! Rassurez-vous. Il est libre, bien qu'il se cache. Tant que le procès de Giordano Bruno ne sera pas terminé, il demeurera là-bas.

– Et Rosa? Les autres comédiens? – Ils sont ici, à

Venise », dit le moine. Le cœur de Balthasar bondit de joie. Mais Dom Battista poursuivait : « Quant à Cammerschulze, mon cher enfant, il faut que je vous apprenne la vérité. » Il ne savait comment expliquer ce qu'il avait à révéler. Il hésita durant un instant, puis il commença : « La dernière fois que vous vîtes votre excellent maître, ce fut à l'auberge de Bozen. Un certain Flamand, du nom de Duesberg, partagea votre repas. Après quoi les deux hommes sortirent et ne revinrent plus. Que s'était-il passé? Eh bien, mon cher enfant, il advint que ce Duesberg jouait l'ivresse et était, en vérité, envoyé auprès de Cammerschulze par les autorités luthériennes de Dresde et de Nuremberg pour lui proposer un terrible marché. »

Balthasar écoutait Dom Battista avec une émotion qui lui serrait si fortement la gorge qu'il avait du mal à respirer. « Le marché consistait en ceci : ou Cammerschulze se laissait ramener en Allemagne où on lui garantissait un procès équitable, ou vous, Balthasar Kober, étiez exécuté, séance tenante. Les deux femmes qui vous accompagnaient portaient sur elles le poison qu'il leur suffisait de verser dans votre verre. Cammerschulze monta dans la voiture qui l'attendait. »

Balthasar éclata en sanglots. Ainsi c'était pour le sauver, lui, misérable jeune homme, que l'un des plus grands esprits de l'Europe s'était sacrifié? « Mais pourquoi toute cette haine de Frankenberg contre nous? demanda-t-il enfin. – Mon cher enfant, pour que vous compreniez les raisons de cette lutte implacable, il faut que vous sachiez que Cammerschulze fut toujours suspecté par Frankenberg de propager les idées de Thomas Münzer. Ce Münzer avait été envoyé par Luther à Zurich pour prêcher l'Evangile. Or il se prit d'amitié pour un certain Nicolas Storch, marchand drapier, avec lequel il fonda une secte qui, très rapidement, se révolta contre Luther. Animés par une exaltation ontrancière, ces frères se prirent à prôner l'éminence de l'Esprit-Saint sur le Christ, à critiquer la Réforme et le réformateur qu'ils placèrent dans le même sac que le Pape! De surcroît, Münzer et ses disciples se mêlèrent à la révolte des paysans de Thuringe, traitant Luther de « docteur Mensonge », de « païen corps et âme », de « masse douillette, jouisseuse et spirituelle »... Il eût été curieux que les choses pussent s'arranger!

– Mais, fit Balthasar, Cammerschulze n'a jamais professé devant moi des idées pareilles! – Sans doute, répondit Dom Battista, mais Frankenberg et ses recteurs demeurèrent persuadés que la confrérie des Galopins était le prolongement de la secte de Münzer et des Taborites. Pour eux Pappagallo, Cammerschulze, Zimmermann n'étaient autres que des révolutionnaires qui cachaient leur dessein de renverser l'Eglise sous des dehors philosophiques. Münzer n'avait-il pas écrit que l'on avait besoin d'un nouveau Jean qui vienne, selon l'Esprit d'Elie, souffler dans les sonores et sensibles trompettes, afin qu'elles retentissent de l'ardeur que donne la connaissance de Dieu? N'avait-il pas ajouté qu'aucun de ceux qui feraient obstacle à la Parole de Dieu ne serait épargné? Dès que les Galopins soutinrent les tisserands en crise, on les accusa de vouloir s'opposer au luthéranisme... »

Dom Battista poursuivit : « En vérité, ce que redoutent le plus un Frankenberg et un Schedel est un retour du Christianisme au Judaïsme. Il est clair, en effet, que si l'on supprime le Christ pour le remplacer par l'Esprit, on se retrouve face à la Shekina. De même, nous, catholiques, prétendons que si l'on supprime la Vierge, on se retrouvera devant la Sophia des Gnostiques. Réfléchissez bien au fait que lorsque la présence réelle du Christ dans l'Eucharistie fut contestée, on alla rechercher l'alchimie et la transmutation de la matière par une manière de compensation. Or qui est Friedrich Cammerschulze? Un alchimiste, un kabbaliste et l'un des trois grands maîtres des Galopins. Qui ne le suspecterait?

– Mais, dit Balthasar fort troublé, vous-même, qui êtes moine de San Lazzaro, qu'en pensez-vous? » Dom Battista sourit : « Oh! mon cher enfant, si le Saint-Office connaissait le fond de ma conscience, je serais déjà installé sur le bûcher! Pour moi l'erreur de Rome remonte au *filioque*. Dès qu'il fut décidé que l'Esprit-Saint procédait non seulement du Père mais du Fils, deux erreurs inverses s'instaurèrent : l'une qui donnait préséance au Fils sur l'Esprit, et donc, à l'Eglise de Pierre sur l'esprit de prophétie; l'autre qui plaçait historiquement l'Esprit après le Fils et donc le désignait comme une nouvelle révélation par rapport à Jésus! Combien Byzance fut plus sage en faisant procéder identiquement Fils et Esprit du Père!

– Que va devenir Cammerschulze? demanda Balthasar. – Un procès lui sera intenté, procès qui viendra s'ajouter à celui qui fut instruit lorsqu'il se cachait sous le nom de Frank Müller. Que vous dire de plus? » Le jeune homme ravala ses larmes et, se levant : « Je veux voir Rosa... Où est-elle? – Elle est déjà avertie de votre présence en cette maison. Elle viendra nous rejoindre tout à l'heure. Et certes je comprends votre émotion, mon cher enfant, mais il importe que vous vous repreniez et songiez à votre avenir le plus immédiat. Rosa vous aidera à décider de ce qui vous conviendra le mieux. Naturellement, je serai également là pour vous conseiller si vous le désirez. Mais n'oubliez jamais que si dans les limites du territoire de la République de Venise vous êtes en relative sécurité, hors de ses frontières tout peut malheureusement advenir... »

Balthasar demanda : « Et ces dames? Cette maison? » Dom Battista eut un sourire amusé : « Ce n'est guère un endroit pour un jeune homme, et encore moins pour un religieux, mais la Signora Garganella protège les Galopins. Sa maison est le dernier endroit où le Saint-Office songera à nous chercher. Tandis que ces dames vaquent à leurs affaires au rez-de-chaussée et dans les étages, nous tenons conseil dans les combles. – Ne s'étonne-t-on pas qu'un moine pénètre en un tel lieu? fit Balthasar horrifié. – La pourriture est telle que nul ne s'étonnerait si le Pape lui-même y entrait », dit gravement Dom Battista.

22

Lorsque la jeune fille parut, Balthasar Kober ne la reconnut pas. Qui était cette demoiselle un peu timide qui avançait en rougissant? « Rosa! » Le nom s'échappa de ses lèvres avant même qu'il eût compris que c'était l'amie de Pappagallo qui venait ainsi vers lui. Ils tombèrent dans les bras l'un de l'autre en sanglotant, et demeurèrent comme pétrifiés durant un instant; puis ils reculèrent, se considérèrent avec un mélange de stupéfaction et de joie. Car depuis qu'ils s'étaient quittés après s'être si peu connus, ces deux êtres s'étaient forgé une image l'un de l'autre qu'ils confrontaient maintenant avec la réalité; et cette réalité ne dut pas être trop différente de celle qu'ils avaient imaginée puisque, par un élan tout juvénile, ils s'élancèrent de nouveau l'un vers l'autre pour s'embrasser.

« Eh bien, fit Dom Battista après avoir toussé, vous voilà donc réunis, mes bons enfants. Pareils au peuple hébreu, vous avez quitté l'Egypte. Maintenant il va vous falloir marcher ensemble en direction de la terre qui vous fut promise. Pardonnez à un religieux tout encombré de l'Ecriture de vous parler ainsi, mais peut-être est-ce aussi l'émotion de constater qu'au milieu de tout ce fatras qu'est le siècle, l'amour jamais ne cesse... Car, vous le savez, l'Esprit est Saint-Amour. Il est en travail d'enfantement dans nos abîmes. Dieu, c'est le pouvoir de transformer le monde... » Il s'arrêta, ému et quasiment gêné par la gravité des paroles qu'il venait de prononcer. Puis, en balbutiant, il prit congé.

Les deux jeunes gens demeurés seuls dans la chambre n'osaient plus lever leur regard. Rosa s'était souvenue d'un enfant. Elle retrouvait l'homme qu'elle avait prié Dieu de lui donner. Balthasar, à travers ses rêves, avait évoqué une merveilleuse femme qui chantait en s'accompagnant au luth, belle mais inaccessible. Il retrouvait une Ursula plus humaine et plus proche que ne l'était la fille du luthier de Nuremberg. Dans la coïncidence du luth et du luthier, Balthasar vit un signe et même un véritable sceau qui liait désormais sa destinée à celle de Rosa. Ce qu'il avait tant cherché en parcourant les routes d'Allemagne, ce n'était point une philosophie, ni une religion. C'était l'amour. Maintenant il le comprenait.

Ainsi Rosa et Balthasar furent un long moment sans oser bouger ni parler. L'évidence formidable et quasiment redoutable de leur union les emplissait de stupeur et d'un bonheur si éclatant qu'ils ne parvenaient à s'exprimer – et sans doute n'y songeaient-ils pas? Enfin ils se mirent à rire tous les deux, à rire de la farce étonnante que Dieu leur avait préparée. Balthasar croyait rechercher Pappagallo et c'était Rosa qui l'appelait! Tout devenait clair, à présent, y compris ce terrible sentiment d'exil qui l'avait poussé à écrire les pages de son livre.

Ils quittèrent la maison de la Signora Garganella sous l'œil attendri des filles et, toujours en silence, gagnèrent l'île de Giudecca où Rosa habitait. Cette traversée de Venise fut semblable à ces songes dans lesquels tout le passé se recompose par morceaux et dans un ordre bouleversé. Devant l'église San Aponal, le tribunal des recteurs Frankenberg et Schedel n'était plus que le théâtre d'un montreur de marionnettes dont une assemblée d'enfants se riait. En traversant le pont du Rialto, tous ces gens qui discouraient n'étaient plus les protagonistes de vaines disputations dans les universités ou les halles; c'était les marchands qui d'un étal à l'autre s'interpellaient parmi les sacs regorgeants d'épices et de fruits d'Orient.

Après qu'ils eurent passé la Tour de l'Horloge et qu'émerveillé Balthasar eut pénétré dans la basilique, ils prirent un bateau pour gagner l'île. Toute une flottille les accompagnait. Etait-ce la tendre Valentina, Gertrud, le cher Johann Siegismund et la kyrielle d'enfants qui ainsi les escortaient, portant des palmes? A l'enseigne de l'Oie et du Gril, était-ce la mère et les compagnons charpentiers de Cobourg qui les accueillaient? « Voilà Balthasar », fit simplement Rosa. La mère joignit les mains et, ravie : « Mon Dieu, comme il est grand, ce monsieur Balthasar! Toi qui me l'avais décrit comme un enfant! » Et elle embrassa notre ami par trois fois, à la façon des Galopins.

Des compagnons se levèrent et s'approchèrent. Ils avaient tous suivi les aventures de Balthasar que des voyageurs leur avaient rapportées au fur et à mesure qu'elles se déroulaient. Rosa avait pleuré durant des nuits entières alors que l'étudiant était enfermé dans les geôles de Nuremberg; elle avait exulté de joie lorsqu'elle avait appris qu'il s'était évadé. Plus le temps passait, plus elle s'inquiétait du sort de celui qu'elle aimait sans s'avouer à elle-même la réalité précise de cet attachement. Les compagnons la consolaient, lui faisaient partager leur patience et leur espoir. Maintenant, ils s'empressaient pour embrasser Balthasar et lui souhaiter la bienvenue.

Balthasar, qui s'était tu jusqu'alors, tant l'émotion le

poignait, pensa qu'il était bon de prononcer quelques paroles afin de remercier ceux qui si gentiment l'accueillaient. Il dit : « Vous, la mère, vous les compagnons, mes frères, mes amis... » et il s'arrêta stupéfait. Les mots lui venaient avec aisance. Sa langue était déliée. Il ne bégayait plus. Alors, s'enhardissant, il reprit : « Voilà qu'au terme d'un long voyage je rentre ici comme en ma demeure maternelle. Galopins, c'est à vous que je dois la vie sauve, vous qui m'avez sans cesse conseillé, sans cesse conduit sur les routes, sans cesse hébergé. Pappagallo m'a ouvert les yeux. Cammerschulze m'a tout appris. Mais je sais aujourd'hui que toute cette éducation n'avait qu'un but : ouvrir mon cœur aux voies de l'amour et de la fraternité universelle qui est le plus haut secret des Galopins. Mes frères, c'est au service de cette œuvre que, devant Dieu et devant vous, je promets de me consacrer désormais, avec votre aide et celle de Rosa! »

On l'acclama. La mère versa quelques larmes. Puis on passa à table où l'on porta des santés à tout un chacun. « Nous demanderons à Dom Battista de bénir notre mariage », proposa Rosa. Et ainsi fut fait, deux mois plus tard. Les jeunes gens s'installèrent non loin de San Marco dans une petite maison sur le toit de laquelle s'ouvrait une terrasse qu'ils transformèrent en jardin. Rosa avait abandonné la comédie et ne chantait plus que pour Balthasar. Lui, il écrivait du matin à la tombée du jour, et ainsi commença cette œuvre qu'il avait commencée dans la souffrance et qu'il poursuivit dans la sérénité.

Autour de Kober s'assemblèrent rapidement d'autres penseurs, des hommes de science, des religieux, des philosophes, formant ce que l'on appela plus tard le « cénacle des Amis de Dieu », ou encore « l'Ile verte » en souvenir de Rulman Merswin de Strasbourg. Friedrich Cammerschulze fut condamné à vingt ans d'emprisonnement par le tribunal de Dresde mais le recteur Dietrich Frankenberg ayant rendu le dernier soupir quelques mois plus tard son procès fut révisé. Libéré, il regagna sa Brême natale où il n'acheva son existence qu'en 1630, ayant formé de nombreux autres disciples. Quant à Pappagallo, après que Giordano Bruno eut été brûlé sur ordre de l'Inquisition, il quitta Rome pour un couvent de Sicile où il se retira.

L'œuvre de Balthasar Kober fut immense. Outre les vingt-trois ouvrages qui furent publiés de son vivant, et dont les principaux demeurent *La Gloire de Dieu*, *La Jérusalem Céleste* et *Triomphe de l'Esprit*, il dirigea les travaux de ses disciples parmi lesquels devaient s'illustrer Marco Bozzini et le Souabe Jakob Ghert. Décrié par les réformés tout autant que par les catholiques, son influence n'en fut pas moins considérable. Sa pensée résumait l'idéal d'une renaissance chrétienne et annonçait l'âge des « lumières ». Le Christ vivifié sans cesse par le Paraclet donnait accès à la connaissance du Père par l'amour des hommes. C'est l'amour des hommes qui est le moteur de la prophétie, car « en tout homme est Dieu qui veille ».

Rosa eut trois enfants, de telle sorte que fut réalisée une fois encore la parole du roi Salomon : « Mon bien-aimé est descendu à son jardin aux parterres embaumés, pour paître son troupeau dans les jardins, et pour cueillir des lis. Je suis à mon bien-aimé, et mon bien-aimé est à moi! Il paît son troupeau parmi les lis. » Ainsi s'achève le récit des tribulations de Balthasar Kober en sa jeunesse. Ces aventures auraient pu être plus longues ou plus courtes, et même quelque peu différentes, sans que le sens de notre histoire en fût changé.

C'est ainsi que dans une autre version, on apprenait que Pappagallo n'avait, en fait, jamais quitté Balthasar et que, rompu à l'art de se travestir, c'était lui qui, sous le nom de Cammerschulze avait guidé son disciple à travers l'Allemagne sans que ce dernier le reconnût, lui qui s'était sacrifié pour le sauver des mains du recteur Frankenberg, lui qui enfin l'avait amené à aimer Rosa, avant de gagner Brême, un couvent de Sicile, la Chine ou quelque autre endroit où, n'en doutons pas, il continue à enseigner de nouveaux disciples. Car, comme eût pu le dire Matthias Matthias : « Les événements ne sont que les blasons de l'esprit. »

Paris
Noël 1976
Pentecôte 1980.

POSTFACE

« *En toute matière (et la littérature* est *matière, quoique plus subtile que ne le conçoivent ordinairement ses adeptes), se pose la question du sens. Mais on peut craindre que cette question, devant la fugacité, la friabilité de son objet, ne se réduise à cette formulation désabusée : à quoi bon? Encore que cette formulation (à quoi* bon*?) ne soit après tout que la leçon boudeuse d'une autre interrogation essentielle : quel est l'objet, quelle est la fin de la littérature?*

*L'on est tenté, devant le déferlement, toujours accéléré, d'œuvrettes circonstancielles, de répondre par un haussement d'épaules; ou, contre le matérialisme de la plupart des théoriciens (chez qui, par une inversion qui serait risible si elle ne se posait en norme, la théorie ou la critique de l'œuvre est devenue l'œuvre – faute de quoi, supputent-ils, cette œuvre demeurerait instrument d'oppression, véhicule d'idéologies aliénantes, etc.), de renoncer complètement à poser même cette question, et de se contraindre à la questionner, puis à questionner ce questionnement (*perpetuum mobile*!)* »

J'échangeais ces remarques douces-amères avec le Professeur Adrien Salvat, que l'urgence de cette postface m'avait induit à convier, devant une chope de bière, à un interrogatoire courtois. Le professeur, commentateur perspicace de La Geste Serpentine[1] *pouvait en effet, seul à Paris, me communiquer la substance des rares ouvrages d'A. de Crancé, dont la* Missa sine Gloria, *publiés sans nom d'éditeur par les soins diligents du prince Moukhransky, reste cependant introuvable, fût-ce aux rayons des plus tortueux libraires. On dirait que Crancé avait établi, à contre-courant de la mode, une « théorie de l'art » absolument révolutionnaire dans la mesure où elle coïncidait, au terme de sa révolution, avec les plus anciens enseignements des Sages. Et, considérant la singularité de l'œuvre de Frédérick Tristan, pris d'un vertige devant la nécessité d'« éclairer », de mes faibles lumières, quelques aspects de cette singularité, j'étais impatient de connaître un système qui permît d'en débrouiller au moins quelques fils.*

*« L'*avant-garde, *me disait Salvat, ne peut être que le bien le moins précieux – celui qu'on* expose *sans plus de remords qu'un général ses plus grossières troupes. C'est que l'avant-garde procède, selon la terminologie de Crancé, de la partie « mécanique » de la « conscience » (mécanique, ou encore, « imitative » et « répétitive »). Contrairement à l'antienne, l'avant-garde n'est pas novatrice (ni le soldat « courageux ») : elle « casse » ses outils, « nettoie » la place comme le soldat « casse » du « Viet » ou « nettoie » une cuvette, alors que la grande, l'unique affaire au nom de quoi les soldats s'entretuent (l'avant-garde ne se renouvelle que par une perpétuelle agonie) est d'instaurer la paix. Certes, la paix ne se conquiert qu'au terme d'un terrible combat – mais on confond ici la fructueuse lutte avec l'Ange, d'où surgit l'œuvre d'Art, avec le « casse-pipes » – au terme duquel ne fleurissent parmi les ruines que ces monuments aux morts qui défigurent toutes les places. »*

1. Ed. de la Différence, 1978

Le professeur eut un soupir, et, plissant ses yeux cerclés de noir et de bleu, reprit : « Ce qui ne va pas, c'est que l'équipage n'a pas de maître. La voiture pourrit, le cheval s'impatiente et le cocher s'enivre. Or, que représente cette image? L'état réel de la « conscience » qui s'imagine pourtant gouverner quand, tour à tour, un de ses éléments proteste au détriment des autres une tout illusoire suprématie. Vous comprendrez que tout art et toute critique s'inscrivent dans l'un des registres signifiés par cette tripartition : le « corporel », le « sentimental » ou l'« intellectuel »; tout art et toute critique subjectifs. L'art objectif, la critique objective ne sauraient procéder que du maître. Les exemples n'en paraissent pas cent fois par semaine aux vitrines des librairies. Ni cent fois par mois, par an, par génération, par siècle. Comprenez bien : il n'y a d'équipage que pour un voyage et de grande œuvre qu'orientée. Qui décide de l'itinéraire, et qui gouverne l'équipage? Voilà les sagaces questions. »

La longue familiarité du professeur avec Frédérick Tristan, dont il avait annoté, à sa manière érudite et narquoise, la Geste Serpentine, m'induisait à boire, littéralement, ses paroles. Il voulut bien m'exposer, dans le plus infime détail, la méthode de Crancé. Je pris des notes à m'en tordre la main. Le lendemain, sans les relire, et sous le charme persistant de sa conversation, j'ouvris le livre que Frédérick m'avait fait, en manuscrit, tenir.

« Les Tribulations héroïques de Balthasar Kober ». Tel m'apparut le titre, le linteau de cet ouvrage. Or, tout en proie que j'étais à l'excitation de la veille, me vinrent à l'esprit quelques réflexions, que ma nescience ne permettait pas de diligemment ordonner, mais que je pris le parti de noter, naïvement et scrupuleusement, durant ma traversée du livre.

Et d'abord, ce titre. Il résonnait à mes oreilles à la

manière des anciens contes, et en particulier des Mille et Une Nuits. *Je ne pouvais non plus m'empêcher d'évoquer Gurdjieff et ses* Rencontres avec des Hommes Remarquables, *sa condamnation sans détours de la « parole putanisée », son émerveillement devant les* ashoks *de son enfance, ces « bardes locaux » réunis en tournois pour de fraternelles joutes, de loyaux affrontements. Le titre de Tristan figurait bien ces* apprentissages *que le Conte ou l'Epopée nous narrent invariablement – tantôt avec simplicité, tantôt de « serpentine » façon; offrant toujours un miroir, non aux bords des chemins ou des routes, mais au voyageur, pour qu'il y découvre son visage originel. Ces œuvres violentes étaient reléguées par les doctes au rayon des bibliothèques enfantines; eux, se nourrissaient de « tranches de vie » ou de « portions de rêve » dûment emballées, congrûment stérilisées, comme un œuf exilé de sa coque et soumis à un parallélépipède en plastique, évidemment* transparent. *Je pensais aux Contes et je pensais à Poe, à ses* Histoires Grotesques et Sérieuses, *et que ce n'était pas un hasard si le précédent livre de Tristan s'intitulait :* Histoire Sérieuse et Drolatique de l'Homme sans Nom[1], *titre qui, par sa deuxième épithète, dirigeait l'esprit vers Balzac, moins au reste pour signifier ses textes mineurs que pour susciter une association : Balzac, Baudelaire, Poe – Baudelaire constituant, par son génie critique, la justification de cette tératologique triade.*

« Surnaturalisme et ironie » – je me rappelais ce « programme » baudelairien et ne pouvais que constater que Frédérick Tristan y avait souscrit, depuis le Dieu des Mouches[2] *dont le titre énigmatique désigne un personnage qui n'agira vraiment* à découvert *(ou presque) que dans les* Tribulations. *La manière dont se nouait cette*

1. Balland, 1979
2. Grasset, 1959

« chaîne d'union » me fascinait, comme m'éblouissait à présent la cohérence de l'œuvre de Tristan, telle que la désignaient ses titres : Le Dieu des Mouches, Naissance d'un Spectre[1] *(le géniteur et son fruit, pensai-je); et dans le premier titre, la périphrase se double d'une antiphrase; antiphrase aussi dans le second, mais il ne s'agit pas d'une figure de rhétorique, c'est une figure de* métaphysique. *Puis :* Journal d'un Autre[2] *(et les inévitables associations :* Je est un autre; Je ne suis pas au monde*). Cette partie de l'œuvre, aux titres « classiques » et, pris séparément, « anodins » – la narration y est, elle aussi, toute piégée qu'elle apparaisse* a posteriori, *« classique » (c'est-à-dire, en vérité, « moderne » : je devais me représenter par la suite tout le « sel » de cette inversion) – culmine et se résout en un quatrième et formidable ouvrage,* Le Singe Egal du Ciel[3]. *(*Qui *est ce Singe,* Qui *est ce Ciel, en* Quoi *consiste leur Egalité?), véritable épopée qu'on pourrait sous-titrer, plagiant Breton :* Discours sur le peu de réalité. *On dirait qu'à partir de ce livre le Singe imprime à l'œuvre de Tristan sa marque ineffable. Et d'abord, il inaugure une série de pérégrinations que, par personnages interposés (mais en est-il vraiment ainsi?), l'écrivain s'impose, comme si tout d'un coup l'espace imaginal avait appelé (pour une « croisade » permettant de le définir) son esprit aventureux. Car cet espace est tel qu'il n'existe que par la vertu de qui, se mesurant à lui, le mesure et se mesure.*

Le mesurant et se mesurant, l'homme se métamorphose et métamorphose son aire. C'est qu'il n'existe et que rien n'existe que par la mesure, qui est une fiction du mental; et c'est pourquoi, la démesure en est le contenu « réel ». Comme on mesure la vraisemblance il faudrait tout aussi

1. Christian Bourgois, 1969
2. Christian Bourgois, 1975
3. Christian Bourgois, 1972

bien « dé-mesurer » le vrai, pour le saisir. C'est à quoi s'emploie, dans ses derniers ouvrages, Frédérick Tristan. La Geste Serpentine *(encore une antiphrase) provoque un nouveau dépaysement (du, ou des personnages; du, ou des conteurs, et de leur auditoire) et ce dépaysement est au sens propre une dépossession. Cette dépossession s'opère doublement : je suis, nous sommes dépouillés de ce que nous possédions (croyions posséder), nous cessons par là d'être nous-mêmes possédés (par Ce qui, par Qui nous possédait). De même, le mouvement (que dénote la Geste) ne s'opère pas de ce lieu-ci à ce lieu-là, mais au contraire de ce lieu-là à ce lieu-ci (que nous n'avions jamais quitté). Notre voyage s'effectue dans un* Train immobile[1] *qui est (entre autres choses) une représentation de notre mental. Venise, le terme de ce voyage particulier en est une autre : « Elle est une architecture fondée sur le vide, mais c'est une architecture. »[2] Si nous ne savons pas Où nous sommes ni Où nous allons (le tout est d'aller nous rechercher nous-mêmes par la peau du cou là Où nous ne sommes pas, pour nous ramener en nous-mêmes, Où nous Sommes), nous ne savons pas Qui nous sommes, ni Combien nous sommes – et c'est ici le troisième mode de notre dépossession, figurée par* L'Histoire Sérieuse et Drolatique de l'Homme sans Nom[3]. *Je suis, nous sommes cet Homme sans Nom parce que Je suis, nous sommes dépossédés de nous-mêmes. Cette dépossession peut être inconsciente* (Le nom de l'homme est Légion) *ou consciente, et, dans ce cas, fonde notre* identité *par la figure de la* Communion des Saints. *Si la critique a pu comparer les œuvres de Tristan et de Borges, c'est que Borges a exploité théâtralement les données spéculatives de ce thème. Cependant,*

1. Balland, 1979
2. *Le Train Immobile*, p. 43
3. *op. cit.*

si elle est valide, cette comparaison reste superficielle (identité de motif = identité de conception). De même reste inopérante la filiation qu'on lui impute avec les Romantiques Allemands (parce que l'Allemagne est l'un des territoires de sa dépossession) (identité de flacon = identité d'ivresse).

*L'histoire de l'Homme sans Nom est « sérieuse » et « drolatique ». La conjonction exprime ici beaucoup plus qu'une alternance temporelle (*tantôt *sérieuse et* tantôt *drolatique) – elle exprime une identité (sérieuse* en même temps que *drolatique), mais une identité qui échappe à la rigueur de la logique d'identité (A = A ≠ non.A), s'exprime dans l'ordre imaginal (A = A ≠ A ≠ non.A = non.A). Ainsi pour reprendre la terminologie bouddhiste, Nirvana* est *Samsara; chrétienne, le Premier* est *le Dernier; c'est pourquoi dans* Géants et Gueux de Flandre[1]*, il faut comprendre que les Géants sont gueux et les Gueux géants.*

Revenait maintenant à mon regard le titre de ce dernier roman : « Les tribulations héroïques... » Si ma première attitude avait été de me réjouir d'entendre conter une « belle » et « mirifique » histoire, examinant ce titre de plus près, je fis les remarques suivantes. Le terme de « tribulation » s'était ainsi que beaucoup d'autres, en passant au langage profane, affadi : mais c'était bien, je me le rappelais, détresse et tourment que par son ancêtre latin l'Eglise voulut exprimer. Il n'était pas en outre indifférent que le mot dérivât du verbe tribulare, *proprement : retourner la terre d'une herse; comme si détresse et tourment ne constituaient que le térébrant prélude à l'ensemencement, puis à la germination. L'héroïsme qui accompagnait ces tribulations ne devait pas non plus se réduire à la digne mais terrestre acception que lui réserve le langage quotidien : il s'agissait bien de*

1. Balland, 1979

cet héroïsme mythologique, de ce statut intermédiaire entre l'homme et les dieux, quoique de l'accouplement de l'épithète grecque et du substantif romain dût résulter un radical dépeuplement du vénérable Panthéon.

Attentif à la leçon du titre, j'entrai dans le livre. Je fus transporté dans l'Allemagne de 1580. (L'Allemagne encore, mais quelle Allemagne? N'était-ce pas, après l'Allemagne du Spectre, *cette Allemagne « d'où tout ce que nous pouvons penser de plus* nous-mêmes *est venu et reviendra »?*[1] *Ou n'était-ce pas,* tout à la fois, *cette Allemagne-là, cette Allemagne-ci – le point* idéal *de rencontre entre la Mort et la Vie?) Pourquoi l'Allemagne? Et pourquoi 1580? Parce que l'Allemagne, outre sa mystérieuse excellence, devinée, contre son penchant, par André Breton, constitue à la fin du seizième siècle une sorte d'*athanor *où s'opérera l'essentielle transmutation de la pensée renaissante sous les espèces de la Théosophie, de la Philosophie de la Nature et du Romantisme. Balayée par la Réforme, secouée par la Contre-Réforme, l'Allemagne, et particulièrement la Silésie luthérienne où naît le héros de Tristan, est de ces lieux où peuvent se conjoindre diverses forces. Le père de Balthasar est un disciple de Paracelse; son maître, Friedrich Cammerschulze, un théologien qui intègre à sa pensée les enseignements de l'Alchimie et de la Kabbale.*

Ce ne sont pas des noms de lieux qui déterminent la « géographie » essentielle du récit, ni l'« histoire » dont cette « géographie » sera le site, mais des noms de théologiens, de philosophes, de savants; des titres d'ouvrages, imaginaires ou réels : Le chemin pour aller à Dieu par la connaissance de l'origine et des trois essences *(Redivivus);* De verbo mirifico *et* De Arte cabbalistica *(Reuchlin);* L'expulsion de la bête triom-

1. André Breton, « Le Merveilleux contre le Mystère », in *La Clé des Champs,* 10/18, p. 8

phante, *(Giordano Bruno);* Liber paramirum *Paracelse;* Tractatus de immortalitate animae *(Pomponazzi)...*

Or, dans cette Allemagne « probable » s'accomplit le très « improbable » apprentissage de notre héros. Très « improbable », si l'on s'en tient aux exigences de la « vérisimilitude », et cependant absolument véridique, parce que l'apprentissage de Kober est la figure de tout *apprentissage.*

Ce jeune homme malingre et bègue doué d'un « sixième sens » qui lui permet, durant toute sa vie, « de communiquer avec la seule réalité véritable », *converse aussi facilement avec les morts qu'il est peu disert avec les vivants, fréquente les Anges et les Prophètes, se collette avec le Diable, va d'extase en vision, descend aux Enfers, monte au Ciel, connaît la Béatitude, endure la Déréliction; et cependant, mange, boit, dort, rit et pleure, vole de ville en ville, poursuivi par la chiourme, persécuté par l'autorité, trahi par l'un, sauvé par l'autre, tour à tour victorieux et vaincu, tandis que s'effectue malgré lui mais conformément à sa nature originelle le passage, par instants tragiques, de l'adolescence à l'âge d'homme, et de l'Allemagne à Venise.*

L'apprentissage de Kober, il est utile de le souligner, est un apprentissage d'écrivain. *A l'intérieur, au cœur du livre de Tristan sont des chapitres du premier livre de Kober,* Le livre de l'Exil *(et c'est l'un des plus beaux qui soient). Mais ce livre, écrit par Kober, est-il de Kober? « Ce qu'écrivait Balthasar lui venait de ces espaces dont il parla plus tard comme des* vrais espaces de la vie, nous qui avons la naïveté de croire que l'inconnu est la doublure du connu, alors que c'est justement le connu qui est le corridor de l'inconnu. » *Je ne pouvais, tombant sur cette phrase, m'abstenir de poser la question : d'où vient à Tristan ce qu'il écrit? De quels espaces et de Qui dans cet espace?*

Venise symbolise essentiellement ce « comble de

l'art », qui est « rencontre entre deux labyrinthes, dialogue entre deux absences »[1]. Mais, si, dans Le Train Immobile, Vittorio Rancini définit par ces mots les rapports paradoxaux de la ville et des hommes, il faut ici résolument les appliquer à l'œuvre et à son « auteur ». La confrérie des Galopins – qui tisse l'un des fils entrecroisés du récit, et reste, en tant qu'egrégore, la principale initiatrice du héros – s'occupe de la construction du Temple. Ce Temple est évidemment orienté, mais il l'est doublement : il l'est en plan et il l'est également en élévation. Le parcours initiatique s'effectue rituellement d'Occident en Orient. Mais ce parcours rituel n'est que la figuration d'un voyage essentiel qui lui s'effectue, symboliquement, de la Terre au Ciel, du nadir au zénith. En d'autres termes, l'Orient est également au zénith. En littérature, le problème du sens est pour l'essentiel un problème de causalité. Mais la conscience vigile n'a la faculté d'envisager qu'une causalité « plane ». C'est pourquoi les rhétoriqueurs, abusés par la métonymie, s'imaginent détruire le Temple en en disloquant et en en éparpillant les ornements et le mobilier. Ils agissent sur le « langage » qui n'est que le signe de la Parole. Et ils n'atteignent en rien ce qui fonde la validité de l'édifice, savoir, sa verticalité.

Ici venait de se renouer le premier fil. Quel était l'objet, quelle était la fin de la littérature? Ou plutôt, pour revenir à la terminologie de Crancé, de l'art objectif? Quels étaient-ils, cet objet, cette fin, sinon de manifester la Parole? Mais que signifiait cette Parole, et sa manifestation? D'où surgissait cette voix qui inspirait à Kober son Livre de l'Exil, à Frédérick Tristan ses Tribulations de Kober? Il fallait comprendre que la Parole, comme le Ciel, ne se percevrait qu'en élévation. Que toute œuvre d'art est un sursum corda. Que l'équipage voyage

1. *Le Train Immobile*, p. 45

aussi vers le haut. Que la Parole, que le Ciel sont immédiatement perceptibles aux deux facultés supérieures qui sont, dans le langage de Crancé, le « centre intellectuel » et le « centre émotionnel » supérieurs. Que de ces centres, nez à terre comme nous sommes, nous ne pouvons qu'être coupés. Que si l'architecture fut un art majeur, c'est qu'elle opéra le nécessaire retournement, permit aux facultés supérieures de s'exercer. Que la littérature est architecture et non broderie sur un canevas. Que cette architecture est louange, mais que les monstres n'en sont point bannis.

Puis Les Tribulations de Balthasar Kober *disaient encore : il n'y a pas de Jour sans Nuit, pas de Présence sans Absence, pas de Parole sans Silence, pas de Galilée sans Désert, pas de Résurrection sans Mort. Elles disaient : pas d'Illumination sans Folie, pas de Raison sans Déraison, pas de Vie sans Anéantissement. Elles disaient : pas de Temple sans Homme et pas d'Homme sans Dieu. Elles disaient : le Cosmos est un ordre, mais il est fils du Chaos. Le Chaos est Espace béant, lieu de la Causalité, Vide; et le Vide a fertilisé le vaste sein de la Matière. Mais il ne l'eût pas fait s'il n'eût été pénétré de la douce langueur d'Eros, le plus beau des Immortels. Non, les* Tribulations *ne disaient point cela. Mais également, oui, elles le disaient. Elles disaient que le Oui et le Non perpétueraient leur lutte stérile s'ils ne se conjoignaient dans l'Amour, la Sainte Conciliation de l'Amour. Elles disaient toutes ces choses, ou elles ne les disaient pas, mais elles les disaient. Elles disaient toutes ces choses, et bien d'autres encore, mais elles les disaient en riant.*

Michel Waldberg
28 juin 1980

Impression Brodard et Taupin
à La Flèche (Sarthe),
le 24 août 1987.
Dépôt légal : août 1987.
Numéro d'imprimeur : 1466-5.

ISBN 2-07-037858-6 / Imprimé en France
Précédemment publié aux Éditions Balland
ISBN 2-7158-0265-X

41632